`````
# 잔잔한
# 파도에
# 빠지다

아오바 유 장편소설
김지영 옮김
`````

NAGI NI OBORERU
Copyright © 2020 by Yu AOBA
All rights reserved.
First original Japanese edition published by PHP Institute, Inc., Japan.
Korean translation rights arranged with PHP Institute, Inc. through EntersKorea Co., Ltd.

이 책의 한국어판 저작권은 (주)엔터스코리아를 통해 저작권자와 독점 계약한 해와달 출판그룹에 있습니다.
저작권법에 의하여 한국 내에서 보호를 받는 저작물이므로 무단전재와 무단복제를 금합니다.

• 시월이일은 해와달 출판그룹의 단행본 브랜드입니다.

잔잔한
파도에
빠지다

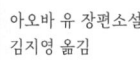
아오바 유 장편소설
김지영 옮김

시월이일

목차

프롤로그	잠들지 못하는 밤 2019년, 하루카	8
제1장	잘 가 원더 2006년, 나쓰카	32
제2장	백설 2009년, 세이라	110
제3장	태어나다 2015년, 마사히로	142
제4장	blind mind 2018년, 기타자와	226
제5장	파안 2019년, 히카리	250
에필로그	다시 현재, 세이라	340
옮긴이의 말	잔잔한 일상에서 발버둥 치는 마음	352

프롤로그

잠들지 못하는 밤
2019년, 하루카

으, 주름이 생길 텐데.

가와사키 하루카는 그런 생각을 하면서 침대 위에 벌렁 드러누웠다. 옷을 갈아입어야 하는데, 화장을 지워야 하는데, 샤워를 해야 하는데……. 알고는 있지만 옴짝달싹할 수가 없다. 거꾸로 뒤집어져 보이는 시계가 저녁 9시를 가리키고 있었다.

하루카는 대기업 안내 데스크에서 계약직 사원으로 근무한다. 회사를 나온 건 저녁 7시 전. 저녁식사를 하고 집에 들어오자마자 침대에 몸을 던지니 이 시간이다. 안내 데스크 업무는 힘들지는 않지만, 끝없이 사람을 상대하는 일이라 진이 빠진다.

하지만 전에 공장 사무직으로 일했을 때는 거의 매일 막차를 타고 퇴근했었다. 그때에 비하면 지금 일이 훨씬 좋다. 그 악덕 기업에서 버티지 못하고 사표를 던진 뒤 계약직 사원으로 일하면서 새 직장을 알아보고 있다. 하지만 요즘에는 구직 사이트를 들여다보는 일도 그만두었다.

천장을 바라보았다. 아무 목적 없이 그저 물 위에 둥둥 떠 있는 기분이 든다. 정처 없이 떠돌면서도, 이런 모습을 원하던 게 아니라는 건 알 것 같다. 그렇지만 떠 있는 것도 편안해서 결국 벗어날 수가 없다.

더 활기차게 일하고 싶었다. 하고 싶은 분야의 일이라면 좋았을 텐데. 애초에 내가 하고 싶은 일이 있기는 했나.

좀처럼 침대에서 일어날 마음이 들지 않아 하루카는 스마트폰을 집어 들었다. 잠금 화면에는 겐타에게서 온 라인 메시지 알림이 떠 있었다.

'주말에 어디 가고 싶은 데 있어?'

확인할까 말까 고민하다 결국 알림을 무시했다. 지금 하루카에게 겐타는 안내 데스크에서 겪는 피로함의 연장선일 뿐이었다. 나는 이 알림을 아직 못 본 거야, 못 봤다고……. 마음속으로 중얼거리자, 무거운 숨결이 비어져 나와 콧소리가 났다.

겐타와 사귄 지도 어느덧 4년이 넘었다. 하루카가 전문대학 2학년 때 미팅에서 처음 만나 지금까지 계속 사귀고 있다. 겐타는 4년제 대학을 졸업하고 요코하마에 있는 제조회사에 취직했다. 도쿄에서는 전철로 한 시간. 충분히 만나러 갈 수 있는 거리지만, 가벼운 맘으로 나서기가 쉽지 않다.

이번 주말에는 오랜만에 데이트를 하기로 했다. 평소에는 한 달에 한두 번 얼굴을 보는데, 이번 달은 겐타가 일이 바빠서 아직 한 번도 만나지 못했다.

라인 알림이 아직도 떠 있다. 옛날에는 *데이트 약속을 잡기만 해도 간질간질한 기분이 들었는데······.* 그때의 느낌을 떠올리려 해봐도 그 따뜻함은 되살아나지 않는다.

스마트폰의 새까만 화면에 하루카의 얼굴이 비쳤다. 안내 데스크에 있을 때의 대외용 미소가 아직까지도 볼에 달라붙어 있는 기분이다. 볼을 한 번 꼬집고, 아무 생각 없이 유튜브 앱을 켰다. 추천 영상에 뜨는 뮤직비디오 중에서 적당한 걸 하나 재생했다.

하루카의 취미는 음악 감상이다. "취미는 음악 감상이에요"라고 별생각 없이 말하는 사람들보다는 많이 듣는다는 자부심이 있다. 라이브 하우스에 매주 출석 도장을 찍던 시기도 있었다. 국적과 장르를 가리지 않고 찾아 들었고, 열심히 밴드를 쫓아다녔다. 그 시절의 에너지를 떠올리면 눈부셔서 현기증이 날 것만 같다.

영상 앞에 스킵할 수 없는 15초짜리 광고가 흘러나왔다. 관객이 없는 육상경기장에서 여자 장대높이뛰기 선수가 높은 바를 향해 달려간다. 강렬한 베이스 드럼이 울리며 뜀박질이 고조된다. 작은 체구가 바를 넘는 순간, 환호성이 쏟아진다. 내레이션이 삽입되며 대형 보험회사가 올림픽의 서포터임을 알린다.

올림픽이 다가오고 있었다.

기대를 부채질하는 이런 유의 광고도 늘어났다. 공연히 벅차오르는 기분이 들 때도 있지만, 기진맥진한 상태라서 그런지 별 감흥이 없었다. 올림픽이라는 소리를 들어도 사람이 몰려들겠지, 피곤하겠네, 하는 정도의 느낌이랄까.

광고를 보며 이런저런 생각에 빠져 있는데, 보려던 뮤직비디오가 시작됐다. 강렬한 스타일의 일본 록이었다. 스마트폰 스피커의 살짝 찢어지는 소리도 나름대로 나쁘지 않다.

눈을 감았다. 눈꺼풀에 뭉근한 열을 느끼며, 침대에 더 깊이 몸을 묻었다.

음악은 늘 현실에서 동떨어진 곳으로 데려다준다. 무수히 겹쳐지는 음에 신경을 집중하고 흘러가는 가사에 몸을 맡기면 소리가 오롯이 몸에 스며드는 기분이다. 하루카는 음악과 함께 일상에서 벗어나 먼 곳으로 흘러간다. 의미 없는 텅 빈 시간 속에 있는 것만 같다.

생각해보면, 예전에는 음악을 들으면서 훨씬 더 여러 가지 감정을 느꼈던 것 같다. 틀에 박힌 일상에서 벗어나고 싶어 발버둥을 치기도 했고, 일이 잘 안 풀려서 우울할 때 위로를 받기도 했고, 터무니없는 미래를 꿈꾸기도 했다. 그 시절 마음속에서는 늘 거센 파도가 쳤다. 그러나 지금은 마음속 파도의 진폭이 서서히 잦아드는 것만 같다. 이건 성장한 걸까, 아니면 익숙해진 걸까.

간주가 흘러나오는 틈을 타 수많은 생각이 뇌리를 스쳤다. 그러나 다시 보컬이 노래하기 시작하자, 곧 무슨 생각을 했는지 잊어버렸다.

목구멍에서 얕은 비명이 터져 나왔다.

거꾸로 뒤집어진 시계를 보니 긴 바늘이 똑바로 위쪽을 가리키고 있었다. 0이 아니라 6이다. 8시 30분. 깜박 잠이 든 모양이었다. 몸을 벌떡 일으켜 뒤집어진 세상을 똑바로 돌려놓았다.

멍한 머릿속으로 기분 좋은 기타 아르페지오가 흘러들어온다. 같은 멜로디가 몇 번이나 청량하게 반복되고, 그 뒤로 오케스트라의 소리가 밀려온다. 연속 재생 상태였던 유튜브 앱에서 모르는 곡이 흘러나오고 있었다. 재생을 멈추려다, 문득 흥미가 생겼다. 어떤 밴드일까.

하루카는 스마트폰 화면을 들여다보았다. 저녁노을에 잠긴 바닷가의 이미지가 화면을 채우고 있었다.

<잔잔한 파도에 빠지다 凪に溺れる> song by the noise of tide

밴드 이름도 노래 제목도 들어본 적이 없었다. 뮤직비디오도 아니고 그냥 바다 사진에 음원을 입힌 단순한 화면이었다. 그런데도 조회수는 5만이 넘는다. 왜지? 고개를 갸웃한 순간, 보컬의 목소리가 울려 퍼졌다.

바람이 멎은 새까만 바다
라디오에서 흘러나오는 노이즈
예감은 아직 허상일 뿐
파도만이 반복되지

하루카는 숨을 들이켰다.
살짝 높은 음역에서 울리는 남자의 음성. 꾸밈 없는 아름다운 소리지만, 전체적으로 허스키하고 거친 분위기가 풍겼다. 탄식, 아니, 한숨이 섞인 창법이 귀에 꽂혔다. 감정이 풍부한 목소리다.

멀리서 울리는 천둥소리
물결치는 너의 원피스
마음을 흔들어놓네
견딜 수 없이 초조해

청량한 기타 소리가 보컬을 뒷받침하고, 신시사이저의 전자음이 귀를 간질였다. 베이스와 드럼이 튀지 않게 모든 소리를 감싸 안고, 그 위로 오케스트라가 살짝 베일을 덮어주듯 내려앉았다.

언제까지나 길 위에 서 있어
소원을 되풀이하면서
수평선 저 너머에서
다시 만나는 두 사람

저절로 탄식이 흘러나왔다. 귓가에서 심장 박동이 느껴지는 것만 같았다. 가슴이 속수무책으로 고동쳤다.

코러스가 시작됐다. 반복되는 기타 선율 위에 라라라, 하는 보컬이 겹쳐졌다. 소리가 증폭된다. 겹쳐지고, 펼쳐진다. 몇 번이고 반복되는 멜로디는 마치 거대한 파도 같았다. 강하게 밀려오는 그 음에 하루카는 움츠러드는 느낌이 들었다. 시간이 모호해지면서, 그 옛날 라이브 하우스에서 느꼈던 흥분이 그대로 되살아났다. 마음이 거세게 요동쳤다.

"……라라라."

어느새 하루카도 흥얼거리고 있었다. 멜로디를 흥얼거릴 때마다 온몸에 전율이 일었다. 시선은 스마트폰 위에 붙박인 채였다. 해상도가 낮은 바닷가 이미지에 빨려 들어갈 것만 같았다.

재생이 끝났다.

하루카는 한동안 멍하니 있다가 정신을 차린 듯 부르르 몸을 떨었다. 침대의 사이드 테이블 위에 하루카의 이어폰이 아무렇게나 나뒹굴고 있었다. 그걸 집어 들어 귀에 꽂았다. 반대쪽을 스마트폰에 연결해서 다시 한번 동영상을 재생했다.

이번에는 소리가 확실하게 머릿속으로 들어왔다. 굉장히 치밀하게 쌓여 있는 음이다. 하루카는 또다시 전류와도 같은 것을 느꼈다. 음악이 감정을 뒤흔드는 순간, 몸에서 느껴지는 잔물결. 예전에도 몇 번이나 이 파도를 맞이했었다. 그럴 때마다 새로운 세상이 열렸다.

왜 이렇게 가슴이 뛰지? 하루카는 괴로운 마음에 눈을 감았다. 마음의 문이 활짝 열린다. 그곳에서 무언가가 흘러들어온다. 늘 채워지지 않던 공간을 향해, 극적인 무언가가, 액체의 형태로 밀려들어온다.

또 재생이 끝났다.

머릿속을 가득 채웠던 바닷물이 밀려나간다. 몸은 여전히 떨리고 있었다. 하루카는 몸을 일으켰다. 가만히 앉아 있을 수가 없었다. 주위를 둘러보자 스마트폰의 알림이 깜박이고 있었다. 좀 전에 겐타에게서 온 라인 메시지였다. 아무 생각 없이 알림을 터치하자, 겐타와의 라인 대화창으로 넘어갔다.

'바다가 보고 싶어.'

그렇게 답장을 보냈다.

메시지를 보낸 순간, 감정의 파도가 잔잔해졌다. 문득 제정신이 들었다. 스스로가 입력한 글자에 놀라 멍하니 바라보았다.

~

"왜 바다가 보고 싶다고 했어?"

"응?"

운전 중인 겐타가 조수석에 앉은 하루카에게 물었다. 렌트한 빨간색 BMW가 134번 국도를 조용하게 달렸다. 제방 너머로 바다가 보였고, 찌그러진 불덩이 같은 석양이 수평선에 점차 가까워지고 있었다.

하루카가 보낸 한마디에, 오늘은 쇼난에서 드라이브 데이트를 하게 되었다. 점심때쯤 겐타가 사는 아파트 근처의 역에서 만났다. 거기서부터 차로 30분을 달리자 금세 바닷가에 도착했다. 유이가하마, 이나무라가사키, 에노섬……. 쇼난의 명소들을 지나칠 때마다 하루카는 아지캉*일본 밴드 '아시안 쿵푸 제너레이션'의 애칭*의 노래 제목에 나오는 지명이다, 하고 중얼거렸다.

바닷가 카페에 앉아서 만나지 못했던 몇 주 동안 있었던 일들을 이야기하고, 모래사장으로 내려가 파도가 밀려올 때마다 장난을 쳤다. 막상 만나면, 겐타와 함께하는 시간은 역시 행복하다. 이 시간을 즐기면서도 하루카의 머리 한구석에서는 그 노래, <잔잔한 파도에 빠지다>가 계속 재생되고 있었다.

요코하마 방면으로 돌아가는 길.

겐타가 잡은 핸들 너머로 태양이 녹아내렸다. 하루카가 앉은 조수석 쪽으로는 산맥이 이어졌고, 하늘이 남색으로 물들고 있었다. 저녁노을에 물든 아름다운 바닷가보다 강하게 밀려오는 밤하늘이 더 인상적이었다.

눈 깜짝할 새에 하루가 끝나가고 있었다. 나이를 먹을수록 시간의 흐름은 빨라진다. 문득, 어째서 시간은 '흐르는' 것일까 하는 생각이 들었다. 시간은 액체와 닮았다.

"……왜 바다를 보고 싶었냐고?"

하루카는 질문을 그대로 되뇌었다. 바로 대답하기는 왠지 창피했다. 잠시 말을 멈췄다가 창밖에 시선을 둔 채 입을 열었다.

"요즘 계속 듣고 있는 곡이 있거든."

그렇게 말하자 겐타가 비웃듯이 말했다.

"또 음악이야?"

"……뭐 어때. 취미인걸."

겐타는 앞차의 후미등을 눈으로 좇으며 소리 내어 웃었다. 하루카가 조금 기분이 상했다는 건 전혀 눈치채지 못했다. 겐타에게 지금 중요한 것은 하루카가 아니라 운전에 집중하는 것이다. 겐타가 하루카 쪽을 보지 않고 말했다.

"그래서, 그 노래랑 무슨 상관인데?"

"가사에 바다가 나와. 새까만 바다."

하루카는 〈잔잔한 파도에 빠지다〉를 몇 번이나 들었다. 출근하는 전철 안에서, 점심시간이 끝나기 직전, 집에 돌아온 뒤 침대 위에서……. 눈을 감으면 밤바다가 펼쳐지고, 하루카는 수평선 너머를 바라보고 있었다.

겐타가 물었다.

"그렇구나. CD 가지고 있어?"

"그게, 중고품도 구하기 힘들더라고. 앨범은 한 장밖에 안 냈고, 공식 사이트는 도메인이 만료된 상태야. 새 소식도 없고."

좋아하는 밴드의 블로그와 믹시mixi, 일본의 인터넷 커뮤니티 사이트, 트위터를 계속 확인하며 밴드 멤버의 일거수일투족을 캐고 다니던 시절도 있었다. 당연히 <잔잔한 파도에 빠지다>를 만든 밴드, 더 노이즈 오브 타이드에 대해서도 조사해봤다. 그러나 정보는 거의 전무하다고 해도 좋을 정도였다. 공식 사이트로 보이는 페이지는 도메인이 만료되어서 클릭하면 홈페이지 주소만 적힌 창으로 이동했다. 품절된 CD가 등록된 판매 사이트와 유튜브에 올라와 있는 몇 곡의 노래가 이 밴드에 대해 알 수 있는 전부였다.

"흐음, 그렇군. 나도 듣고 싶은데."

겐타가 태평한 목소리로 중얼거렸다. 그러나 하루카는 이 노래를 둘이서 듣고 싶지는 않았다.

"나중에 유튜브 링크 보내 줄게."

"어, 고마워."

바다를 따라 이어지는 134번 국도는 혼잡했다. 차츰 속도가 떨어지고 정체가 시작되었다. 느릿느릿 나아가는 자동차 옆에서 해가 저물고 있었다. 강렬하게 빛나며 바닷속으로 잠겨 들어가던 태양이 순식간에 빛을 잃었고, 붉은색이 타다 남은 불씨처럼 서쪽 하늘을 물들였다. 바다의 색이 파랑에서 검정으로 변했다. 검정보다도 새까만 검정. 파도가 끊임없이 밀려왔다. 창을 열지도 않았는데 파도치는 소리가 머릿속에 울려 퍼졌다.

"……바다 너머에 무언가가 기다리고 있을 것 같지 않아?"

하루카는 무심결에 그런 말을 내뱉었다.

"음, 뭐가? 배 같은 거?"

겐타는 바다를 흘깃 보고는 다시 시선을 앞차로 돌렸다.

"그런 거 말고."

"그럼 뭐?"

"글쎄, 나도 잘 모르겠지만 적어도 일본이 아닌 다른 나라로 이어지고, 모르는 세계가 펼쳐져 있겠지. ……아냐, 이게 아닌데."

겐타는 고개를 끄덕였지만, 하루카는 "아냐, 그런 게 아니야, 아마……"라며 띄엄띄엄 혼잣말을 늘어놓았다. 해외라든가 타국이라든가, 그런 범주의 이야기가 아니다. 현실에서 한참 동떨어진 이야기다. 그러나 표현할 수 있는 말을 찾지 못했다.

"그럼 뭐야. 무슨 말인지 모르겠네."

겐타는 또 웃었다. 그렇게 웃어넘길 일이 아냐. 하루카의 마음속에서 묵직한 무언가가 소용돌이쳤다. 머릿속에서 <잔잔한 파도에 빠지다>의 기타 리프가 들려왔다.

"……아까 말한 곡을 듣고 있으면, 무슨 일이 일어날 것만 같은 기분이 들어. 예감이랄까."

하루카는 문득, 몸에 전기처럼 흐르던 게 '예감'이었구나, 하고 이해했다.

"여기가 아닌 어딘가로 갈 수 있을 것만 같아. 멀리, 좀 더 멀리 말이야. 뭔가 극적인 일이, 생각지도 못한 일이 나한테 일어날 것 같은 기대감이 들어."

"쇼난은 너무 가까웠나?"

날카로운 목소리에 멍하니 있던 하루카가 옆을 돌아봤다. 겐타는 미소를 머금은 채 정체된 길에 시선을 고정하고 있었다. 그러나 그 눈에는 웃음기가 없었다.

"아, 아니, 그런 말이 아니라."

"아까부터 대체 뭐야."

겐타의 목소리에 짜증이 묻어났다.

"무언가가 일어난다는 둥, 어디론가 갈 수 있다는 둥, 뜬구름 잡는 소리만 하고 있잖아. 하루카는 뭐가 불만인 거야? 나는 오늘 오랜만에 하루카를 만나서 행복했어. 함께 드라이브하는 것도 정말 즐거웠고. 그런데 하루카는 나 같은 건 안중에도 없었던 거야? 계속 먼 바다만 바라보면서, 그 푹 빠졌다는 노래만 되새기면서 멍하니 있었잖아?"

겐타는 어느새 하루카를 바라보고 있었다. 살짝 찡그린 눈동자가, 어렴풋이 절실한 빛을 띠고 있었다. 하루카는 어쩐지 미안한 마음이 들었다.

뒤에서 울리는 클랙슨 소리에 하루카와 겐타는 몸을 움찔했다. 앞을 보니 차간 거리가 상당히 벌어져 있었다. 겐타가 황급히 거리를 좁혔다. 균일한 엔진음이 들리는 가운데 어색한 침묵이 흘렀다.

"……난 극적인 무언가는 필요 없어. 지금이 행복하니까."

행복과는 거리가 먼 목소리다. 하루카는 쥐구멍에라도 숨고 싶은 심정이었다. 머릿속에 울려 퍼지던 노래가 뚝 멈췄다.

~

다시 한 주가 시작된 월요일. 하루카는 안내 데스크에 힘없이 앉아 있다. 겐타와 연락을 하지 않은 채 꼬박 하루가 지나고 말았다. 그날 하루카는 겐타의 아파트 근처 역에서 내려달라고 했다. 평소와 달리 겐타의 집에 올라가지 않았다. 그럴 분위기가 아니었다. 하루카도 겐타도 이런 식으로 데이트를 끝내고 싶진 않았지만, 그렇게 끝이 났다.

오늘 벌써 몇 번째인지 모를 한숨을 쉬다가 고개를 들자, 현관 밖에 익숙한 모습이 보였다. 히카리 씨다. 히카리는 원래 이 회사의 직원이었는데, 지금은 독립해서 프리랜서로 일하고 있다. 활달한 사람으로, 회식 때 하루카에게 먼저 말을 걸어 준 뒤로 종종 수다를 떠는 사이가 되었다(그리고 술을 마신 뒤에는 종종 뒤치다꺼리도 하게 되었다). 회사를 그만두기 전에는 상태가 많이 안 좋아 보였지만, 프리랜서로 전환한 뒤로는 건강해 보인다. 저렇게 활력 넘치는 사람도 드물 것이라며 우러러보게 되는 대단한 사람이다.

회사 사무동에 들어가려면 사원증이나 허가증이 필요한데, 히카리는 더 이상 사원이 아니므로 안내 데스크에 들러서 받아야 한다. 바로 이쪽으로 오겠거니 하고 기다리고 있는데, 웬일인지 그대로 엘리베이터 쪽으로 걸음을 옮겼다.

"히카리 씨?"

다급히 불러 세우자, "어엇?" 하는 얼빠진 대답이 돌아왔다.

"그쪽은 사무동이니까 안내 데스크에 들르셔야죠."

히카리는 그제야 정신을 차린 듯 이쪽으로 천천히 걸어왔다. 오늘은 왠지 좀 멍한 듯했다.

"미안, 미안."

히카리의 표정이 밝지 않았다.

"무슨 일 있으세요?"

"아니, 그냥 좀."

히카리는 머리를 긁적이다가 문득 하루카를 빤히 바라봤다.

"하루카야말로 무슨 일 있어?"

무심코 헉, 하는 소리가 새어 나왔다. 내가 그렇게 어두운 표정을 하고 있었나.

"……사실 남자친구랑 싸웠거든요."

"어머, 웬일이래."

"그러게요. 저도 이런 건 오랜만이라서, 어떻게 해야 될지 모르겠어요."

"그렇구나."

히카리는 고개를 끄덕이더니 작은 소리로 툭 내뱉듯이 말했다.

"그래도, 되돌릴 수 없는 일은 아니네."

무슨 말인가 싶어 눈을 동그랗게 뜨고 히카리를 멀뚱멀뚱 바라봤다. 히카리는 퍼뜩 정신이 든 표정으로 "미안, 미안" 하며 허가증을 받아 갔다. 그녀에게는 되돌릴 수 없는 일이 있었던 걸까.

사무동으로 사라지는 히카리의 뒷모습을 지켜보며 생각에 잠겼다. 그러고 보니 겐타와 싸우더라도 헤어질 상상을 한 적은 없다. 이미 그런 선택지는 하루카 안에 없었다. 오히려 연애의 다음 단계를 어렴풋이 그리고 있었다. 아무리 많이 싸워도, 이미 미래는 정해진 기분이 들었다.

되돌릴 수 있을 정도의 어긋남이라서 더 싫은 걸까.

문득 그런 생각이 떠올라 황급히 고개를 저었다.

결국 그날은 별 탈 없이 일을 마치고 집에 돌아왔다. 스마트폰에 대화가 끊긴 메시지 창을 띄워 놓고 해야 할 말을 생각했다. 그러나 아무 말도 쓸 수 없었다.

다음 날도 출근했다. 늘 똑같은, 변화 없는 나날. 이렇다 할 일도 없이 2시가 지나 안내 데스크의 휴식 시간이 되었다. 조금 늦은 점심시간이다. 구내식당에 가서 500엔짜리 오므라이스를 먹었다. 계약직 사원도 구내식당을 이용할 수 있으니 고마운 일이다. 식당 구석에 놓인 작은 텔레비전이 켜져 있었다. 하루카는 오므라이스를 먹으며 화면을 바라보았다.

오후의 와이드 쇼였다. 수영 세계선수권을 다룬 방송이었다. 대회에서 베테랑 여자 선수(라고 해봤자 하루카와 비슷한 나이다)가 멋지게 우승을 차지했다고 한다. 별세계 이야기구나, 하는 김빠진 감상이 스쳐 지나갔다. 수영장은 바닥의 라인이 들여다보일 정도로 투명했다. 쇼난의 바다와는 완전히 다르다. 칠흑 같던 파도를 떠올렸다. 그날, 한없이 바라보았던 수면.

겐타와 사이가 틀어지기까지 하면서, 나는 뭘 보고 싶은 걸까. 어디로 가고 싶은 걸까.

하루카는 오므라이스를 계속 입에 떠 넣으면서 스마트폰을 꺼냈다. 브라우저 검색창에 'the noise of tide'라고 입력하자, 이미 몇 번이나 봤던 검색 결과가 표시되었다.

이 밴드의 곡, <잔잔한 파도에 빠지다>를 들으면 들을수록 내가 뭘 바라는지 알 수 없게 된다. 피부가 무언가를 감지하고 떨려오는데, 도저히 그 정체를 알 수가 없다.

도메인이 만료된 걸 알면서도 더 노이즈 오브 타이드의 홈페이지에 들어가봤다. 하루카의 눈이 휘둥그레졌다. 도메인 만료를 알리는 예전의 페이지가 아니라 제대로 된 콘텐츠가 표시되어 있었다. 공식 사이트는 지금 시대에 맞지 않게 조악했고, 페이지 중앙에 텍스트만 썰렁하게 나열되어 있을 뿐이었다. top, biography, live 같은 메뉴 가운데, news 란에 'new'라는 글자가 눈에 들어왔다. 하루카는 홀리듯 화면을 터치했다.

'2018년 10월 23일, 보컬 기리노 줏타 사망. 28세'

어?

작은 소리가 새어 나왔다.

사망…… 죽었다고?

갑자기 가슴이 답답해졌다. 숨쉬기가 어려울 정도로 무겁게 짓누르는 느낌에 목이 메었다. 한숨 섞인 목소리의 보컬을 떠올리려고 했지만 머릿속에서 잘 재생되지 않았다. 그렇게나 많이 들었는데도 어떤 목소리였는지 생각나지 않았다. 치밀하게 쌓인 소리가 무너지고, 형태를 잃어갔다. 이명과도 같은 불가항력이 소리를 짓눌러 아무것도 들리지 않았다. 머릿속이 새하얘지며 감당할 수 없는 공허가 밀려들었다.

으, 주름이 생길 텐데.

밤 10시가 지났을 무렵, 하루카는 옷도 갈아입지 않은 채 침대 위로 몸을 던졌다. 오늘 하루가 어땠는지는 이미 생각도 나지 않는다. 근무 중에는 스스로도 이해할 수 없는 상실감을 억누르며 미소를 짓는 데만 간신히 집중했다.

기리노 줏타가 죽었다.

오로지 그 생각뿐이었다. 뭐가 슬픈 건지도 몰라서 괜히 더 속상했다. 불과 얼마 전 이름을 알게 됐을 뿐인 사람이 1년 전에 죽었다. 매년 백만 명의 사망자가 나온다. 그중 한 사람. 잔

혹하지만 그렇게 숫자로 정리해버릴 수도 있는 일에 불과하다. 그런데, 나와는 상관없는 사람의 죽음에 어째서 이렇게까지 동요하는 걸까. 하루카는 침대를 퍽퍽 때렸다. 건조하고 가벼운 소리가 허무하게 울렸다.

사망 날짜는 10월 23일. 그 사실이 또 하루카의 마음을 뒤흔들었다. 10월 23일은 하루카의 생일이다. 분명 작년 생일, 그러니까 슛타가 죽은 날에는 겐타와 분위기 있는 이자카야에서 술을 마셨고, 서프라이즈 케이크와 함께 축하를 받았다. 하루카가 행복한 시간을 보내는 동안, 슛타는 죽었다.

그는 왜 죽은 걸까. 어째서 그 죽음이 1년 후에야 알려진 걸까. 상상을 해본다. 병사, 자살, 사고사…… 알 수 없다. 애초에 하루카와 슛타 사이에는 아무런 연결고리가 없다. 그런데도, 아니, 그렇기에 더욱 설명할 수 없는 허무가 밀려왔다. 마음을 있는 대로 뒤흔들어 놓고, 몸이 떨릴 정도의 예감을 던져 놓고, 사라져버렸다. 곡을 들었을 때 눈앞에 펼쳐지던 그 파도는 어디로 갔을까. 바다를 아무리 헤엄친들 파도의 근원은 알 수 없다. 그와 마찬가지일까. 내가 마음을 준 건, 허상이었던 걸까.

하루카는 음악이 싫어졌다. 너무나도 무책임하다. 그런데도 또 듣고 싶어지다니……. 잠시 망설이다 유튜브 앱을 켜고 <잔잔한 파도에 빠지다>를 재생했다. 수도 없이 들은 멜로디가 다시 흘러나왔다. 그러나 이 곡에 어떤 감정을 품고 있었는지 잘 떠올릴 수가 없었다.

영상에서 울려 퍼지는 노랫소리는 이제 영원히 과거의 것이 되어버렸다. 그런 생각을 하니 마음 속 빈자리가 욱신거렸다.

해상도가 낮은 저녁노을 이미지에서 시선을 돌리자, 영상의 상세 정보가 눈에 들어왔다. 조회수는 단번에 20만을 돌파했다. 수백 개의 댓글이 달려 있었다.

'보컬이 죽었다는 소식을 들었어. 몇 년 동안 잊고 있었는데 갑자기 슬퍼지네.'

'이 곡을 알게 돼서 다행이야.'

'더 유명해지길 바랐는데.'

'이 곡의 라이브가 기억나. 관객과 함께 부르는 마지막 코러스가 끝도 없이 이어졌지.'

'곡은 변함이 없는데, 보컬이 죽어서 울림이 달라진 것만 같아. 정말 싫다.'

하루카는 더 노이즈 오브 타이드를 알고 있는 사람이 이렇게나 많다는 사실에 놀랐다. 그리고 한편으로 안도하는 마음이 들었다. 망연자실한 건 하루카뿐만이 아니었다.

'죽었다니 말도 안 돼.'

'그냥 멍한 기분이다. 더 힘을 내고 싶었는데.'

'이 곡을 듣고 있으면 무언가가 일어날 것만 같은 기분이 들었어요. 평범한 나날을 견딜 수 있을 것 같았어요.'

'나 자신을 믿을 수 있었어.'

댓글 창에는 감정이 소용돌이치고 있었다. 댓글 하나하나를 눈으로 좇을 때마다 가슴이 미어졌다. *나만 그런 게 아냐. 마음을 빼앗긴 건 나뿐만이 아냐.* 다른 무수한 사람들에게도 하루카와 같은 풍경이 보였던 것이다. 이 곡을 듣고, 분명한 예감을 느꼈던 것이다.

마음을 뒤흔드는, 밀려오는 무언가를 느꼈는데 츗타가 죽었다. 커다란 기대만이 덩그러니 남았다. 츗타의 죽음으로 제정신이 든 기분이었다. 하루카는 다시 한번 <잔잔한 파도에 빠지다>를 재생했다.

소리가 무척이나 조밀하다. 아무리 들어도 질리지 않을 것 같은 적요를 품은 기타, 분위기 있게 귓가를 간질이는 신시사이저, 섬세한 리드 멜로디를 부드럽게, 또 견실하게 감싸 안는 베이스와 드럼, 그리고 똑바로 울려 퍼지는 보컬의 목소리.

예감이 든다.

어딘가로 가고 싶다. 무언가가 기다리고 있다는 게 느껴진다. 어디까지든 갈 수 있을 것만 같다.

지금껏 몇 번이나 그런 예감이 들었다. 상경하기 위해 탔던 신칸센, 라이브 하우스에서 돌아오던 길, 겐타와 처음 손을 잡았던 북적이는 번화가, 어색한 정장 차림으로 현관을 뛰쳐나가던 아침. 거슬러 올라가면 더 많을 것이다. 구체적인 건 아무것도 없는데도 활짝 열린 미래가 눈앞에 보이던 순간.

나는 뭐든 할 수 있다. 무한한 가능성이 있다.

몸이 떨려오는 거대한 예감.

……그러나 그 예감은 실현되지 않는다는 것도 알고 있다. '어디론가 가고 싶다'고 바라는 건, '어디도 갈 수 없다'고 한탄하는 것과 마찬가지다. 습관처럼 한탄하면서도, 결국 어디로도 가려고 하지 않는다. 그 한탄에 상처받지도 않는다. 구직 사이트를 찾아보는 걸 그만뒀을 때, 이미 깨달았던 거 아니었나.

속이 상해서 베개에 얼굴을 묻었다. 그래서 예감은 그토록 아름답다. 예감은 예감인 채로, 실현되지 않는 동안만이 아름다운 것이다.

곡이 끝부분으로 접어들었다. 코러스가 울려 퍼지는 가운데, 하루카는 눈을 꽉 감았다.

이루어지지 않을 예감을 품고 살아가도 괜찮을까.

길고 긴 코러스 끝에 곡이 끝났다. 하루카는 유튜브 앱을 끄고, 겐타와의 라인 대화창을 켰다.

'요전에는 미안했어.'

글자를 입력하고, 잠시 망설이다 결국 보냈다.

겐타와 헤어지는 미래는 보이지 않는다. 그의 곁에 있고 싶고, 있어야 한다고 느낀다. 며칠 전과 같은 사소한 충돌로는 무너지지 않을 관계라는 것도 알고 있다. 그 관계는 흔들리면서도 다시금 원래의 모습으로 돌아갈 것이다.

평화로운 해변에서 멀리 파도치는 바다를 바라본다. 까만 바닷물이 소용돌이친다. 실체가 보이지 않는 소용돌이가 강력하게 주위의 물을 빨아들인다. 저 바다에 삼켜지고 휘둘린 사람이 얼마나 있었을까.

또다시 <잔잔한 파도에 빠지다>의 멜로디가 들려온다.

1장

잘 가 원더

2006년, 나쓰카

 방과 후. 바싹 마른 풀사이드poolside가 이글거리는 햇볕에 뜨겁게 달아오른다. 하늘에는 적란운이 되려다 만 뭉게구름이 한 조각 떠 있다. 하지를 막 지나, 그야말로 지금이 절정이라는 듯 태양이 내리쬐고 있다.

 오미야 나쓰카는 25미터 풀의 출발대에 섰다. 시야 끝에서 풀의 수면이 흔들렸다. 그 안에 펼쳐지는, 파란 하늘보다도 새파란 바다. 이 동네에 이사 온 지 1년이 조금 지났지만, 지금 보이는 이 풍경이 가장 마음에 든다.

 현청 소재지에서 전철로 2시간. 산에서 시작되어 약간의 평지를 끼고 바다로 뻗어나간 작은 마을. 항구를 중심으로 상점이 늘어서 있고, 산맥에는 오래된 주택가가 계단식으로 이어진다.

나쓰카가 다니는 중학교는 산에서 툭 튀어나온 위치에 있어서, 풀사이드에 서면 마을이 한눈에 내려다보인다.

크게 심호흡을 하고 출발대 끝에 손을 걸쳤다. 풀사이드에 놓인 페이스 클록이라는 60초 주기의 커다란 시계에 눈길을 한 번 준 뒤, 그대로 풀로 뛰어들었다.

나쓰카가 수영을 시작한 건 초등학교 저학년 때였다. 수영을 하려고 마음먹었던 순간을 어렴풋이 기억한다. 하계 올림픽이 열린 해, 어느 밤이었다. 나쓰카는 여자 200미터 평영 결승 경기를 보고 있었다. 멍하니 텔레비전 중계를 보다가 이것만 끝나면 자야지, 하고 작게 하품을 했다.

풀사이드에 선수들이 입장하고, 아나운서가 흥분한 목소리로 일본 선수의 이름을 호명했다. 나쓰카는 어리둥절했다. 그 선수가 외국 선수에 비해 체격이 무척 작았기 때문이었다. 다부진 몸매의 다른 선수들과는 인상이 전혀 다른, 가녀린 사람이었다. 그 선수는 카메라를 향해 꾸벅 인사를 하더니 미소를 지어 보였다.

선수들이 나란히 출발대에 올랐다. 한 곳만 머리 높이가 쏙 들어가 있었다. 나쓰카는 생각했다. *저 선수만 혼자 늦게 들어오면 어쩌지, 마지막까지 완주할 수 있을까.*

그런 걱정은 기우였다. 출발을 알리는 부저가 울림과 동시에 선수들이 뛰어들었다. 몸을 쭉 편 채 나아가던 선수들이 잠시 뒤 팔로 물을 가르기 시작했다. 처음에는 접전이었지만, 점차 한 선수가 앞서 나갔다. 그 일본 선수였다.

그녀는 물속을 미끄러지듯 나아갔다. 50미터 풀을 왕복하면서, 두 번째로 빠른 선수보다 머리 하나 정도 앞서 나갔다. 물을 가르는 동작 하나하나에 온 힘을 쏟아붓고 있다는 걸 알 수 있었다. 나쓰카는 쓸데없는 낭비가 전혀 없는 그 동작에 감동했다.

50미터만을 남기고 있을 때, 나쓰카는 자기도 모르게 "가라!" 하고 소리쳤다. 텔레비전에서 들리는 소리가 점점 커졌다. 그녀는 마지막 한 팔까지 힘차게 내저은 뒤 몸을 쭉 펴고 골인했다. 장내의 함성이 폭발했다. 금메달이었다.

수면 위로 얼굴을 내민 그녀가 거대한 전광판을 바라보더니 주먹을 쥐고 승리의 포즈를 취했다. 그녀는 물에서 올라와 타월로 몸을 대충 닦고는 코치가 건네주는 국기를 움켜쥐었다. 그리곤 국기를 양손으로 번쩍 들어 등에 두르고 기쁨을 표출하며 빙글빙글 돌았다. 그때마다 깃발이 펄럭였다. 몸에 휘감기는 물살처럼, 깃발이 몸 주위에서 나부꼈다.

나쓰카도 텔레비전 앞에서 방방 뛰었다. 나쓰카는 이미 그 안에 푹 빠져 있었다. 투명한 국기를 몸에 두르고, 가상의 물속으로 뛰어들었다. 그녀와 함께 기뻐하고, 헤엄치고 있었다. 다음 날, 나쓰카는 엄마에게 수영을 배우고 싶다고 졸랐다. 그렇게 수영을 시작한 후 7년, 나쓰카는 중학교 3학년이 되었다.

나쓰카는 물속에서 의식을 집중했다. 손끝, 다리의 각도, 머리를 드는 타이밍, 호흡하는 양. 모든 것을 몸으로 느끼면서 25미터 풀을 평영으로 왕복하며 200미터를 완주했다. 손끝이 벽면을 터치함과 동시에 페이스 클록을 확인했다. 2분 34초. 나쁘지 않다.

크게 숨을 들이쉬었다. 수영장의 염소 냄새에 바다 내음이 섞여서 밀려왔다. 무심코 얼굴을 찌푸렸다. 이 냄새는 아직도 익숙해지지 않는다.

이 동네에 온 건 작년 4월, 중학교 2학년 때였다. 은행에서 근무하는 아버지가 근처에 있는 시로 부임한 것이다. 아버지는 소위 전근족단기간에 근무지가 자주 바뀌는 사람과 그 가족을 이르는 말이었다.

사다리를 밟고 물에서 올라와 풀사이드를 걸었다. 나쓰카 말고는 아무도 없었다. 오늘은 수영부의 활동이 아니라 어디까지나 개인 연습이다. 나쓰카의 뇌리에는 언제나 그 올림픽 선수가 수영하는 모습이 있다.

그때의 그녀처럼 헤엄치고 싶다.

다시 출발대에 섰다. 페이스 클록이 0을 가리킴과 동시에 부드럽게 선을 그리며 풀로 뛰어들었다. 나쓰카는 같은 연습을 반복한다. 더 잘하고 싶다고 생각하면서 물을 가른다. 이 모든 동작이 쌓여서 25미터가 된다. 25미터 풀을 왕복하며 200미터를 헤엄친다. 200미터를 반복하면, 그다음은 어디에 도달할 수 있을까.

의문과 기대와 불안. 여러 가지 감정이 뒤섞인다. 그러나 물살을 가름과 동시에 온몸에 의식이 집중돼 감정을 살필 여유도 사라진다. 그저 헤엄칠 뿐이다. 몇 번이든, 끝없이.

~

벽돌 담장 위에 삼색 고양이가 잠들어 있다. 편안해 보이는 모습에 나쓰카의 얼굴에도 웃음이 번졌다.

아침 등굣길. 나쓰카의 집에서 학교까지는 걸어서 15분 정도다. 좁은 길과 계단을 따라 언덕 위에 있는 학교로 향한다. 함석지붕을 올린 집, 돌담으로 구분된 밭, 셔터가 내려진 상점. 이미 태양이 떠올라 반짝반짝 빛나고 있는데도, 주위는 마치 그런 건 내 알 바 아니라며 토라져 잠든 아이처럼 조용하다.

머리 위로 그림자가 졌다. 손으로 태양을 가리며 하늘을 올려다보니, 솔개 한 마리가 유유히 날고 있었다. 삐요로로 하는 울음소리가 선명하게 울려 퍼지다 여운을 남기곤 사라졌다. 바다와 잘 어우러지는 소리다.

"나쓰카!"

"으악!"

누군가가 뒤에서 끌어안았다. 돌아보니 아키호가 서 있었다.

"아, 깜짝 놀랐잖아."

"나쓰의 뒤에는 아키가 따라간다!_{나쓰카의 나쓰(夏)는 여름, 아키호의 아키(秋)는 가을을 의미한다} 그런 법이니까."

"또 그 소리."

나쓰의 뒤에는 아키가 따라간다, 이게 아키호의 말버릇이었다. 나쓰카가 지긋지긋하다는 듯 몸을 부르르 떨자, 아키호는 "우헤헤" 하고 웃으며 한 발짝 물러나는 시늉을 했다.

세키 아키호는 나쓰카와 가장 친한 같은 반 친구다. 나쓰카가 이사 왔을 때 맨 처음 말을 걸어 준 사람이 아키호였다. 집이 가까워서 가끔 이렇게 등굣길에 만나곤 한다.

오늘도 아키호는 발랄했다. 언덕을 달려가다 괜히 빙글빙글 도는 바람에 등에 메고 있던 파란색 책가방이 요란하게 흔들렸다. 나쓰카는 가끔 아키호가 신기했다. 친구가 많은 아키호가 어째서 나쓰카를 이렇게까지 신경 써 주는지 알 수 없었다.

아키호가 휙 돌아봤다. 나쓰카의 시선에 고개를 갸웃거렸다.

"……나쓰카, 날 왜 그렇게 봐? 혹시 나한테 마음이라도 있는 거야?"

"아니거든!"

나쓰카는 즉시 되받아쳤다. 그런 게 아니다. 아키호가 "재미없긴"이라며 입을 삐죽였다. 끊임없이 변하는 표정이 볼 때마다 놀랍다.

"맞다!"

아키호가 뭔가 생각난 듯 목소리를 높였다.

"오늘 전학생이 온대!"

"와, 정말?"

무심코 목소리가 커졌다. 나쓰카는 자기가 전학을 간 적은 있어도, 전학생을 맞이해본 적은 거의 없었다. 여름 전에 이사하는 건 드문 일인데. 나쓰카의 경우, 은행에서 일하는 아버지의 부임이 3월과 9월에 정해져 항상 그 시기에 전학을 다녔다.

아키호는 빠르게 말을 이었다.

"응. 그것도 도쿄에서. 그리고 남자애래! 그 전학생이랑 슈퍼에서 만난 애가 있는데, 멋있었대. 역시 도쿄 사람은 다른가 봐."

황홀한 표정이었다. 아키호는 도쿄를 몹시 동경하는 모양이다. 도쿄 출신인 나쓰카는 그 마음을 알 수가 없었다.

"너무 기대하는 거 아냐? 도쿄 사람이라면 넘쳐날 정도로 많은데."

"그렇지 않아, 나쓰카만 해도 귀엽잖아."

나쓰카가 질렸다는 듯 빠르게 걷자, 아키호가 금세 쫓아왔다. 아스팔트를 달리는 두 사람의 발소리가 타박타박 울려 퍼졌다.

조례 5분 전.

나쓰카와 아키호가 교실에 도착했다. 반 친구들이 왠지 평소보다 들떠 보였다. 전학생에 대한 이야기가 여기저기서 들려왔다. 어디에서 왔는지, 어떤 아이인지, 왜 이사를 왔는지…….

전학생이 오면 교실이 이런 분위기가 되는구나. 전학생을 받아들이는 입장이 되어본 건 처음이라, 모든 것이 새로웠다.

나쓰카에게 전학이란 거스를 수 없는 일이었다.

늘 온화한 미소와 함께 집에 돌아오는 아빠가 현관문을 열며 체념한 표정을 짓고 있으면 그게 신호였다. 이사 갈 집의 주소를 듣고, 그 먼 거리에 새삼 놀란다. 나쓰카는 포기할 수밖에 없고, 모든 걸 처음부터 다시 시작해야만 한다.

……우울한 기억이 되살아난다.

이미 달관했다고 생각했는데 어두운 감정이 피어오른다. 잔뜩 부산스런 교실 분위기에 예민해진다. 나쓰카는 창가 쪽에 있는 자기 자리에 앉았다. 아침의 선선한 공기가 열린 창을 통해 서서히 흘러들어왔다. 산기슭을 따라 이어지는 주택가와 그 너머의 바다가 하얗고 파랗게 펼쳐졌다. 마을의 풍경은 언제나 아름답다. 이 풍경을 바라보고 있으면, 교실의 소란스러움도 조금은 희미해지는 기분이 든다.

"선생님 오신다!"

뒷문 쪽에서 누군가가 소리쳤다. 담임인 요시다 선생님이 오고 있는 모양이었다.

"선생님 뒤에 전학생 아냐?"

"진짜?"

"나도 볼래!"

학생들이 복도 쪽 창문으로 몸을 내밀었다. 어이없는 표정을 짓는 선생님 뒤에서, 앞머리를 눈 근처까지 기른 남자아이가 걸어왔다. 모두가 감탄인지 뭔지 모를 소리를 내며 그 모습을 바라봤다. 저렇게 노골적으로 호기심을 드러내면 전학생이 조금 불쌍한데. 전학에 익숙한 나쓰카조차 그렇게 생각하던 순간, 그 아이가 복도 창 너머로 이쪽을 흘깃 쳐다봤다.

감정을 읽어낼 수 없는 차가운 얼굴, 그리고 먼 곳을 바라보는 듯한 눈빛. 순간 교실의 소음이 잦아들었다. 전학생은 바로 고개를 앞으로 돌렸다. 반 아이들은 멍하니 서로의 얼굴을 마주 봤다. 선생님과 그 아이가 교실로 들어왔다.

"반장, 인사하자."

평소와 같은 선생님의 말에 조례가 시작되었다. 선생님 옆에 서 있는 전학생으로 인해 교실에는 묘한 긴장감이 감돌았다. 선생님이 몇 가지 전달 사항을 이야기한 뒤 살짝 격식을 차려 말했다.

"자, 전학생 한 명이 우리 반에 오게 됐다. 그럼 칠판에 이름을 적고 자기소개를 해보도록."

"네."

전학생은 특별히 당황하는 기색도 없이 담담하게 칠판에 글자를 적기 시작했다. 익숙함과는 또 다른 차분함이 있었다.

'기리노 츳타.'

삐뚤빼뚤한 글씨였다.

"도쿄에서 온 기리노 츳타입니다. 잘 부탁합니다."

머리를 꾸벅 숙였다. 고개를 들자 길고 까만 앞머리가 눈을 가렸다. 기리노는 한 박자 늦게 머리카락을 쓸어 옆으로 넘겼다.

"음, 그래. 잘 대해 주도록. ······기리노, 더 할 말 없나?"

선생님이 기리노를 보며 말했다. 갑자기 전학생에게 발언권을 통째로 넘기다니, 이 선생님은 아무래도 서툴다. 불시의 공격을 받은 기리노는 시선을 옆으로 내리깐 채 잠시 생각에 잠겼다. 무언가 이야기를 꺼내려다, 입을 다물었다. 그리곤 시선을 앞으로 향하더니 다시 한번 입을 열었다.

"밴드."

······밴드?

반 아이들 머리 위로 물음표가 떠올랐다.

"나랑 밴드 하고 싶은 사람이 있으면 말해 줘."

기리노는 여전히 감정을 읽을 수 없는 얼굴로 말했다.

학생들이 그 말의 의미를 한 박자 늦게 이해했다. 동시에 곤혹스러움이 퍼져나갔다. 나쓰카도 눈을 깜박였다. 밴드를 하겠다고? 갑자기?

"······도쿄 애들은 대단하구나."

요시다 선생님이 시원찮게 맞장구를 쳤다. 어색한 상태로 조례가 끝났다.

그 전학생은 무슨 생각을 하는 걸까.

수영을 하면서 나쓰카는 그런 생각을 했다. 오늘은 일주일에 한 번, 수영 센터에서 레슨을 받는 날이다.

나쓰카는 전철로 한 시간 반 걸리는 이곳으로 레슨을 받으러 다니고 있다. 도쿄에서도 다니던 대형 수영 센터의 지방 분교다. 새하얀 천장의 탁 트인 공간, 풀 위에 나란히 걸린 파란색과 노란색의 삼각 깃발, 벗겨지지 않은 풀 바닥의 기준선. 학교보다는 시설이 훨씬 좋다.

그러나 도쿄에 있었을 때는 연습 환경이 더 좋았다. 수시로 오는 지하철을 타고 15분만 가면 수영 센터가 있었고, 일주일에 두 번씩 레슨을 받으러 다녔다. 그러나 오가는 시간이 너무 많이 걸리는 지금은 그럴 수 없다.

기리노는 도쿄에 있을 때 뭘 했을까. 문득 그런 생각을 했다.

반 친구들은 기리노라는 존재에 당황하고 있었다. 무뚝뚝한 성격에, 갑작스러운 밴드 발언. 평범한 전학생이라면 조례가 끝난 뒤 바로 질문 세례를 받았을 테지만, 다들 멀찍감치 떨어져서 기리노를 바라볼 뿐이었다. 전학에 익숙한 나쓰카는 좀 다른 방법도 있었을 텐데, 하고 생각했다.

문득 수영에 집중하고 있지 않다는 걸 깨달았다. 얼른 전신에 의식을 집중했다. 제대로 헤엄치고 있는지 전체적으로 점검하자 속도가 한층 빨라졌다. 그대로 벽에 다다라 풀 밖으로 올라갔다.

출발점으로 돌아가려고 풀사이드를 걷고 있는데, 앞에 가던 여자아이가 뒤를 돌아봤다. 한순간이지만 당혹스러운 눈빛이었다. 그녀는 금세 얼굴을 돌렸지만 그녀의 끈덕진 시선이 나쓰카의 뇌리에 남았다.

도쿄에서는 일부러 상위 클래스가 개설된 센터에 다녔다. 그러니까 이 지방 분교의 또래 학생들보다는 훨씬 빠르게 헤엄칠 수 있었다. 그만큼 노력을 해왔다는 자부심도 있다.

당당하면 돼. 괜찮아. 잘못한 건 아무것도 없어.

나쓰카는 스스로에게 되뇌었다.

출발점으로 돌아가자 못 보던 모습이 눈에 들어왔다. 코치 옆에 정장 차림의 남자가 서 있었다. 풍채가 좋아서 정장 위로도 울룩불룩한 근육이 드러났다. 마흔 살 정도일까.

코치와 이야기를 나누며 웃던 그 사람이 나쓰카를 발견하더니 이쪽으로 걸어왔다.

"후반은 폼이 아주 좋았어요."

갑자기 칭찬을 해서 나쓰카는 당황했다. 남자가 예리한 눈빛으로 말을 이었다.

"전반에는 뭔가 다른 생각이라도?"

정곡을 찔려 윽, 하는 소리가 새어 나올 뻔했다.

"앗, 아니, 저기, 죄송합니다."

나쓰카가 당황하며 허리를 숙이자, 남자는 유쾌하게 웃었다. 웃음소리가 넓은 천장에 반사되어 울려 퍼졌다.

"꼭 집중력을 유지하면서 수영하도록 하세요. 학생은 더 빨라질 수 있어요."

"아, 네."

나쓰카는 고개를 끄덕일 수밖에 없었다. 남자는 "그럼" 하고 머리를 숙이더니 자리를 떠났다. 남자는 코치에게도 인사를 했다. 코치는 저자세로 허리를 깊이 숙였다.

대단한 사람인가?

누구인지 묻기도 전에 남자는 떠나가버렸다. 나쓰카가 고개를 갸웃거리는데, 또 다른 시선이 느껴졌다. 방금 전의 그 여자아이가 이쪽을 보고 있었다. 눈이 마주치자 입을 삐죽이더니 고개를 돌렸다. 분명 남자에게 칭찬받는 것도 듣고 있었겠지.

심장이 두근거렸다. *당당하면 돼, 그러면 돼……*. 또 그렇게 되뇌었다.

며칠 뒤, 방과 후.

종례가 끝나자 교실이 순식간에 시끌벅적해졌다. 엷은 오렌지빛으로 물든 햇살 속에서 반 아이들을 묶고 있던 통제의 끈이 스르륵 풀렸다. 아이들이 뿔뿔이 흩어졌다.

나쓰카는 묵묵히 돌아갈 채비를 했다. 솔직히 이 시간이 불편했다. 공연히 교실에 눌러앉아 잡담을 하는 학생들을 보고 있자면 왠지 모르게 예민해진다.

옆에서 이야기를 나누는 소리가 들렸다. 아키호다.

"그 미신 얘기, 들었어?"

다른 아이가 "요즘 세상에 무슨 미신이야"라며 웃자,

"뭐 어때, 난 그런 거 좋더라."

옆에서 또 다른 장난스러운 목소리가 들려왔다.

아키호는 여자아이들 무리에 섞여서 한창 수다를 떨고 있었다. 아키호가 언젠가 "시간 가는 줄 모르고 수다 떨다가 꼭 육상부 연습에 늦는다니까"라고 한탄한 적이 있었다. 나쓰카는 애매하게 고개를 끄덕였던 기억이 있다.

나쓰카는 아키호에게서 슬며시 시선을 돌렸다. 수다에 끼워주길 바라는 게 아니다. 수다 떨 시간이 있으면 그보다는 수영을 하고 싶다. 그러나 이유를 알 수 없는 소외감이 느껴지는 건 어쩔 수 없었다.

그런 생각을 털어내며 뒷문으로 교실을 빠져나가려다, 문 옆에 세워놓은 검은 케이스를 잠시 쳐다보았다. 기리노의 기타다.

오늘 아침, 기리노가 기타를 짊어지고 학교에 나타나자 일순 학생들이 술렁거렸다. 조례를 하러 들어온 요시다 선생님도 놀란 모습이었다. 어떻게 반응해야 할지 고민하다 결국 아무 말도 꺼내지 못한 것 같지만.

기리노는 여전히 별종 취급을 받고 있다. 그는 정말이지 과묵해서 먼저 말을 꺼내는 법이 없었다. 대화의 실마리도 없어서, 붙임성이 좋은 아이들조차 두 손 든 상태였다.

무슨 생각을 하는 걸까. 또 그런 생각을 했다.

복도로 나간 나쓰카는 멈춰선 채 이야기를 나누는 학생들을 피해 걸었다. 계단을 내려가 1층 교무실에 들렀다. 개인 연습을 하는 날은 수영장 열쇠를 받아야 한다.

"실례합니다, 요시다 선생님 계신가요?"

요시다 선생님은 담임이면서 수영부의 고문이기도 하다. 그래 봤자 이름만 걸어뒀을 뿐, 선생님이 수영하는 모습을 본 적은 없었다. 네, 하는 낮은 목소리가 들려왔다. 안쪽에서 선생님이 일어나는 게 보였다. 조용한 교무실에 열쇠 소리가 짤랑 하고 울렸다.

개인 연습은 나쓰카가 전학 왔을 때 부모님과 함께 부탁해서 겨우 허락받은 것이다. 요시다 선생님은 나중에 나쓰카를 교무실로 불러서 "난 감독할 시간이 없어. 절대 사고 치면 안 된다"라고 못을 박았다. 그때부터 나쓰카는 요시다 선생님을 대하기가 어려웠다.

적당한 몸집에 보통 키의 선생님이 폴로셔츠를 입은 모습으로 나쓰카 앞에 섰다.

"매일매일 열심히도 하는구나."

아…….

요시다 선생님은 그저 혼잣말을 한 것뿐이었을 텐데, 그날따라 나쓰카에게는 뼈 있는 말처럼 들렸다. 자물쇠를 열기 위한 작은 열쇠가 나쓰카의 손 위에 놓였다. 나쓰카는 아무 말 없이 고개만 꾸벅 숙인 뒤 교무실을 나왔다.

열쇠를 너무 세게 쥔 탓에 오른손에 둔한 아픔이 느껴졌다. 아직도 손바닥이 은근히 아팠다.

오늘도 개인 연습을 하는 건 수영부에서 나쓰카 혼자다. 수영장에는 아무도 없었다. 200미터 평영을 적당한 빠르기로 헤엄치다 잠시 쉬기로 했다. 풀에서 올라와도 되지만, 좀 더 물속에 있고 싶은 기분이라 그대로 물에 등을 맡기고 떠 있었다.

햇볕이 날로 강해진다. 여름이 다가오고 있었다. 이 마을의 좋은 점은 흰 피부를 포기해도 아무도 뭐라고 하지 않는다는 것이다. 여자 어른들도 햇볕에 그을린 사람이 많았다. 물에 뜬 채 손으로 태양을 가렸다. 어느새 나쓰카의 팔도 옅은 갈색으로 물들어 있었다.

운동장 쪽에서 육상부의 구령 소리가 울려 퍼지고, 수영장 뒤쪽에 있는 학교 건물에서는 음악부의 연주가 새어 나왔다. 저마다 친구들과 함께 부지런히 연습하고 있을 것이다. 그 소리를 듣는 게 왠지 싫어져서 물속에 몸을 가라앉혔다. 숨을 뽀그르르 뱉어내자 등이 바닥에 닿았다. 수면이 반짝거리며 흔들렸다. 그 모습이 너무나도 눈부셔서, 나쓰카는 눈을 감았다.

숨을 다 내뱉어도 마음속의 답답함은 빠져나오지 않는다. 수영 센터에서 나쓰카를 바라보던 시기 어린 시선, 그저 소란스럽기만 한 반 친구들, 요시다 선생님이 툭 내뱉은 '매일매일 열심히도 하는구나'라는 말. 수영을 열심히 하면 할수록 사람들과의 거리가 멀어져 가는 것만 같다.

내가 이상한 걸까.

마음속에는 늘 동경이 있었다. 올림픽 중계에서 봤던, 그 강인하고 아름다운 수영. 초등학생 때 느낀 강렬한 감정이 아직도 생생했다.

나쓰카는 가끔 상상한다. 넓은 수영 경기장, 사람들이 빽빽하게 들어찬 관객석, 새하얀 출발대, 올림픽 결승, 출발대 위에 서서 수면을 노려보는 자신의 모습.

상상 속에서 레이스의 시작을 알리는 부저가 울림과 동시에 정신이 든다. 그리고 홀로 풀 안에 있다는 사실을 깨닫는다.

어쩔 수 없이 혼자다.

눈시울이 약간 뜨거워졌다. 분명 수압 탓이다. 학교에서 배운 적은 없지만, 분명 그럴 것이다. 나쓰카는 꾹 감았던 눈을 천천히 떴다. 수면에 검은 그림자가 비쳤다. 남자의 실루엣이었다.

어라?

당황할 틈도 없이 첨벙! 하고 큰 소리가 울렸다.

"으으으음!"

나쓰카는 엉겁결에 소리를 질렀다. 물속이 무수한 기포로 가득 찼다. 누군가가 뛰어들었다는 사실을 이해하기도 전에 나쓰카의 몸이 먼저 움직였다. 바닥을 있는 힘껏 밀어낸 뒤, 온 힘을 다해 발차기를 날렸다.

이 변태!!!!!

은근히 단련된 대퇴사두근이 힘을 발휘했다. 남자를 있는 힘껏 걷어차고, 그 반동으로 수면 위로 올라왔다. 산소가 부족한 몸에 공기를 들이마셨다. 어깨를 들썩이면서 수경을 벗고 주위를 살폈다. ······할 말을 잃었다.

수면 위로 기리노가 뻗어 있었다.

풀사이드에 무릎을 끌어안고 앉아 있는 두 사람.

한 사람은 수영복 차림의 나쓰카, 다른 한 사람은 흠뻑 젖은 교복 차림의 기리노다. 무슨 생각을 하는지 도통 속을 알 수 없던 기리노가 설마 이런 역겨운 생각을 하고 있었을 줄이야.

"무슨 속셈이야."

나쓰카가 경계심이 가득한 눈으로 물었다. 기리노는 불만스러운 표정으로 작게 한숨을 쉬었다.

"물에 빠진 줄 알았어."

"뭐?"

"학교 건물 쪽에서 수영장이 보였는데, 물속에 사람 그림자가 있어서 물에 빠진 줄 알고 서둘러 구하러 온 거야. 결국 내 착각이었지만."

기리노는 언짢은 표정으로 나쓰카를 바라봤다. 나쓰카는 무심코 엇, 하는 소리를 냈다. 그럼 내가 구해주러 온 사람을 걷어찼다는 말인가.

"미, 미안……."

"됐어."

기리노가 퉁명스럽게 고개를 돌렸다.

풀사이드에 불어온 산들바람도 이 어색함을 실어가 주진 않았다. 나쓰카는 어찌할 바를 몰랐다. 그러다 문득 기리노가 아직도 흠뻑 젖어 있다는 걸 깨닫고, 황급히 자리를 떴다. 탈의실로 달려가 수영 가방에서 타월을 꺼냈다. 수영장으로 돌아오니 기리노는 일어서서 펜스 너머로 수평선을 바라보고 있었다.

젖어서 몸에 들러붙은 와이셔츠, 물에 젖은 머리카락, 주머니에 아무렇게나 찔러 넣은 손, 그리고 먼 곳을 바라보는 눈.

나쓰카는 왠지 모르게 얼굴이 화끈거렸다. 아무 무늬 없는 경기용 수영복 차림이라는 게 갑자기 신경 쓰였다.

"저기, 정말 미안해. 타월 써도 돼."

슬며시 타월을 내밀자, 기리노는 "응"이라고만 대답하고 몸을 닦기 시작했다. 나쓰카는 그 모습을 똑바로 보지 못하고 시선을 피했다. 그때, 펜스에 기타가 세워져 있는 걸 발견했다.

"저 기타……."

"응?"

기리노가 나쓰카의 말에 반응했다.

"기타, 왜 학교에 가지고 온 거야? 다들 깜짝 놀랐어."

"아아."

기리노는 타월로 머리를 문지르며 대답했다.

"학교 안에 연습할 수 있는 장소가 있는지 찾고 있었어. 아까는 음악부를 보러 갔었어. 들여보내줄 분위기는 아니었지만."

기리노가 띄엄띄엄 말했다. 생각해보니 기리노가 이렇게까지 말을 많이 하는 건 처음이었다.

"밴드 하고 싶다는 사람, 있었어?"

나쓰카가 묻자 기리노는 말없이 고개를 옆으로 저었다. 하긴 그렇겠지.

"왜 그런 얘기를 꺼낸 거야? 전학 오자마자 갑자기."

"……누군가랑 같이 연주하고 싶어서."

누군가랑 같이. 그 말이 괜스레 마음에 걸렸다.

"집에서는 기타를 못 치는 거야?"

"큰 소리를 낼 순 없으니까. 게다가 엄마가 기타를 싫어해."

"……그런데도 용케 계속했네."

나쓰카는 자기가 이것저것 질문을 퍼부어 대고 있다는 걸 깨달았다. 전학생이 오면 이렇게 되는 걸까. 조금 신기하다는 생각이 들었다. 그때, 이번에는 기리노가 물었다.

"나쓰카는 왜 혼자서 수영하는 거야?"

"……어?"

나쓰카의 볼이 붉어졌다.

"어, 어떻게 내 이름을 기억하고 있었네. 아니 그보다, 갑자기 이름으로 부르는 거야?"

너무 갑작스러운 나머지 당황하고 말았다. 나쓰카를 이름으로 부르는 건 아키호 정도밖에 없었다. 다른 친구들은 다 '오미야'라고 성으로 부른다. 기리노는 멍하니 있다가, 아아, 하고 고개를 끄덕였다.

"줏타."

"어?"

"나도 이름으로 불러도 괜찮아. 줏타라고 불러."

아니, 그런 말이 아니잖아. 나쓰카가 뭐라고 하기도 전에 기리노…… 아니, 츗타가 다시 물었다.

"왜 혼자 있어?"

그렇게 묻는 츗타와 눈이 마주쳤다. 그 정직한 시선에 공연히 움츠러들었다. '혼자'라는 말이 무겁게 들렸지만, 이내 털어내고 답했다.

"오늘은 동아리 활동이 있는 날이 아니라서 개인 연습을 하고 있었어. 난 수영을 제대로 잘하고 싶거든."

무심결에 날카로운 말투를 내뱉고 말았다. 나쓰카는 문득 자기가 한 말이 부끄러워졌다. 제대로 잘하고 싶다니, 갑자기 그런 말을 들으면 당황스럽겠지. 이 모양이니까 아무리 시간이 지나도 사람들과 거리가 줄어들지 않는다.

나쓰카는 괴로운 표정을 지었다. 그러나 츗타는 의외로 "그렇구나"라며 살짝 고개를 끄덕일 뿐이었다. 그러고는 먼 곳으로 시선을 돌렸다. 그 끝에는 바다가 있었다.

"나도 잘하고 싶어."

작은 목소리였다. 나쓰카는 무심코 츗타를 쳐다봤다. 츗타는 그저 먼 곳을 바라볼 뿐이었다. 나쓰카의 말을 전혀 이상하게 생각하지 않는 것 같았다. 나쓰카는 저도 모르게 물었다.

"기타 칠 수 있어?"

"……약간은."

"한번 쳐볼래?"

그렇게 부탁하면서, 나쓰카는 스스로에게 놀랐다. 갑자기 이런 말을 꺼내다니.

"그래."

츳타는 "이거 잘 썼어"라며 타월을 공처럼 던져서 넘겨주었다. 축축하게 열을 머금은 타월을 어떻게 다뤄야 할지 당황스러웠다. 츳타는 기타 케이스 앞으로 가서 지퍼를 열었다. 안에서 새빨간 일렉 기타가 모습을 드러냈다.

"앰프가 없으니까 그냥 생소리지만."

츳타는 기타를 어깨에 걸치더니 출발대에 앉았다. 나쓰카도 그 옆의 출발대에 앉았다. 츳타는 다리를 꼬고 그 위에 기타를 얹었다. 손잡이 같은 곳에서 피크를 꺼내더니 줄을 한 번 쓸어내렸다.

……우와.

기타를 연주하는 모습은 처음 봤다. 복잡한 화음이 여운을 남기며 울려 퍼졌다.

"좋아."

츳타가 작게 말하며 고개를 끄덕였다. 방금은 음을 체크한 모양이었다. 그러더니 손으로 기타 바디를 두드리며 리듬을 만들었다. 바로 연주가 시작되었다.

나쓰카는 소름이 돋았다.

정신없이 변화하는 화음. 그런데 아무튼 기분 좋은 흐름이었다. 이게 코드라고 하는 걸까. 그게 먼저 깔리고, 그 사이를 단음의 울림이 연결했다. 소리가 충만하게 주위를 채워갔다.

줏타의 왼손이 기타 넥 위를 부드럽게 움직였다. 낭비 없는 움직임이라는 걸, 아무것도 모르는 나쓰카도 알 수 있었다. 마치 다른 존재 같았다. 이렇게 칠 수 있게 되기까지 얼마나 노력을 했을까.

'나도 잘하고 싶어.'

줏타의 말이 머릿속을 스쳤다.

마지막 한 음까지 연주가 끝났다. 감질나게 울리던 소리를 바닷바람이 실어 갔다. 그 뒤에는 정적보다도 조용한 여운이 남았다. 줏타는 연주하기 전과 조금도 다름없는 모습으로 출발대에 앉아 있었다. 살짝 만족스러운 표정으로 기타를 바라보는 모습에는 감상을 요구하는 기색도, 반대로 쑥스러운 기색도 없었다.

나쓰카는 눈을 깜박였다. 마음속에 북받치는 감정의 물결을 어떻게 하면 좋을지 알 수 없었다. 평소와 똑같은 수영장에서 나쓰카의 심장만이 요동치고 있었다.

"연습할 곳이 없다고 했지?"

나쓰카는 고개를 숙이고, 어느새 물기가 마른 발끝을 바라보았다. 어째선지 줏타를 똑바로 바라볼 수가 없었다.

"그런데."

줏타가 나쓰카를 마주 보려고 고개를 기울이는 통에 나쓰카는 괜히 더 얼굴을 들 수가 없었다. 그대로 작게 중얼거렸다.

"그럼, 여기 쓸래?"

"어?"

"……내가 개인 연습을 하는 날에는 여기서 기타 쳐도 돼."

나쓰카의 말에 츳타의 눈이 휘둥그레졌다.

~

여름방학 일주일 전, 방과 후의 교실은 약간 들뜬 분위기다. 책상 위에 놓인 종이 한 장을 나쓰카는 뚫어져라 바라보았다.

진로조사서.

종례 시간에 나눠준 것이다. 어디 고등학교에 갈지 3지망까지 써서 제출하라고 한다. 기한은 9월 말이니까 시간 여유는 있지만, 그래도 마음이 무겁다. 애초에 이 마을 주변에 어떤 고등학교가 있는지 나쓰카는 잘 몰랐다. 어떤 고등학교의 이름을 쓰든 의미가 없는 것 같다. 어디를 가든 그저 수영을 계속하겠지.

"나쓰카, 어떻게 할 거야?"

"으헉!"

어느새 옆에 아키호가 다가와 있었다. 깜짝 놀란 나쓰카를 보고 아키호가 "이상한 목소리네"라며 웃었다. 아키호도 진로조사서를 손에 든 채 팔랑팔랑 흔들고 있었다.

"어디 고등학교 쓸 거야? 나도 나쓰카랑 같은 학교 쓰려고."

아무렇지도 않게 그런 말을 해서, 나쓰카는 "그렇게 대충 써도 되는 거야?"라며 웃었다. 그러자 아키호가 가슴을 쭉 폈다.

"괜찮아, 괜찮아. 나쓰의 뒤에는 아키가 따라간다, 그게 중요하니까."

"또 그 소리."

나쓰카가 지겹다는 표정을 지었지만 아키호는 아랑곳하지 않고 말을 이었다.

"그리고 난 대학만 도쿄로 갈 수 있으면 충분하니까."

"도쿄? 왜?"

"왜라니, 도쿄는 반짝거리잖아. 다양한 사람들이 있고, 다들 자기답게 살고 있고, 자신감이 넘쳐."

아키호는 당당했다. 그러나 나쓰카는 도쿄가 그런 이상향 같은 곳이라고는 도저히 생각할 수 없었다.

"……아키호는 지금도 반짝거려."

나쓰카는 중얼거렸다. 교실에서 늘 사람을 끌어당기는 아키호, 나쓰카가 보기에는 너무나 눈부신 존재였다. 그런 그녀가 나쓰카에게 말을 걸어준 건 거의 기적에 가까웠다.

"아이 참, 부끄럽게."

아키호가 나쓰카를 진로조사서로 찰싹찰싹 때렸다. 나쓰카는 손을 휘휘 저어 아키호를 말리며 "그런데" 하고 말을 이었다.

"도쿄는 그렇게 좋은 곳이 아냐."

"그렇지 않아, 여기랑은 완전히 다르니까. 난 나중에 도쿄에서 파란만장한 인생을 펼쳐나갈 거야."

그 자신감의 근거가 뭔지 나쓰카는 알 수 없었지만, 쓸데없는 말을 해서 기분을 상하게 하고 싶지 않아 일단 고개를 끄덕였다. 그런 자신감이 조금 부럽기도 했다.

"그럼 도쿄에 가기 전까지는 뭐 할 거야? 그때까지의 시간이 아깝잖아."

나쓰카의 말에 아키호가 멍한 표정을 지었다.

"어? 으음, 있는 힘껏 즐긴다? 아깝다고 생각해본 적 없는데."

아키호는 고개를 갸웃했다. 꾸밈없는 표정. 두려움이라곤 전혀 없는 그 얼굴을 보며 나쓰카는 약간의 동요를 느낀다.

머릿속에서 25미터 풀의 수면이 흔들린다. 나쓰카는 그 사이를 왕복한다. 무언가에 쫓기듯 이대로는 안 된다며 수영을 반복하지만, 옆에서 보기에는 풀에서 빠져나오지 못하고 있을 뿐이다. 문득 수영을 멈추고 바닥에 발을 디디자, 그 옆을 아키호가 달려 나간다. 학교에서 지정한 파란색 책가방을 메고, 가벼운 발걸음으로 수영장에서 멀어진다. 상상 속에서도 아키호는 방긋 웃고 있다.

나는 무엇에 사로잡혀 있는 걸까.

"……나는 미래 같은 건 잘 모르겠어."

그렇게 툭 내뱉고는 자리에서 일어났다. 미래의 일을 생각해봤자 아무 소용도 없고, 무언가가 바뀌는 것도 아니다.

"오늘도 개인 연습?"

아키호가 물어서 "맞아"라고 대답했다. 목소리가 어두워지지 않도록 신경을 썼다.

"대단하다, 힘내."

"……고마워."

아키호의 말에는 아무 가시도 없어서, 그래서 더욱더 나쓰카는 스스로가 싫어지는 기분이었다.

교무실에서 열쇠를 받아 수영장으로 향했다. 탈의실에서 옷을 갈아입고 풀사이드로 나가자, 조금 전에 머릿속으로 떠올린 것과 똑같은 수면이 펼쳐져 있었다.

괜스레 의기소침한 기분이 들었지만 꾹 참고 주위를 둘러봤다. 지붕이 달린 벤치에 기타 케이스가 놓여 있었다. 슛타가 앰프를 옮기는 중이었다.

그날 슛타가 물속으로 뛰어든 사건 이후, 개인 연습을 하는 수영장의 정원이 한 사람에서 두 사람으로 늘어났다. 그러나 그 외에 달라진 점은 없었다. 나쓰카는 늘 하던 연습을 오늘도 반복할 뿐이다.

"……안녕."

어색하게 손을 흔들자, "어어" 하는 반응이 돌아왔다. 그 이상 대화가 이어지는 법도 없다. 나쓰카는 출발대 쪽으로 가서 가볍게 준비운동을 시작했다.

나쓰카는 대회를 앞두고 있었다. 이 지역의 수영연맹에서 주최하는 주니어 대회가 이번 주말에 열린다. 중학생이 출전할 수 있는 대회 중에서는 큰 편에 속했다. 사실 나쓰카는 대회에 조금 약한 편이다. 항상 긴장을 해서 제대로 실력을 발휘했다고 자부할 만한 경기를 한 적이 별로 없었다. 그 긴장을 어떻게 풀어야 할지 모른 채, 오늘도 연습을 반복한다.

나쓰카가 연습을 시작하자 츗타도 기타를 연주하기 시작했다. 츗타는 정기적으로 새로운 악보를 가져와서 다른 곡을 연습하는 것 같았다. 나쓰카는 그 연주를 배경음악 삼아 수영한다. 각자 집중해서 자기 연습을 한다. 오로지 그게 전부였다.

이윽고 츗타가 어떤 프레이즈를 연주하기 시작했다. 마음에 드는 곡인지, 츗타는 연습할 때마다 그 멜로디를 연주했다. 듣기 좋은, 어딘지 모르게 애절한 음의 집합.

일단 수영에 집중하면 어떤 특정한 것을 생각하긴 어렵다. 의식이 몸을 향하고 머릿속은 하얗게 비워진다. 그 공백에 슬며시 흘러들어오는 게 이 곡이었다. 나쓰카는 그걸 듣는다기보다 그저 어렴풋이 느끼고 있었다. 투명한 꿈을 꾸는 기분.

츗타는 같은 멜로디를 몇 번이나 반복했다. 그 모습에 망설임은 없어 보였다. 나쓰카는 소리를 탐닉하는 츗타가 부러웠다. 츗타는 무언가를 강하게 믿고 있고, 그에 대한 의문 따위는 없는 것 같았다.

연습을 일단락 짓고 풀에서 올라왔다. 벤치에 있는 츗타가 연주를 멈추고 손을 들여다보고 있었다. 가까이 가보니, 츗타는 기타를 어깨에 걸친 채 손에 든 라디오를 살피고 있었다. 그러나 거기서 흘러나오는 건 노이즈뿐이었다.

"그게 뭐야?"

"라디오."

"그건 보면 알거든."

나쓰카가 어이없다는 듯 어깨를 늘어뜨렸다.

"왜 라디오 같은 걸 갖고 왔어? 심지어 주파수도 안 맞네."

"......요즘 이 주파수 언저리에서 이상한 전파가 잡히거든."

"이상한 전파?"

나쓰카는 고개를 갸웃했다. 슷타는 라디오에 시선을 고정한 채 이야기를 계속했다.

"FM 라디오인데, 멘트도 광고도 없고 그냥 음악만 흘러나와. 그런 방송이 몇 시간씩 이어져."

"뭐야, 그게."

라디오에 대해서는 잘 모르지만 확실히 묘한 방송이다. 노이즈가 흘러나오는 라디오에 눈길을 주었다. 슷타도 같은 곳을 보고 있다.

"......그런데 모두 다 좋은 곡이야. 다양한 소리가 섬세하게 들어 있고, 신선해. 하나같이 무척 센스가 좋아."

그 말에는 조용한 흥분이 묻어 있었다. 어떻게 하면 저렇게 몰입할 수 있을까.

"전파가 잡히면 들려줄게."

슷타와 눈이 마주쳤다. 나쓰카는 어쩐지 서글퍼져서 중얼거렸다.

"즐거워 보이네."

차가운 말투에 스스로 놀라 바로 후회했다. 그런 말투로 이야기할 생각은 아니었다. 슛타도 무언가를 느꼈는지 조금 시선이 흔들렸지만, 다시 나쓰카와 눈을 마주쳤다.

"나쓰카는 수영, 즐거워?"

슛타는 이쪽을 보고 있는데도 마치 바다를 바라보는 듯 고요한 눈빛을 하고 있었다.

즐거워.

그렇게 대답하려는데 말문이 막혔다. 옅은 숨과 함께 말을 삼켰다. 뭐라도 말해야 하는데 아무 말도 할 수 없었다. 그냥 즐겁다고 하면 되는데.

운동장에서 왁자지껄한 소리가 들려왔다. 펜스 너머로 시선을 돌리자, 야구부 남학생이 육상부 여학생에게 호스로 물을 뿌리며 장난치고 있었다. 운동장 수돗가에 네다섯 명이 모여 떠들고 있었다. 풀사이드의 시선을 느꼈는지, 육상부 여학생 중 하나가 이쪽을 향해 손을 흔들었다. 아키호였다.

즐거워 보이네.

또 차가운 감정이 솟는다. 그런 스스로에게 놀라 황급히 손을 마주 흔들었다. 아키호는 나쓰카의 반응에 만족한 듯 뒤돌아서 야구부 남학생을 쫓아갔다.

"······즐겁다든가, 그런 건 몰라."

나쓰카는 자기도 모르게 그런 말을 내뱉고 말았다.

"난 즐거워서 수영하는 게 아냐. 올림픽 중계에서 봤던 선수를 동경했어. 그렇게 수영하고 싶어서, 그런 곳에서 수영하고 싶어서 그냥 계속 하고 있는 거야."

나쓰카에게 미래란 현재와 떼어놓을 수 없는 것이다. 어떻게든 도달하고 싶은 미래가 있으니까 그걸 향해 발버둥 쳐야만 한다고 생각하며 오늘까지 수영했다.

"내가 수영하는 동안 다들 친구랑 장난치고, 떠들고, 웃고 있어. 그런데 난 그런 방법을 몰라. 꿈을 이루기 위해 수영하는 것밖에 할 줄 몰라. ……아니, 꿈을 이루기 위한 건지조차 잘 모르겠어."

그 올림픽 선수의 모습은 언제라도 쉽게 떠올릴 수 있다. 물과 하나가 된 듯 앞으로 쭉쭉 나아가는 그녀의 모습이 항상 뇌리에 새겨져 있다. 그러나 절대 그녀처럼은 수영할 수 없다. 그 모습은 너무나도 멀리 있다.

수영에 몰두하면 할수록 반 친구들과의 거리는 멀어져 간다. 그렇다고 해서 뇌리에 새겨진 선수를 따라갈 수 있는 것도 아니다. 그런데 왜 수영을 하는 걸까. 바라서 하고 있는 일인데도 비참함을 떨칠 수가 없다.

머릿속이 소용돌이치면서 뒤죽박죽이 된다. 나쓰카가 고개를 숙이자 줏타가 입을 열었다.

"바다는 좋아해?"

"뭐?"

줏타는 펜스에 손을 걸치고 먼 곳을 바라보고 있었다. 언덕 아래로 펼쳐진 작은 마을. 새파란 하늘과 더욱 푸르른 바다. 옆게, 그렇지만 넓게 끝을 모르고 퍼져나가는 바다의 향기. 이사 온 지 1년 하고도 몇 달이 지났지만, 아직도 코가 찌릿하다.

"……별로 안 좋아해. 바다에서 수영하면 살이 따갑고, 짜고. 바닷바람도 왠지 익숙해지질 않아."

"그렇구나."

츳타는 나쓰카의 대답에 흥미가 없어 보였다. 왜 갑자기 그런 걸 묻는 건지 고개를 갸웃하자, 츳타가 중얼거렸다.

"난 파도가 좋아."

"파도?"

"응. 파도는 계속해서 밀려오잖아. 그게 좋아."

츳타는 펜스에서 몸을 떼더니 벤치에 걸터앉았다. 기타를 들고, 아까 전의 멜로디를 다시 연주했다.

"이 기타, 아빠한테 받은 거야"라며 선명한 빨간색 바디를 쓰다듬었다.

"기타를 치는 아빠는 멋있었어. 새로운 코드를 칠 수 있게 되면, 왼손으로 쓰다듬어 주셨어. 기타 줄을 너무 많이 눌러서 손이 딱딱했지."

코드를 연주한다. 여섯 개의 줄이 자아내는 소리가 어쩐지 애달프게 울린다.

"계속 아빠를 동경했어."

츳타는 살짝 미소를 지었다. 유난히 애처로운 표정과 모든 것이 과거형인 츳타의 이야기에 나쓰카는 불안한 예감이 들었다.

"아버지한테 무슨 일 있었어?"

"죽었어."

춧타는 먼 곳을 바라보며 중얼거렸다. 나쓰카는 아무 말도 할 수 없었다. 할 수 있을 리가 없다. 늘 먼 곳을 바라보는 것만 같던 춧타가 무엇을 보고 있었는지, 조금이나마 알 것 같은 기분이었다.

"소중한 건 반복해야 돼. 몇 번이든, 끝없이. 잊어버리지 않도록, 꺾이지 않도록, 계속 나아갈 수 있도록."

몇 번이든, 끝없이.

그 말에 가슴이 죄어들었다. 나쓰카가 언젠가 중얼거렸던 말이었다. 시야 저 멀리, 먼바다에는 흰 포말이 일고 있었다. 파도치는 소리가 귓가에 들리는 듯했다.

또다시 춧타가 기타를 연주하기 시작했다. 말로 표현할 수 없는 감정을 넘치도록 끌어안은 소리가 다시 한번 나쓰카에게 밀려왔다.

~

주말, 드디어 대회가 열리는 날이다.

대회장은 나쓰카가 사는 동네에서 차로 2시간 거리였다. 대도시의 중심부에서 조금 떨어진 곳에 위치한 수영 경기장으로, 기업 이름을 내건 거대한 스포츠 시설의 한쪽 구석에 있었다.

아침 8시가 지났을 무렵에는 이미 부모님의 차를 타고 대회장에 도착해서 개회식과 워밍업을 끝냈다. 관객석 2층에 수영 센터 학생들과 보호자, 코치가 모여 있었다. 나쓰카와 부모님도 그 근처에 자리를 잡고 나쓰카가 출전하는 200미터 평영 레이스를 기다렸다.

긴장감 때문에 초조해져서 레이스도 보는 둥 마는 둥 했다. 나쓰카도 저 자리에서 결과를 내야 한다. 지금까지 수도 없이 헤엄쳤지만, 레이스는 한 번에 승부가 결정된다. 너무해. 다 알고 있는데도 새삼 불만을 느끼며 나지막이 한숨을 내쉬었다.

레이스 30분 전이 되자 코치가 나쓰카의 이름을 불렀다. 관객석을 나와 1층으로 내려갔다. 탈의실에 들어서자 또래 선수들이 묵묵하게 옷을 갈아입고 있었다. 아무도 눈을 마주치지 않는다. 나쓰카도 바닥의 파란 발판을 바라보며 사람들의 시선을 피했다. 빈 라커를 찾아 빠르게 짐을 넣었다. 워밍업을 할 때 미리 옷을 갈아입어서 걸치고 있던 트레이닝복을 벗기만 하면 됐다.

샤워를 하고 풀로 나갔다. 높은 천장이 머리 위에 펼쳐졌다.

삭막한 공기 속에 수영장의 염소 냄새가 스며들었다. 목구멍에서 쓴맛이 올라왔다. 대회 특유의 이 분위기가 불편했다.

풀사이드의 대기 줄에 서서 나쓰카는 눈을 꾹 감았다. 심장이 아플 정도로 고동쳤다. 그때, 츗타가 연주하는 멜로디가 머릿속을 스쳤다.

츗타는 끊임없이 연주를 반복한다. 처음에는 손가락이 뻣뻣하지만 점차 움직임에 익숙해진다. 이윽고 아름다운 음이 흘러나온다. 청아한 애달픔을 간직한 소리가 나쓰카의 머릿속에서 쉽게 재생된다.

츗타는 아빠를 동경한다고 했다. 그러나 그 동경은 평생 보답 받을 수 없다. 다른 사람들의 평가가 어떻든 간에, 츗타 스스로는 제 안에 간직한 아버지의 모습을 넘어설 수 없을 것이다. 나쓰카도 마찬가지다. 아무리 수영을 해도 뇌리에 새겨진 그 선수의 모습을 넘어설 수 없다.

그럼에도 불구하고 나쓰카와 츗타는 반복해온 것이다. 잊어버리지 않도록, 꺾이지 않도록, 계속 나아갈 수 있도록, 몇 번이든, 끝없이. 꿈을 이루고 말고의 차원을 넘어서 오직 저 멀리를 응시하고 있다.

나쓰카의 차례가 왔다. 다른 선수들과 함께 일렬로 출발대에 섰다. 평소라면 주위 선수들을 돌아보며 떨고 있었을 테지만, 지금의 나쓰카는 두려울 게 없었다. 어느새 가슴속 괴로움은 어딘가로 사라져버렸다.

학교 수영장을 떠올린다. 펜스 너머 멀리 수평선이 펼쳐진 바다. 바다를 바라보는 츳타의 눈은 언제나 고요하다. 그렇게 먼 곳을 바라보면 된다. 동경하는 걸 좋아 언제까지나 길 위에 서 있다. 동경하는 힘으로 살아가고 있다.

부저가 울리고, 나쓰카는 물속으로 뛰어들었다.

뇌리에서 다시 그 멜로디가 흐르기 시작했다. 전신에 의식이 집중되고, 투명한 기분이 나쓰카를 감쌌다. 계속 끌어안고 있던 고독감은 찾아볼 수 없었다. 츳타가 수영장에 뛰어든 그날부터, 나쓰카는 더 이상 혼자가 아니었다.

로비에 나쓰카가 서 있다. 아이스크림 자판기 앞에서 바닐라를 먹을지 쿠키앤크림을 먹을지 고민하고 있었다.

레이스 결과는 2위였다.

1위와는 0.2초 차이의 접전이었다. 그렇지만 1위는 나쓰카보다 세 살 위에다 전문 수영 교육을 받는 체육고등학교 학생이다. 처음부터 유력한 선수였다. 나쓰카는 그런 상대와 비등한 경기를 해냈다. 예상 밖의 결과였다며 코치도 흥분했다.

옆에 선 엄마가 "고민되면 둘 다 살까?"라고 묻는다. 나쓰카가 기특했던 모양인지, 괜히 응석을 받아주려고 한다. 나쓰카는 "아냐, 둘 다 먹으면 배탈 나"라며 고개를 저었다.

그때, 뒤에서 누가 말을 걸었다.

"저기, 안녕하십니까."

놀라서 돌아보니 정장 차림의 남자가 서 있었다. 딱 벌어진 큰 체구, 정장 너머로도 알 수 있는 근육질 몸. 어디선가 본 적이 있다.

"오미야 씨 맞죠. 전에 뵌 적이 있는데, 기억나십니까?"

듣고 보니 생각났다. 수영 센터에서 코치 옆에 서 있던 남자였다. 나쓰카가 고개를 끄덕이자, 남자는 "다행이다"라며 크게 웃고는 가죽 케이스를 꺼냈다.

"저는 이런 사람입니다."

허리를 숙이며 나쓰카에게 명함을 건넸다. 이렇게 깍듯한 사람은 처음 봤다. 주저하며 받아들자, 그곳에는 나쓰카가 다니는 수영 센터의 이름과 '도쿄 체육고등학교 매니저'라는 직함이 적혀 있었다.

"도쿄에 있는 체육고등학교의 매니저를 맡고 있는데, 그 일로 오미야 씨에게 드릴 말씀이 있어서 이렇게 말을 걸었습니다."

그렇게 말하고는 재빠르게 가방에서 자료를 꺼냈다. 멍하니 있던 엄마의 손에 팸플릿이 쥐어졌다. 그 체육고등학교의 건물 사진이 프린트되어 있었다.

"소문을 듣고 오미야 씨가 수영하는 모습을 몇 번 보러 갔었습니다."

나쓰카가 고개를 갸웃하자, 남자가 방긋 웃었다.

"요전번도 사찰이었습니다. 지방에 있는 학교에 찾아가서 선수를 스카우트하는 게 제 일이니까요."

풀사이드에서 코치가 이 남자에게 머리를 숙이던 모습을 떠올렸다. 남자는 말을 이었다.

"오미야 씨, 오늘은 훌륭한 경기였습니다. 아직 다듬어야 할 부분도 있지만, 이 정도까지 폼을 완성하다니 정말 대단합니다. 오미야 씨는 훨씬 더 빨라질 수 있습니다. 올림픽도 꿈이 아닙니다."

올림픽.

그 울림에 어깨가 떨렸다. 올림픽이라는 말이 이렇게까지 현실적인 울림을 띤 건 처음이었다. 저 멀리 있던 꿈이 갑자기 눈앞으로 다가온 것이다.

"도쿄의 체육고등학교에 진학하지 않으시겠습니까."

남자는 나쓰카를 똑바로 바라보았다. 중학생이라고 봐주지 않겠다는 눈빛이었다.

"특별 코치의 지도와 충분한 시설이 제공됩니다. 선수용 기숙사도 갖춰져 있고, 학업 면에서도 확실하게 백업해 드립니다. 진지하게 수영을 해보지 않으시겠습니까."

너무 갑작스런 이야기에 머리가 잘 돌아가지 않았다. 그저, 올림픽이라는 단어가 나쓰카의 머릿속에서 끝없이 울리고 있었다.

～

햇살이 나쓰카 위로 사정없이 내리쬐고, 피할 길 없는 더위가 사방을 가득 채웠다. 아직 9시밖에 안 됐는데, 달아오른 공기에 아지랑이가 피어올랐다. 수면에서 어깨를 내밀었다가, 훅 끼쳐오는 열기에 다시 몸을 물속에 담갔다.

이런 모습의 요괴가 있었던 것 같은데.

여름방학도 반이 지나가고 있었다. 오늘도 나쓰카는 학교 수영장에 있다. 여름방학 중의 동아리 활동은 열사병 대책 때문에 11시까지로 정해져 있다. 그래서 평소보다 일찍 일어나서 학교에 온다.

주위를 둘러보니, 풀사이드에 슛타가 와 있었다. 평소처럼 미니 앰프와 함께 지붕이 달린 벤치에 앉아 있다.

"좋은 아침."

말을 걸자 슛타도 "어" 하고 덤덤한 인사를 건넸다. 그 옆에선 라디오가 노이즈를 내뱉고 있었다. 오늘도 지난번 말했던 그 방송은 나오지 않는다.

기타 소리가 흘러나오자, 나쓰카도 다시 수영을 시작했다.

여름방학에도 슛타는 수영장에 와서 평소와 다름없는 모습으로 담담하게 기타를 연주했다. 방학 동안엔 집에서 연습해도 될 텐데, 하고 시치미를 떼면서도 나쓰카는 슛타의 존재에 조금 심박수가 올라간 자신을 발견했다.

오늘도 학교 건물에서는 음악부의 연주가 새어 나오고, 운동장에서는 야구부와 육상부의 구령 소리가 울려 퍼졌다. 그러나 언젠가 느꼈던 고독감은 더 이상 없었다. 대신 나쓰카의 머릿속에 조금 무거운 짐이 하나 더해졌다.

결국 도쿄의 체육고등학교에는 아직 연락을 하지 못했다. 스카우트를 하러 온 남자에게 받은 팸플릿에는 체육고등학교에 대한 정보가 상세하게 실려 있었다. 올림픽 선수가 몇 명 소속되어 있고, 그중 두 명은 메달리스트였다. 코치진에도 올림픽 경험자의 이름이 올라 있었다. 그야말로 수영 엘리트를 육성하는 기관이었다.

대회에서 돌아오는 길, 아빠는 스카우트 이야기를 듣더니 "천천히 생각해봐. 아직 9월도 안 됐으니까"라며 너그럽게 고개를 끄덕였다. 만일 나쓰카가 도쿄로 가겠다고 한다면, 부모님은 말리지 않을 것이다.

계속 동경해온 무대가 갑자기 가까워지려 하고 있었다. 너무나 뜻밖의 제안이라 나쓰카는 망설여졌다. 그러나 그렇게 생각할 때마다 위화감이 들었다.

계속 바라던 일인데, 이제 와서 뭘 주저하는 걸까.

문득 집중력이 흐트러진 상태로 헤엄치고 있는 자신을 깨닫고, 물속에서 발을 멈췄다. 그 자리에 멈춰 서서 얼굴의 물을 털어냈다.

줏타는 언제나처럼 그 멜로디를 연주하고 있었다. 오늘은 콧

노래가 섞여 있다. 요즘 슛타는 무어라 흥얼거리며 이 멜로디를 연주하곤 했다. 슛타는 깨닫지 못했을지도 모르지만 목소리는 꽤 컸고, 그 느긋함이 마음에 들었다. 나쓰카는 콧노래에 귀를 기울였다.

그때 슛타가 연주를 멈췄다. 무슨 일인가 하고 바라보니, 하늘을 멍하니 쳐다보고 있었다. 나쓰카도 머리 위를 올려다봤다. 어느새 새까만 구름이 하늘을 뒤덮고 있었다. 뚝, 뚝, 하고 수면에 파문이 일었다.

"비다."

두 사람의 목소리가 동시에 터져 나왔다. 얼굴을 마주 봤다. 그 사이에도 빗줄기는 점점 굵어지고 있었다. 콘크리트에 빗방울이 튀면서 비 냄새가 퍼졌다. 순식간에 큼직해진 빗방울이 나쓰카의 몸을 때리기 시작했다.

"······우와아."

정신을 차린 나쓰카는 황급히 물 밖으로 나왔다. 이래서야 연습을 할 수가 없다. 그대로 탈의실이 있는 건물의 지붕 아래로 들어갔다. 그 옆에는 지붕이 달린 벤치에 앉은 슛타가 있었다. 두 사람은 하늘을 올려다보았다.

"소나기일까?"

나쓰카가 말하자, 슛타가 "글쎄"라고 중얼거렸다. 그대로 대화가 끊어졌다. 풀사이드를 거세게 때리는 빗방울이 침묵을 메웠다.

"앉지 그래?"

이윽고 츳타가 입을 열었다. 나쓰카를 보며 옆자리를 향해 고개를 살짝 까딱였다. 나쓰카는 순간적으로 자기가 수영복 차림이라는 걸 떠올렸다.

"……타월이랑 걸칠 것 좀 가져올게."

나쓰카는 왠지 부끄러워져서 황급히 몸을 돌려 탈의실로 향했다. 가볍게 몸을 닦고 수영 모자를 벗었다. 어차피 엉망인 건 알지만, 손가락으로 머리카락을 정돈했다.

트레이닝복을 걸치고 다시 밖으로 나가자, 츳타는 무심하게 기타를 치고 있었다. 주뼛주뼛 츳타의 옆에 앉았다. 빗소리에 젖은 기타 소리가 어쩐지 차분하게 울렸다.

츳타의 손은 매끄럽게 움직였다. 츳타의 아빠도 이런 식으로 기타를 쳤을까 하는 생각을 했다. 츳타는 그 모습을 똑바로 좇고 있다. 이렇게 가까이 있으면서도 계속 먼 곳을 바라보는 츳타의 얼굴을 무심코 넋을 잃고 보게 된다. 고요한 눈빛을 한 그 옆모습이…….

그 옆모습이, 뭐 어떻다는 거야.

무슨 생각을 한 건지 깨닫고 당황했다. 볼이 달아오르는 게 느껴졌다.

"기타 쳐볼래?"

"으어엇?"

갑자기 말을 걸어서 깜짝 놀랐다. 츳타가 당황한 얼굴로 쳐다

보자 나쓰카는 어떻게든 평정을 되찾으려 애썼다. 줏타는 연주를 멈추더니 답을 기다리지 않고 기타를 어깨에서 내렸다.

"기타, 쳐보고 싶은 거 아냐? 계속 보고 있었잖아."

"아, 아니, 안 봤거든."

거짓말이다. 확실히 보고 있었다. 우왕좌왕하는 사이 줏타가 나쓰카의 어깨에 기타를 걸었다.

"어, 어떻게 하면 돼?"

"왼손으로 여기를 잡아봐. 이렇게 누르는 게 C 코드야."

오른쪽에 앉은 줏타가 나쓰카의 앞으로 손을 뻗어 줄을 눌렀다. 손의 열기가 느껴져서 주춤했다. 슬쩍 줏타를 보니 평소처럼 무뚝뚝한 시선이다. *너는 아무렇지도 않나 보구나.* 나쓰카는 묘한 짜증을 느끼며 마음속으로 물었다.

"C라니?"

"됐으니까, 자, 여기 눌러."

여전히 줏타는 동요하지 않는다. 아무리 해도 감정을 읽어낼 수가 없다. 하는 수 없이 왼손 끝에 힘을 주어 줄을 눌렀다.

"이, 이렇게?"

"응. 그리고 피크로 위에서부터 쓸어내리듯이 치는 거야."

줏타가 나쓰카의 오른손을 잡고 피크를 쥐어줬다. 나쓰카의 심장이 덜컥 내려앉았지만, 이미 그런 반응 하나하나에 신경 쓸 겨를이 없었다. 시키는 대로 기타줄을 쓸어내리자, 아름다운 화음이 울렸다. 몸에 찌릿찌릿 전기가 흐르는 느낌이었다. 직접 음을 낸다는 건, 확실히 기분 좋았다.

"다음은 이거. D 코드."

"……이렇게?"

다시 한번 기타줄을 쓸어내리자 또 다른 화음이 울렸다. 그러나 줄을 누르는 건 의외로 힘들어서 금세 팔이 저려왔다.

"다음은 E, 이렇게."

"으, 으응."

또다시 앰프에서 소리가 났다. 정말로 이 손으로 소리를 내고 있는 건지 확신이 들지 않았다. 신기한 느낌이었다.

"이제 C, D, E를 이어서."

"아, 알겠어."

나쓰카는 어색하게나마 일러주는 대로 기타를 쳤다. 간혹 줄의 일부가 울리지 않기도 했지만, 그럭저럭 연주라고 할 수 있을 만한 정도로는 칠 수 있었다.

"……이거, 재밌다."

나쓰카가 중얼거리자 줏타는 훗 하고 숨을 내뱉었다. 살짝 웃고 있는 것처럼 보였다.

그대로 나쓰카는 기타를 계속 쳤다. 원래부터 단순한 연습을 반복하는 게 성격에 맞아서, 무심코 빠져들고 말았다. ……그렇다고 치자. 나쓰카가 기타를 치는 동안 줏타는 계속 나쓰카를 바라보고 있었다. 왠지 간질간질한 기분이었다.

"비, 그쳤어."

줏타의 말에 기타에서 시선을 떼고 고개를 드니 정말로 이미 비가 그쳐서 서쪽은 하늘이 파랬다. 살며시 흘러들어온 바닷바람이 왠지 상쾌했다. 나쓰카는 왼손을 기타줄에서 뗐다. 손이 저릿저릿했다.

"아, 손가락에 쥐 날 것 같아……. 얼얼해……."

지금껏 해본 적 없는 움직임이었다. 줄을 확실하게 누르려면 힘이 필요해서 손목이 아팠다. 나쓰카는 끄응 소리를 내며 저린 손을 쭉 폈다. 오른손의 피크가 빛을 반짝 반사했다. 모서리가 둥근 하늘색 삼각형. 하늘을 헤엄치는 물고기가 떨어뜨린 비늘 같은, 그런 하늘색이었다.

"피크 예쁘다."

아무 생각 없이 중얼거렸다. 그러자 줏타가 나쓰카의 손을 올려다봤다.

"그거, 가져."

"뭐?"

줏타가 스스럼없이 말했다. 그러나 나쓰카는 피크의 감촉을 손에서 느끼며 허둥거리고 말았다. 줏타가 몇 번이나 줄을 튕겼던 피크. 그걸 쥐고 있으려니 몸 구석구석까지 피가 흐르는 느낌이 들었다.

"아, 아니야, 미안하잖아."

나쓰카가 거절하자 줏타가 툭 내뱉듯 말했다.

"……괜히 쓸데없는 걸 주는 건가."

"그런 거 아냐!"

나쓰카의 목소리가 무심코 커졌다. 순간 부끄러워졌다. 그때 차임벨이 울렸다. 11시. 동아리 활동이 끝나는 시간이었다.

"그럼, 빌려줄게."

쥿타가 중얼거렸다. 나쓰카가 그 말의 의미를 생각하고 있자니, 쥿타는 "다음에 기타 칠 때 써"라며 진지한 얼굴로 말했다.

"나, 수영 그만두고 기타로 넘어가는 거야?"

"……밴드 할래?"

"안 해."

쥿타가 시시하다는 표정을 지어서 나쓰카는 풋 하고 웃고 말았다. 나쓰카는 얼떨결에 주머니에 피크를 집어넣었다.

"오, 나쓰카!"

나쓰카가 "응?" 하고 돌아보는 순간, 아키호가 달려들었다. 여자아이의 향기가 코를 간질였다.

쥿타와 함께 수영장을 나와서 집으로 가려고 정문 앞까지 왔을 때였다. 마침 육상부의 연습도 끝난 모양인지, 부원 몇 명이 모여 있었다.

"방금 비 엄청났지, 완전 다 젖었어."

확실히 아키호의 머리카락은 아직도 축 처져 있었다. 나쓰카는 마른 타월이 남은 걸 떠올리고는 "쓸래?"라며 내밀었다. 아키호는 "앗, 진짜?"라며 기뻐하더니 머리를 닦기 시작했다.

"이야, 막 쏟아지는 게 완전 여름 느낌이더라."

아키호야말로 완전히 여름 느낌처럼 발랄했다. 자기 이름을 헌정하고 싶은 기분을 느끼며, 나쓰카는 고개를 끄덕였다.

"맞아. 여름방학도 벌써 반이나 지났고."

"그런 소리 하지 마. 더 놀고 싶은데……"

"숙제는 했어?"

"그런 소리 하지 말라니까! 나쓰카는?"

"사실은 나도 밀렸어."

"이거, 이거, 안 되겠네."

둘이서 마주 보고 깔깔 웃었다. 아키호와 만나는 건 오랜만이라, 이런 느낌이 왠지 그리웠다. 아키호가 무언가 떠올린 듯 "아" 하는 소리를 냈다.

"맞다, 다음 주 토요일에 한가해?"

"……한가하긴 한데. 왜?"

"신사에서 본오도리_{일본의 대표적인 여름 행사로, 백중 기간을 맞아 죽은 사람을 위로하기 위해 절이나 신사에 모여 춤을 춘다}를 하거든. 나쓰카, 작년에는 안 갔잖아. 올해는 가자. 진짜 재미있을 거야."

아키호는 이미 눈앞에 본오도리가 펼쳐진 것처럼 눈을 빛냈다.

"……본오도리, 말이지."

나쓰카는 축제 자체를 별로 좋아하지 않는다. 애초에 사람이 몰리는 걸 좋아하지 않는 성격이다. 어떻게 할지 고민하고 있는데, 아키호가 활짝 미소를 지으며 슛타에게 말을 걸었다.

"기리노도 한가하지? 같이 가자!"

슛타는 깜짝 놀란 얼굴이었다. 여자들끼리의 대화에서 갑자기 자기 이름이 나오리라고는 생각하지 못한 모양이다.

"아, 난 이제 가야겠다. 육상부 친구들이 기다리는 것 같아."

아키호가 나쓰카에게 타월을 돌려주고 손을 흔들며 떠나갔다. 남겨진 나쓰카와 슛타는 천천히 얼굴을 마주 봤다.

"······어떻게 하지."

그렇게 중얼거리자 슛타가 언제나처럼 무뚝뚝한 표정으로 말했다.

"나쓰카가 가면 나도 가볼까."

"엥?"

저도 모르게 이상한 소리가 튀어나왔다. 나쓰카는 당황해서 숨을 삼켰다.

"그럼, 나도 가지 뭐."

태연한 척 말했지만, 목소리가 떨리지 않았는지 불안해졌다.

토요일 저녁, 나쓰카는 집을 나서서 신사로 향했다. 신사는 학교와 집 사이에 있어서 언덕 중간까지 올라가야 한다. 오래된 주택가 사이로 이어지는 계단을 올라가다 뒤돌아보니 눈앞에 바다가 펼쳐졌다. 타는 듯한 붉은 석양이 바다 한복판으로 가라앉고 있었다. 이 동네에 온 지 1년 반이 지났지만, 아직도 이

경치는 질리지 않고 아름답다.

산 쪽에서는 검은 구름이 다가오고 있었다. 어렴풋이 천둥 같은 소리도 들려왔다. 어쩌면 한바탕 비가 쏟아질지도 모르겠다. 신사에 가까워지자 축제 음악이 들려왔다. 희미한 가사의 민요와 북소리가 가슴을 울렸다. 나쓰카의 심장 고동이 차츰 거세졌다. 그건 축제의 흥분이라기보다는 불안함에 가까웠다. *누가 있을까. 어떤 분위기일까. 무엇보다, 슛타는 왔을까.*

이런저런 생각을 하는 사이에 신사에 도착했다. 도리이_{신사의 경계를 표시하는 일종의 기둥 문} 아래는 사람들로 북적거렸다. 어른들도 많았지만 나쓰카 또래와 좀 더 어린 아이들이 눈에 띄었다. 저마다 작게 무리를 지어 떠들썩하게 이야기꽃을 피우고 있었다.

나쓰카는 무심코 발을 멈췄다. 머릿속에서 방과 후의 교실이 되살아났다. 섬처럼 떠다니는 사람들의 무리를 보니, 여기는 자신이 있을 곳이 아니라는 생각이 들었다. *역시 오는 게 아니었어.* 그런 생각을 하면서 입구에 붙박인 듯 서 있는데,

"나쓰카."

뒤에서 낮은 목소리가 말을 걸었다. 움찔하며 돌아봤다. 슛타가 서 있었다.

"원피스 입었네."

갑자기 그런 말을 들으니 가슴이 두근거렸다. 나쓰카는 오늘, 이번 여름에 산 하얀 원피스를 입었다. 교복과 수영복이 아닌 모습으로 슛타를 만나는 건 처음이었다. *원피스가 뭐 어쨌다는*

거야, 예쁘다고 해주면 어디 덧나나. 그런 불만이 들었지만 살며시 마음속에 숨겼다.

"줏타는 폴로셔츠네."

폴로셔츠가 뭐 어떻다는 말은 하지 않는다.

"오늘은 기타 안 가지고 왔네."

"아무래도 무거우니까."

"무겁다는 생각은 하는구나."

"······날 로봇이나 뭐 그런 걸로 착각하는 거 아냐?"

퉁명스러운 표정의 줏타를 보니 풋 하고 웃음이 나왔다. 신사에 도착했을 때부터 느꼈던 긴장감은 어디론가 사라졌다.

둘이서 경내로 발걸음을 옮겼다. 원래 아담한 신사여서 어딜 가도 사람들로 붐볐다. 2층짜리 망루가 세워져 있었고, 그 위에서 전통의상을 입은 아이들이 음악에 맞춰 큰북을 쳤다. 사람들이 망루를 둘러싸고 세 겹 정도 원을 만들었고, 그 안에서 유카타를 입은 여자들과 아이들이 춤을 추고 있었다. 망루 사방에 걸린 빨간 등롱이, 오늘 하룻밤은 신사의 색채를 바꾸어 놓았다.

나쓰카는 줏타의 뒤를 따라 인파 속을 정처 없이 걸었다. 도중에 유카타를 입고 춤추는 아키호를 발견했다. 그 주위도 아키호의 친구들인 듯, 유카타를 똑같이 맞춰 입고 있었다. 나쓰카가 손을 흔들자 아키호도 나쓰카를 발견하고는 이쪽으로 오라며 손짓했다. 나쓰카는 고개를 저어 거절했다. 춤추는 건 좀 창피했다. 아키호가 재미없다는 표정으로 입을 쭉 내밀어 보이기에, 미안하다며 머리를 숙였다.

츳타와 나쓰카는 경내 안쪽에 있는 바위에 걸터앉았다. 작은 본전 옆, 인적이 드문 곳에서 떠들썩한 사람들을 바라봤다.

"나쓰카는 축제 좋아해?"

츳타가 물어서, "너무 시끄러운 건 별로 안 좋아해"라고 대답했다. 그러자 츳타가 "나도"라며 중얼거렸다. 나쓰카는 그게 아무래도 웃겨서 풋 하고 웃어버렸다.

"왜 웃어?"

"좋아하지도 않으면서 우리 둘 다 여기 왔잖아."

츳타는 부루퉁하게 입을 내밀더니 고개를 휙 돌렸다. 그게 또 웃겼다. 너무 시끄러운 건 싫지만 너무 조용한 것도 쓸쓸하다. 서툴고 제멋대로지만, 그게 솔직한 심정이다.

츳타와 드문드문 이야기를 나눴다. 대화가 끊겨도 본오도리의 음악과 사람들의 떠들썩함이 침묵 사이를 기분 좋게 메워주었다. 본오도리를 즐기는 사람들의 원 안에는 끼어들 수 없지만, 마음 한구석에 늘 자리하던 소외감은 찾아볼 수 없었다. 지금의 나쓰카는 혼자가 아니었고, 그게 아무튼 기뻤다.

"요즘 수영은 잘돼?"

문득 츳타가 물었다. 나쓰카는 얼른 정신을 차리고 대답했다.

"아, 응. 그럭저럭. 요전번의 대회에서도 기록은 좋았어."

그렇게 말하자 마음이 순식간에 가라앉았다. 도쿄의 체육고등학교에서 스카우트 제의를 받은 일이 떠오른 것이다. 나쓰카는 아직 답을 내리지 못하고 있었다. 줏타는 나쓰카의 눈빛이 변한 걸 놓치지 않았다.

"무슨 일 있어?"

고개를 갸웃거리는 줏타에게 나쓰카는 이야기를 꺼냈다.

"그 대회에서, 도쿄의……."

"도쿄?"

줏타가 나쓰카를 똑바로 바라보았다. 아무 생각 없는 행동이라는 건 알지만, 나쓰카의 마음이 요동쳤다.

"……아니, 아무것도 아냐."

말끝을 흐렸다. 혹시 스카우트 이야기를 꺼냈는데, 줏타가 잘됐다고 축하해준다면……. 그런 생각을 하니 무서워졌다.

"그보다 줏타는 요즘 어때?"

"나?"

나쓰카가 묻자 줏타는 진지한 얼굴로 중얼거렸다.

"……곡을 만들어 볼까 해."

"와, 대단하다."

"대단하긴."

줏타는 얼굴빛 하나 바꾸지 않고 고개를 저었다. 그래도 조금은 쑥스러워하는 듯 보였다.

"완성되면 들려줘."

"……알겠어."

츗타는 작은 소리로 말했다. 비밀 약속을 한 것 같아서 간지러운 기분이었다.

저녁 어스름 속에서 익숙한 목소리가 들려왔다.
"나쓰카랑 기리노, 이런 곳에 있었네."
불쑥 나타난 건 아키호였다. 뒤에는 반 친구들의 모습도 간간이 보였다. 둘이 함께 있는 모습을 보여서 약간 당황했지만, 아키호는 별로 신경 쓰지 않는 것 같았다.
"같이 참배하자! 여기 신사잖아."
아키호의 재촉으로 나쓰카는 일어섰다. 츗타도 뒤에서 따라왔다. 반에 녹아들어 있다고는 말하기 어려운 나쓰카와 츗타지만, 지금은 여름의 무더운 공기에 마음이 들뜬 탓인지 반 친구들 사이에 자연스럽게 섞일 수 있었다.
그대로 본전으로 향했다. 가는 길에 아키호가 나쓰카의 귓가에 속삭였다.
"나쓰카, 혹시 미신 얘기 알아?"
그러고 보니 그런 이야기를 언뜻 들은 기억이 났다. 자세히는 모른다고 말하자, 아키호는 무척이나 즐거운 표정으로 이야기를 꺼냈다.
"같은 소원을 세 번 빌면, 세 번째에 그 소원이 이루어진다는 미신이 있어."
"……무슨 말이야?"

나쓰카가 고개를 갸웃거리자, 아키호는 의미심장한 미소를 지으며 나쓰카를 바라봤다.

"예를 들어서, 나쓰카가 기리노와 사귀고 싶다고 빌잖아?"

"뭐엇?"

이상한 목소리가 튀어나왔다. 그런 게 아냐, 하고 나쓰카가 변명하기도 전에 아키호가 "그러니까 만약에 말이야"라며 웃었다. 그러나 그 표정에는 나쓰카를 놀리는 눈빛이 엿보였다.

"우선 나쓰카가 그렇게 빌어. 그리고 다음으로 내가 기리노랑 사귀고 싶다고 빌어."

"그, 그런 거야?"

"아니, 그러니까 만약이라고."

아키호가 달래듯 말했지만 나쓰카는 이미 제정신이 아니었다. 아키호는 막상 이야기를 꺼냈으면서 좀 귀찮은 기색이었다.

"그리고 마지막으로, ……아아, 이제 아무나 상관없어. 요시다 선생님이 줏타와 사귀고 싶다고 빈다고 쳐. 그러면 세 번째 소원이 이루어져서 요시다 선생님이 줏타와 이어진다는 거지."

뻔뻔한 표정의 담임, 요시다 선생님이 줏타의 옆에.

"으으……"

"좀 싫다……"

아키호도 얼굴을 한껏 찌푸렸다. 어쩌다 이런 이야기로 흘러간 걸까.

"무슨 일 있어?"

츳타가 갑자기 뒤돌아보기에, 나쓰카와 아키호는 엉겁결에 눈을 마주치고는 "아무것도 아니야"라며 고개를 저었다. 그러나 참지 못하고 웃음을 터뜨렸다. 츳타의 의아한 얼굴이, 츳타에게는 미안하지만 또 웃겼다.

 이런 느낌은 처음이었다. 긴장하지 않고, 겉돌지 않고, 평범하게, 사람들 속에 섞여 있다. 그게 이렇게 즐겁고 기분 좋은 일이라는 걸 몰랐다.

 본전 앞에 도착했다. 저마다 두 번 머리를 숙이고 두 번 손뼉을 친 뒤, 다시 한번 머리를 숙였다. 아키호에게 이상한 미신 이야기를 들은 뒤로 뭘 빌어야 할지 알 수 없게 된 나쓰카는 츳타 쪽을 힐끔 쳐다봤다.

 츳타는 망설임 없이 머리를 숙이고 있었다. 나쓰카는 츳타의 소원이 괜스레 궁금해졌지만, 그 마음을 떨쳐버리듯 따라서 머리를 숙였다. *뭐라고 빌어야 할까.* 나쓰카는 지금 너무나도 충만한 기분이라 아무 생각도 나지 않았다.

 평소에는 더 빨리 수영할 수 있게 해 주세요, 라고 빌었다. 새해맞이 참배에서도 그렇게 빌었다. 그리고 그건 이루어지고 있었다. 체육고등학교에 스카우트된 것도 그를 위한 큰 발판이다. 내내 동경하던 올림픽이라는 무대가 조금이나마 가까워졌다. 그건 아주 작은 사건이지만, 나쓰카에게는 그조차도 너무 큰 발걸음이었다.

 계속 동경을 안고 살아온 지금까지의 자신에게 보답을 해

주어야 한다. 계속 수영을 해온 의미를 찾아내야 한다. 체육고등학교에 들어가는 선택을 해야 한다. 그래야 한다. 알고 있다. ……계속 알고 있었는데.

'슛타와 함께 있을 수 있게 해주세요.'

그렇게 빌고 있었다.

"나쓰카?"

아키호가 한없이 머리를 숙이고 있는 나쓰카를 불렀다. 나쓰카는 당황해서 고개를 들었다. *지금 수영을 포기하면 어떻게 될까.* 그런 상상을 하고 있었다.

멀리서 천둥이 쳤다.

집에 도착해서도 천둥번개가 이어졌다.

결국 비는 내리지 않았고, 사람들은 하늘을 불안하게 쳐다보면서도 춤을 췄다. 나쓰카와 슛타도 아키호에게 이끌려 마지막 곡에선 춤을 추게 되었다. 부끄러웠지만 그런대로 즐겁다는 생각도 들었다. 사람들 사이에 섞이는 느낌은 난생처음이었을지도 모른다.

현관에 들어설 즈음에는 저녁 9시가 넘어 있었다. 아빠는 아직 회사에서 돌아오지 않았고, 엄마가 나쓰카를 맞이해 주었다. 나쓰카는 바로 샤워를 했다. 열대야의 끈적한 땀을 씻어내면서 조금 전의 기도를 되새겨 보았다. 나쓰카는 도쿄에 가겠다는 결심을 선뜻 할 수 없었다. 수영에 몸을 던질 수가 없었다.

샤워기로 쏟아지는 물이 나쓰카를 위로하는 빗물 같았다. 왜 위로를 받고 있는지는 알 수 없었다.

잠옷 차림으로 화장실에서 나왔다. 현관으로 이어지는 복도에는 약간 서늘한 기운이 감돌았다.

딩동.

인터폰이 울렸다. 아빠다. 나쓰카는 곧장 현관으로 내려가 잠금장치를 풀었다. 문이 열리고, 아빠의 모습이 보였다.

"다녀오셨……"

나쓰카의 말이 무언가에 짓눌리듯 끊어졌다. 아빠의 얼굴이 어딘지 굳어 있고 체념한 듯한 표정이었다. 그 순간, 나쓰카는 모든 걸 눈치챘다.

"다녀왔다. ……전근이 정해졌어."

천둥소리가 울렸다.

나쓰카는 그저 "그렇구나"라고만 중얼거렸다. 낙심한 기색이 역력했던지 아빠가 약간 당황한 듯이 말을 이었다.

"이번에는 도쿄야. 도쿄로 돌아가는 거야. 그러니까 체육고등학교에도 걱정 없이 갈 수 있어."

도쿄. 그 울림이 나쓰카의 마음을 어지럽혔다. 아빠는 나쓰카에게 미소를 지어 보였다. 잘됐지? 그렇게 말하는 듯 보였다.

"그건, 내가 정했어야 하는 문제야."

나쓰카는 중얼거렸다. 몸을 돌려 거실로 걸어갔다. 엄마가 "무슨 일이니?"라며 걱정스럽게 말을 걸었지만 무시하고 2층으로 올라갔다.

그러고 보니 대회를 마치고 돌아오는 길에 아빠는 '천천히 생각해봐. 아직 9월도 안 됐으니까'라고 말했었다. 그건 전근을 염두에 둔 말이었던 것이다. 아빠가 다니는 은행은 3월이나 9월에 발령이 나니까. 도쿄로 전근을 간다는 건, 어쩌면 승진한 건지도 모른다. 그러나 그건 나쓰카와는 상관없는 일이었다.

나쓰카는 자기 방으로 들어갔다. 계단 쪽에서 들어오는 빛을 선명한 하늘색이 반사하고 있었다. 슛타가 준 피크였다. 거센 비가 내렸던 그날, 손에 쥐어줬던 하늘색 피크.

슛타. 날 혼자 두지 마.

어째서 이런 마음을 품어버린 걸까. 어차피 언젠가는 이사해서 헤어질 거였는데. 다 알고 있었는데. 자기도 모르는 사이 마음을 너무 많이 줘버렸다.

아직도 천둥소리가 들린다. 무거운 울림이 가슴속까지 전해졌다. 천둥은 어두워진 밤하늘 저편에서 우르릉대고 있었다. 모습은 보이지 않는 주제에 소리는 강력하다. 눈을 감자 그 소리가 점점 다가오고 있는 것처럼 느껴졌다. 저항할 수 없이, 나쓰카를 향해 밀려오고 있었다. 파도 소리가 들리는 듯했다.

도쿄에 가서 체육고등학교에 들어간다, 수영을 계속한다, 도망치지 못한 채 헤엄친다. 이미 그건 의지를 뛰어넘은, 운명으로 다가오고 있었다. 무언가를 동경한다는 것, 무언가를 꿈꾼다는 것이 이렇게 큰일인지 미처 깨닫지 못했다. 꿈으로 가는 티켓을 손에 넣는다 해도 날 기다리는 게 열차라고는 아무도 말한 적 없다. 그건 열차 같은 편리한 형태가 아니었다. 티켓만 바라보고 있다 정신을 차려보니, 거센 파도에 삼켜지려 하고 있었다. 형태도 없이 밀려오는 그 흐름 앞에서, 나쓰카는 꼼짝도 못한 채 홀로 서 있었다.

~

2학기 개학 날. 선생님이 이번 주말에 나쓰카가 전학을 간다는 이야기를 전했다.

은행원의 전근은 본래 갑작스러운 법이라, 전근 이야기가 나온 지 일주일 만에 부서 이동이 이루어졌다. 아빠는 먼저 도쿄로 가 있고, 나쓰카와 엄마는 다음 토요일에 이사하기로 했다. 어제 저녁에는 엄마와 함께 교무실을 찾아가 전학에 대해 이야기했다. 선생님이 친구들에게 직접 이야기하겠냐고 물었지만, 나쓰카는 고개를 저었다. 가능하면 아무 말도 하지 않고 학교를 떠나고 싶은 마음이었다.

반 친구들이 순식간에 웅성거리기 시작했다. 나쓰카보다도 더 허둥대는 모습이었다. 친구들의 시선이 쏠리자 아무래도 마음이 불편해서, 나쓰카는 거의 고개를 숙인 채 시선 둘 곳을 찾아 헤맸다. 그때 아키호가 눈에 들어왔다. 눈을 휘둥그레 뜬 채 슬픈 얼굴로 이쪽을 보고 있었다.

그런 얼굴은 하지 말았으면 좋겠다.

나쓰카는 괴로워졌다. 그렇지만 그건 이별이 슬퍼서가 아니라, 이별을 체념한 자신이 서글퍼서였다. 친구들과 마음의 온도가 다르다는 사실에 왠지 모르게 절망감이 들었다.

조례가 끝나자 여자아이들이 다가왔다. 다들 눈썹을 팔자로 내려뜨리고 위로의 말을 건넸다. 나쓰카는 힘겹게 마음의 열량을 올려 주위의 슬픈 감정에 응답하려 애썼다. 그 무리 안에 아키호의 모습은 없었다. 아키호는 나쓰카의 심정을 조금은 짐작했는지도 모른다.

책상 주위에 몰려온 아이들과 이야기를 나누면서 나쓰카는 슬쩍 줏타를 봤다. 앞쪽 자리에 앉은 줏타는 이쪽을 돌아보지 않고 그저 창밖을 바라보고 있었다. 바깥은 잔뜩 찌푸린 날씨였다. 일기예보에서는 강수 확률이 반반이었다. 수업을 마칠 때까지 비가 내리지 않고 버틸 수 있을지 아슬아슬했다.

오늘은 개인 연습을 하는 날이다. 그리고 마지막 개인 연습이다. 줏타는 오늘도 수영장에 올까. 혹시 온다면 무슨 이야기를 하게 될까. 날씨가 버텨주기를 빌었다.

비는 내리지 않았다.

방과 후, 개인 연습 시간. 쌀쌀하고 흐린 날씨 속에 나쓰카는 수영장에 왔다. 아무리 마음이 흔들린들 달라질 건 없다. 여느 때처럼 물속에 들어가 워밍업을 시작했다. 습관으로 무언가를 마비시키는 느낌이었지만, 이윽고 그 느낌조차 사라졌다.

25미터를 헤엄쳤을 때, 인기척이 느껴져서 수면 위로 얼굴을 내밀었다. 슌타가 풀사이드에 서 있었다. 기타를 짊어지고 손에는 라디오를 들고 있었다. 라디오에서는 노이즈가 흘러나왔다.

"······좋은 아침."

나쓰카가 슌타를 향해 말했다. 슌타가 시선을 보냈다.

"······벌써 오후인데."

"······그렇지."

어색한 침묵이 내려앉았다.

대화는 이어지지 않았고, 슌타는 등을 돌린 채 앰프를 가지러 가버렸다. 나쓰카는 슌타의 등을 바라보다 다시 수영으로 돌아갔다. 이윽고 기타 소리가 들려왔다. 반복되는, 듣기 좋은 멜로디. 나쓰카의 머릿속에서 계속 울리는 그 멜로디.

슌타가 콧노래를 흥얼거렸다. 그 소리가 평소보다 큰 것처럼 느껴졌다. 나쓰카는 계속 헤엄치면서도 귀를 기울여 슌타의 소리에서 의미를 찾아내려고 애썼다. 무언가를 전하려는 것 아닐까, 기대했다. 그러나 아무것도 읽어낼 수 없었고, 아직도 기대를 하는 자신이 바보 같았다.

정말로 평소와 다름없는 연습이었다.

하교 시간이 찾아왔다. 흐린 하늘 서쪽으로, 바다 끝에서부터 저녁노을이 번지기 시작했다. 교복으로 갈아입은 나쓰카는 풀사이드를 가로질러 기타를 치는 슌타의 앞에 섰다.

"나 슬슬 돌아갈게."

줏타가 고개를 들었다. 나쓰카가 다가오는 것을 눈치채고 있었던 것 같다.

"……응."

한순간 나쓰카와 눈이 마주쳤지만, 줏타는 바로 시선을 돌렸다. 그 동작이 어딘지 어색했다. 문득 서글퍼졌다.

나쓰카는 줏타와 이야기를 하고 싶었다. 줏타의 말을 듣고 싶었다. 그러나 평소라면 나쓰카와 줏타 사이에 말은 필요 없다. 수영장에 함께 있기만 하면 된다. 그래서 새삼스레 의미 있는 말을 꺼낼 수가 없었다. 일상이 반복되다 굳어져버렸다. 반복한다는 건 무언가에 사로잡히는 것일지도 모르겠다는 생각이 들었다.

줏타가 기타를 정리하기 시작했다. 이제 수영장을 나가서 열쇠를 잠그는 일만 남았다. 이 순간이 끝나고 만다.

그때였다.

어디선가 기타 멜로디가 흘러나오기 시작했다. 노이즈가 섞인 곡, 영어 가사, 허스키한 남자의 목소리. 띄엄띄엄 나는 소리이긴 하지만 희미하게 음악이 들려왔다.

"라디오……."

줏타의 손에 들린 라디오에서 나오는 소리였다. 나쓰카도 그 라디오를 응시했다. 그리고 고개를 들었다. 줏타와 눈이 마주쳤다. 이번에는 누구도 눈을 피하지 않고 확실하게 서로를 마주보았다. 그 순간 가슴이 죄어들었다. 언제나 먼 곳을 바라보는 춧타이지만, 지금 이 순간만은 나쓰카에게 확실하게 초점을 맞추고 있다.

"가자."

춧타가 나쓰카의 오른손을 잡고 그대로 달려 나갔다. 열쇠도 잠그지 않고 수영장을 나섰다.

"항상 바다 쪽에서 들려와. 바다에 가까이 가면 전파도 강해져."

춧타는 나쓰카를 보고 있지 않았지만 결코 손을 놓지 않았다. 라디오를 들려주겠다는, 언젠가 했던 약속을 지키려는 것 같았다. 그러나 이유 따위는 아무래도 좋았다. 지금 나쓰카에게는, 그리고 분명 춧타에게도 이유 따윈 상관없었다.

그대로 교문을 빠져나갔다. 집으로 돌아가는 학생들이 두 사람을 보고 깜짝 놀라는 모습이 보였다. 그러나 그런 걸 신경 쓸 때가 아니었다. 나쓰카는 춧타에게 잡힌 손끝에 저릿한 열기를 느끼면서 춧타의 뒤를 따라 달렸다. 전파를 쫓고 있을 뿐이지만, 마치 도피행처럼 느껴졌다.

바다에 가까워질수록 라디오의 소리가 선명해졌다.

춧타에게 손을 붙잡힌 채 골목길 계단을 내려갔다. 좁게 이어지는 길 끝에는 오렌지빛으로 물든 바다가 있다. 이 마을은 아름답다. 하지만 그 감정이 마음속에 계속 자리할 수 있었던 건, 언젠가 이 마을을 떠날 테니까, 나쓰카의 인생에서 이 마을은 결코 지긋지긋한 고향이 될 수 없으니까 가능했다는 걸 비로소 깨달았다. 이 순간도 마찬가지로 아름답다. 두 번 다시 찾아오지 않을 순간이니까.

달리기를 멈춘 후에도 나쓰카와 줏타는 애매하게 손을 잡은 채 걷고 있었다. 라디오 소리가 커지는 쪽으로 계속 나아가다 이윽고 바닷가에 도착했다. 마침 석양이 지기 시작하면서 한층 더 눈부신 빛이 주위를 둘러쌌다. 칙칙한 콘크리트 제방이 길게 이어져 있었다. 도로의 반사경에 두 사람의 모습이 비쳤다. 지금은 못 본 척해줘도 되잖아, 하는 생각이 들었다.

누가 먼저랄 것도 없이 제방에 걸터앉았다. 일말의 아련함을 남기며 손이 떨어지고, 두 사람 사이에 라디오가 놓였다. 전자음이 섞인 기타 소리가 노이즈와 함께 흘러나왔다. 떨리는 듯한 모호한 소리가 파도처럼 밀려왔다 사라졌다. 독특한 곡이었지만, 아름다웠다.

줏타가 불쑥 말했다.

"제대로 이야기를 나누고 싶었어."

"나도."

바다를 바라보는 두 사람의 시선은 수평선 저 너머에서만 얽혔다. 나쓰카는 말을 이었다.

"결국 이 바다 냄새는 끝까지 좋아지질 않네."

끈적하고 묵직하게 코를 찌르는 이 냄새는 아무리 시간이 지나도 익숙해지지 않았다.

"수영장의 염소 냄새가 더 좋아?"

"응. 도시 출신이니까 어쩔 수 없지."

"도쿄로 돌아가는 거야?"

"응, 가사이 쪽. ……줏타, 거기 알아?"

"알아. 도쿄에 살았으니까. 내가 살던 데는 가마타지만."

도쿄의 지명과 이 동네의 바다 풍경이 너무나도 어울리지 않아서 나쓰카는 왠지 어색한 기분이 들었다.

"그러고 보니 줏타는 왜 이 동네로 이사 온 거야?"

문득 생각나서 물으니 줏타는 고요한 눈빛으로 말했다.

"아빠가 돌아가셨으니까. 여기, 엄마 아빠의 고향이야."

나쓰카는 당황해서 "미안"이라고 중얼거렸다. 그렇구나, 줏타의 아버지가 돌아가신 건 그렇게 옛날 일이 아니었구나. 불편한 이야기를 듣고 말았다고 생각했지만, 줏타는 "괜찮아. 상관없어"라며 고개를 저었다.

"줏타는 왜 기타를 치는 거야?"

"왜냐고……?"

줏타는 입을 다물었다. 항상 조용한 줏타지만, 그 침묵은 유독 깊었다. 오랫동안 생각하더니 겨우 한마디를 툭 내뱉었다.

"……안심이 되니까."

나쓰카는 눈을 동그랗게 떴다. 생각지도 못한 대답이었다.

"기타를 치면, 이대로 나아갈 수 있어. 저절로 나아가게 돼."

줏타는 멍하니 바다를 바라봤다. 줏타 역시 운명에 이끌리고 있었다.

그 멜로디를 떠올렸다. 대회 전, 뇌리에서 계속 재생되던 슛타의 기타. 그 소리는 나쓰카의 몸을 감싸 주었고, 크나큰 결과를 가져다주었다. 나쓰카는 슛타가 미래를 가져다준 거라고 생각했다. 탁류처럼 밀려오는, 거역할 수 없는 미래.

라디오에서 새로운 곡이 흘러나왔다. 아름다운 기타 소리가 돋보이는 서양 음악이었다. "이 곡, 알아"라며 슛타가 중얼거리더니 콧노래로 멜로디를 따라 했다. 살짝 허스키한 목소리가, 어쩔 수 없이 이성이라는 걸 의식하게 만든다. 설렘보다도 몇 배는 더 큰 슬픔이 밀려왔다. 나쓰카는 이 곡이 끝나지 않기를 바랐다.

그렇지만, 끝나 버리고 만다.

라디오는 다시 노이즈를 내뱉기 시작했다. "방송이 끝났나 봐"라고 슛타가 아쉽다는 듯 말하며 라디오를 껐다. 조용한 파도 소리가 주위에 내려앉았다. 해가 저물고, 머리 위에서부터 남색 장막이 밀려왔다. 바다는 어두웠고, 약간의 빛만이 수면 위에 부서지고 있었다. 이 시간을 붙잡고 싶었다.

"있잖아."

"응?"

"나, 슛타가."

그 뒤의 두 글자를 말할 수 없었다. 바로 옆에 앉은 슛타와 눈이 마주쳤다. 슛타가 나쓰카를 똑바로 바라보고 있었다.

"……슛타의 기타가 좋아."

슛타의 눈의 커지는 걸 알 수 있었다. 나쓰카는 바다를 바라봤다. 슛타의 시선을 느끼면서, 바다를 계속 바라보며 말했다.

"그 멜로디 연주해 줘. 항상 콧노래 부르면서 치던, 그거."

슛타는 나쓰카의 옆얼굴에서 천천히 시선을 돌렸다.

"……응."

짊어지고 있던 케이스에서 기타를 꺼내 줄을 쓸어내리며 음을 체크했다. 앰프와 스피커를 거치지 않은, 날것의 가벼운 소리. 처음 슛타와 수영장에서 만났던 날, 슛타가 풀에 뛰어든 날에 들었던 소리다.

그리고 늘 연주하던 멜로디가 시작됐다. 가슴이 꽉 죄어들었다. 몇 번이나 들었는데도 다시 한번 듣고 싶어진다. 마음을 채워 주는 것도 아닌데 끊임없이 뇌리에서 재생된다. 감정이 용솟음친다.

나쓰카는 중얼거렸다.

"바다는 이렇게 새까맣구나. 삼켜질 것만 같아."

주변은 이미 어두워져 있었다. 살짝 걷힌 구름 사이로 별이 희미하게 반짝였다. 수평선을 경계로 서로 다른 두 종류의 검은색이 어깨를 나란히 맞대고 있다. 슛타의 연주를 듣고 있자면 설명할 수 없는 말이 넘쳐흐른다. 말이 감정만으로 가득 차 버려서, 뭐가 뭔지 알 수 없게 된다.

"새까만 바다……."

갑자기 슛타의 말소리가 섞였다. 나쓰카가 슛타를 바라보자, "가사, 지금 정했어"라며 다시 한번 노래했다.

바람이 멎은 새까만 바다
라디오에서 흘러나오는 노이즈
예감은 아직 허상일 뿐
파도만이 반복되지

그건 가사라기보다 낭독에 가까웠다. 멜로디보다도 말이 앞서고 있었다. 나쓰카는 왠지 모르게 소름이 돋았다.

슛타는 멜로디를 반복했다. 나쓰카의 말을 기다리는 것 같았다. 슛타의 안에서도 무언가가 시작되고 있었다. 참지 못하고 나쓰카가 입을 뗐다.

"나 말이야, 도쿄의 체육고등학교에서 스카우트 제의를 받았어. ……그런데 마음을 정할 수가 없었어. 계속 바라던 게 손에 들어올 것 같은데도, 지금의 내겐 다른 게 훨씬 더 중요했거든. ……축제 날, 슛타가 원피스를 알아봐 줘서 기뻤어. ……그런데 천둥이 치면서, 다 끝났어."

나쓰카는 무릎에 얼굴을 묻었다. 슛타가 멜로디를 몇 번인가 반복하더니 또다시 노래했다.

멀리서 울리는 천둥소리

물결치는 너의 원피스
마음을 흔들어놓네
견딜 수 없이 초조해

나쓰카는 중얼거렸다.
"……흔들어놓은 건 너잖아."
줏타의 대답은 없었다.
"……나는 수영에 몸을 던질 수도 없고, 수영에서 도망칠 수도 없어. 이렇게 어중간한데, 나는 이제 어떻게 해야 돼? 알려 줘, 어떻게 하면 돼?"
"수영, 계속해."
"어?"
줏타가 나직이 내뱉은 말을 나쓰카는 흘려듣지 않았다.

언제까지나 길 위에 서 있어
소원을 되풀이하면서
수평선 저 너머에서
다시 만나는 두 사람

줏타는 바다 저 멀리로 시선을 두고 똑바로 앞을 바라봤다. 이 고요한 눈빛을, 나쓰카는 늘 옆에서 지켜보고 있었다. 그 눈빛이 있었기에 동경하는 걸 계속 좇을 수 있었다.

슛타가 다시 말했다.

"나쓰카, 수영을 계속해."

그 말만으로 충분했다. 한순간, 모든 걸 포기하고 옆에 있는 슛타에게 시선을 돌릴 뻔했다. 그러나 슛타는 계속 저 멀리 있는 걸 갈망한다. 나쓰카도 지금까지 계속 동경하는 걸 좇아 수영을 해왔다. 두 사람은 똑바로 앞을 바라보며 나아갈 것이다.

결코 혼자가 아니다. 싸우고 있는 건, 나뿐만이 아니다.

"슛타도 기타, 계속해."

슛타는 나쓰카의 말에 응답하듯 한층 강하게 기타를 쳤다. 다시 한번, 가사가 반복된다.

바람이 멎은 새까만 바다
라디오에서 흘러나오는 노이즈
예감은 아직 허상일 뿐
파도만이 반복되지

멀리서 울리는 천둥소리
물결치는 너의 원피스
마음을 흔들어놓네
견딜 수 없이 초조해

언제까지나 길 위에 서 있어

소원을 되풀이하면서
수평선 저 너머에서
다시 만나는 두 사람

 멜로디에 맞춰 라라라, 하고 줏타가 노래를 불렀다. 어느새 나쓰카도 함께 부르고 있었다. 두 사람의 노랫소리는 큰 울림이 되어 파도 소리를 뚫고 울려 퍼졌다.
 새까만 바다, 빛나는 별, 흔들리는 수면, 그리고 저 멀리 있는 수평선. 나쓰카와 줏타는 바다를 바라보고 있다. 그 끝에서 서로의 모습을 찾고 있다. 두 시선은 바다 너머로 평행하게 이어진다. 그러나 그 선은 언젠가, 수평선 한참 너머에서 다시 한번 얽힐 것이다.
 마음 깊이 그렇게 믿고 있었다.

~

솔개의 선명한 울음소리가 남몰래 아침의 시작을 알린다.

토요일 아침 6시. 마을에 딱 하나 있는 작은 역의 로터리. 나쓰카는 후드집업을 걸치고 연석 위에 서 있었다. 눈앞에는 짐을 가득 실은 자동차가 서 있다. 나쓰카네 차다. 먼저 도쿄로 간 아빠가 이사를 위해 돌아와 있었다. 이제부터 아빠와 엄마는 이 차로 도쿄에 간다. 짐이 많아서 나쓰카는 전철을 타고 도쿄로 가기로 했다.

"혼자서 괜찮겠어?"

아빠가 창문을 열고 걱정스러운 얼굴을 하기에, "이사할 땐 늘 그랬잖아"라며 입을 삐죽였다. 아빠는 "그렇구나"라고 중얼거린 뒤 나쓰카를 향해 살며시 웃었다. 그 순간 아빠의 눈에 여러 가지 감정이 교차하는 걸 알 수 있었다.

"……이사하는 거, 딱히 화난 거 아니야."

나쓰카가 작은 소리로 말하자 아빠는 눈을 내리깔고 "고마워"라고 중얼거렸다. 나쓰카가 말주변이 없는 건 아빠를 닮았다. 엄마가 차 안에서 말을 걸었다.

"나쓰카, 친구가 와 있어."

로터리 쪽에서 걸어오는 사람이 보였다. 트레이닝복 차림에 주머니에 손을 찔러 넣은, 피부가 그을린 여자아이. 아키호였다.

"그럼, 먼저 갈게."

아빠가 창문을 닫고 차에 시동을 걸었다. 타이어 소리가 여운을 남기며 멀어지자 아키호가 옆으로 다가왔다.

"와 줬구나."

나쓰카가 중얼거리자 아키호는 "이 시간에는 전철이 한 시간에 한 대밖에 없으니까, 혹시 만날 수 있을까 싶어서"라며 웃었다. 아키호에게는 아침 전철로 도쿄에 간다고만 말해 두었다.

아키호와 함께 역 플랫폼으로 들어갔다. 녹이 슨 함석지붕 아래에 나란히 섰다. 아키호가 투덜거렸다.

"도쿄에는 이렇게 개찰구도 없는 역 같은 건 없겠지."

"대신 전철에 빈자리도 없어. 만원 전철을 생각하면 숨 막히는 걸."

"도쿄까지 혼자 가는 거야? 괜찮겠어?"

"아빠 같은 소리 하지 마."

"뭐어? 나도 늙었나."

그런 이야기를 하며 둘은 큭큭 웃었다. 빈 플랫폼에 웃음소리가 크게 울려 퍼졌다. 평소와 다름없는 대화에 문득 서글퍼졌다.

대화가 끊기고, 아침의 청명한 공기 사이로 침묵이 내려앉았다. 아키호가 다시 말을 꺼냈다.

"나, 오늘 아침에 말이야, 나쓰카의 연락처를 하나도 모른다는 걸 깨달았어."

"뭐?"

생각해보니 아키호가 집으로 전화를 했던 적이 한 번도 없었다. 휴대전화도 가지고 있지 않았고, 이사 갈 집의 주소도 알려주지 않았다.

"아, 이사하는 집 주소, 알려줄까?"

나쓰카가 말하자 아키호는 천천히 고개를 젓고는 "편지 같은 거 보내면 나쓰카가 불편하지 않겠어?"라며 히죽 웃었다. 맞는 말이었다. 예전에도 몇 번인가 이사한 뒤에 편지를 받은 적이 있었지만, 금세 왕래가 끊겼다. 그 허무함을 알고 있었다.

"아키호, 나에 대해서 잘 아네."

나쓰카가 중얼거리자 아키호가 나직이 말했다.

"그러게. 이를테면, 나쓰카가 이 동네를 자기가 있을 곳이 아니라고 생각한다는 점이라든가."

"그, 그렇지 않아."

"정말?"

고개를 갸웃하는 아키호에게 아무 대답도 할 수 없었다.

"나쓰카는 역시 멀리 가버리는구나. 나도 나쓰카를 따라서 이 마을을 떠날 수 있으면 좋을 텐데."

아키호의 눈이 신기하게도 춧타와 닮아 있어서, 마음이 덜컥 내려앉았다.

"……나쓰의 뒤에는 아키가 따라간다, 아니었어?"

"그러고 싶었던 것뿐이야. 나는 나쓰카랑은 다르니까."

포기하는 듯한, 뿌리치는 듯한 목소리. 아키호가 말을 이었다.

"난 딱히 도쿄에 가고 싶은 게 아냐."

진로조사서를 떠올렸다. 결국 나쓰카가 그 종이를 제출할 일은 없었다.

"도쿄에 가겠다고 말하면, 무언가가 시작되지 않을까 생각했어. 하지만 그런 일은 없겠지. 도쿄가 반짝이는 게 아니라 그냥 나쓰카랑 줏타가 반짝였을 뿐이야."

"······그렇지 않아."

"그렇다니까."

플랫폼에 곧 열차가 도착한다는 안내방송이 흘러나왔다.

"나쓰카, 사실은 줏타가 배웅하러 나왔으면 했지?"

"뭐?"

"아냐? 둘이 같이 학교에서 달려 나갔다며. 소문 다 났어."

나쓰카의 얼굴이 화끈 달아올랐다. 놀리는 말투였던 아키호는 살짝 미소를 지었지만, 이내 슬픈 표정으로 눈을 찌푸렸다.

"내가 와서 미안해. ······그래도 꼭 배웅하고 싶었어. 나쓰카의 모습을 지켜보고 싶었어. 전철 타면 나에 대해선 생각하지 않아도 돼. 줏타를 생각해. 나쓰카, 너는 절대 멈추지 마."

아키호의 열띤 목소리가 말을 채 끝맺기도 전에 열차가 플랫폼에 들어왔다. 아키호가 고개를 숙이더니 다시 얼굴을 들었다.

"······농담이야."

"어?"

"자, 얼른 타, 얼른."

"잠깐, 아키호."

"우울한 건 나한테 안 어울려. 나쓰카, 도쿄에서도 분발해야 돼."

나쓰카는 아키호에게 등을 떠밀려 기차에 올라탔다. 승객이 없는 열차 안. 서두르는 승객도 없는데 문은 무정하게 닫히고 있었다.

"그럼 안녕."

"아키호!"

고마워.

그 말을 미처 꺼내기도 전에 문이 닫혔다. 아키호가 플랫폼에서 웃고 있었다. 그 웃는 얼굴에 나쓰카는 몇 번이나 구원받았다. 좀처럼 사람들 사이에 끼어들지 못하는 나쓰카를, 아키호는 바라봐 주었다.

미안해.

천천히 아키호와의 거리가 멀어졌다. 그 모습이 보이지 않게 되고, 이윽고 마을을 빠져나가는 터널에 접어들었다. 이 마을을 다시 찾는 일은 아마 없을 것이다. 유리창에 비치는 얼굴을 보자, 그곳에는 무언가를 응시하는 눈동자가 있었다.

이제 망설임은 없다. 도쿄에서 수영을 계속하는 거다.

문이 덜컹 하고 울림과 동시에 터널을 빠져나왔다. 새파란 바다가 펼쳐졌다. 등 뒤에서 비치는 아침 햇살에 수면이 반짝반짝 빛나고 있었다. 뇌리에 각인될 정도로 눈부신 광경에 나쓰카는 눈을 찌푸렸다. 그래도 얼굴을 돌리지는 않았다.

나쓰카는 입고 있던 후드 주머니에 손을 넣었다. 모서리가 둥근 삼각형, 츗타의 피크였다. 피크를 돌려주는 걸 잊어버렸다. 아니, 사실은 잊은 게 아니다. 일부러 돌려주지 않았다.

'나쓰카, 수영을 계속해.'

츗타의 목소리가 되살아났다.

수영을 계속하면 언젠가 다시 츗타와 만날 수 있어. 그때 이 피크를 돌려주는 거야.

나쓰카는 츗타의 노래를 머릿속에서 계속 되풀이했다.

소중한 건 반복해야 돼. 잊어버리지 않도록, 꺾이지 않도록, 계속 나아갈 수 있도록.

나쓰카는 반복한다. 몇 번이든, 끝없이.

2장

백설

2009년, 세이라

죽고 싶어.

고사키 세이라는 하야카와가 몸을 더듬는 동안 생각했다.

방과 후, 본관 3층의 수업 준비실. 평소에 사용하지 않는 본관 건물은 전체적으로 먼지를 뒤집어쓰고 있는데, 그중에서도 각 층에 있는 준비실은 창고에 가깝다. 지금 세이라의 위에 올라탄 하야카와는 우연찮게 3층 준비실의 잠금장치가 망가져 있다는 걸 알게 됐다.

좌우에 선반이 빼곡한 좁은 방 안에 세이라와 하야카와의 거친 숨소리가 울렸다. 하야카와는 어딘지 필사적이었고, 그게 공연히 미안해졌다.

하야카와는 옆 반 학생으로, 동아리 활동도 하지 않는 얌전

한 남자아이였다. 세이라와는 반에서 한 명 뽑는 미화 위원 일을 함께 하게 되면서 만났다. 세이라는 자진해서 위원 일을 맡을 정도로 성실한 사람이 아니다. 제비뽑기로 어쩌다 맡게 된 일이었다. 하야카와도 사정은 마찬가지여서, 거기서부터 이야기가 통했다. 한 달에 한두 번 있는 교내 청소를 같이하다 보니 데이트 신청을 받았고, 결국은 고백까지 받았다.

세이라는 선뜻 고백을 받아들였다. 전 남자친구와 몇 달 전에 헤어졌고, 다시 누군가를 만나고 싶어진 참이었다. 그런데 어째서일까. 사귀기 시작한 순간부터 메마른 절망이 밀려왔다. 누구와 사귀든 마찬가지다. 스스로의 결함을 깨닫게 된다.

그럴 때 세이라는 트위터를 한다. 트위터는 1년 전부터 시작했다. 팔로우하는 계정의 트윗이 타임라인에 뜬다.

'죽고 싶어.'

'배고파.'

'이 화장품 귀엽다.'

세이라도 감정을 트위터에 쏟아낸다. 그러면 때때로 세이라를 팔로우하는 계정에서 반응이 온다.

'기운 내.'

'나도.'

'정말이네.'

상대방은 대개 친구의 친구이거나 근처 고등학교나 대학교의 학생이다. 현실에서는 만난 적 없는 상대도 많다.

트위터에는 공개 게시물 말고도 비공개로 주고받는 다이렉트 메시지라는 기능이 있다.

'괜찮아? 혹시 다음에 만나서 이야기하지 않을래?'

그런 다이렉트 메시지가 오기도 한다.

'꼭이요! ○○씨랑 만나서 이야기를 나누고 싶었어요!'

남자친구가 있든 없든 세이라는 그렇게 답장을 보낸다. 사실은 이야기를 하고 싶은 게 아니라, 자신을 원하길 바라는 것이다. 만나서 이야기를 나누는 이상의 일을 하곤 했다.

다른 남자를 만난 걸 하야카와가 알게 된 건 한 달 전이다. 그 후, 하야카와는 점점 더 감정을 겉으로 드러내지 않았다. 그저 세이라를 이 준비실로 불러내서 우울한 얼굴로 덮치곤 했다.

미안해.

세이라는 마음속으로 되뇐다. 사랑받고 싶다. 그러나 아무리 사랑받아도 채워지지 않는다. 채워지지 않는다는 사실에 절망하게 된다.

창밖으로 고등학교 건물과 운동장이 보였다. 땅 걱정은 없는 시골이라 운동장도 쓸데없이 넓어서, 야구부와 축구부가 여유롭게 동아리 활동을 하고 있었다. 한편, 건물 쪽에서는 수업이 끝났는데도 떠들썩한 소리가 들렸다. 수다 떠는 소리와 함께 드라이버나 망치로 무언가를 만드는 소리도 울려 퍼졌다.

학교 축제가 다음 달로 다가와 있었다. 세이라는 고등학교 3학년, 즉 올해가 마지막 축제다. 세이라는 별 감흥이 없지만 다른 학생들은 들뜬 것 같았다.

하야카와가 갑자기 세이라에게서 몸을 뗐다. 철컥 하고 벨트를 푸는 소리가 났다. 뒤에서 허리를 붙잡힌 세이라는 이제 넣는 건가, 하고 마음의 준비를 했다.

단단한 감촉이 세이라의 몸에 닿았을 때였다. 어디선가 기타 소리가 울리기 시작했다. 세이라는 깜짝 놀랐다. 하야카와는 세이라보다도 더 당황한 것 같았다. 허리에 닿은 손에서 동요가 전해졌다.

기타 소리는 멈추지 않았다. 아무래도 아래층의 한 교실에서 누군가가 연습을 하고 있는 것 같았다. 매끄러운 잇단음표, 섬세한 울림. 그 연주는 아마추어도 알 수 있을 정도로 훌륭했다. 세이라는 치마를 걷어 올리면서 소리에 귀를 기울이는 자신의 우스꽝스러운 모습을 문득 깨닫고 가볍게 웃고 말았다. 그러자 그 웃음을 조소라고 생각했는지, 하야카와가 단숨에 세이라의 안으로 밀고 들어왔다. 온몸에 저릿한 느낌이 퍼졌다.

하야카와가 몸을 부딪쳐왔다. 아니, 몸뿐만이 아니라 정체를 알 수 없는 감정을 통째로 부딪치고 있는 것 같았다. 세이라의 숨이 흐트러졌다. 머릿속이 희미해져 간다.

하야카와가 그렇게 계속 몸을 부딪쳐오는 동안, 기타는 같은 멜로디를 반복했다. 어딘지 모르게 애달프고, 무언가가 결여된 소리처럼 들렸다. 왜 그런 식으로 들리는지는 알 수 없었지만 세이라는 괜스레 그 소리를 동정하고 싶어졌다. 이런 상황인데도 세이라의 마음속에서 하야카와의 모습은 찾아볼 수가 없다.

 세이라는 눈을 감았다. 자신의 신음소리가 멀어지고, 기타 소리만이 머릿속에 울렸다. 마음속 깊은 곳이 평안해지는 기분이었다. 하야카와의 숨소리가 갑자기 거칠어지며 페이스가 빨라졌다. 세이라는 자기 몸이 반응하는 걸 마치 다른 사람 일처럼 멍하니 느끼고 있었다.

 일이 끝나자, 하야카와는 거북한 표정으로 재빨리 방을 빠져나갔다. 이렇다 할 대화도 없었다. 세이라를 두고 나가는 하야카와의 심정은 알 수 없다.

 홀로 남은 준비실에는 아직도 기타 소리가 울리고 있었다. 세이라는 그 소리가 어디서 들리는 건지 궁금해졌다. 이걸 연주하는 사람이 누군지 보고 싶었다. 준비실을 나가서 2층으로 향하자 소리가 점점 더 커졌다. 복도를 걷다 과학실 앞에서 발을 멈췄다. 그 안에서 소리가 나고 있었다. 문을 살짝 열고 안을 들여다봤다.

 그곳에는 남학생이 한 명 있었다. 흰 와이셔츠에 작은 체구, 긴 앞머리. 침울한 소년이라는 인상이었다. 새빨간 기타를 어깨에 걸치고, 녹슨 둥근 의자에 앉아 있었다. 책상 위에 놓인 미니 앰프에서 금속성의 소리가 들려왔다. 음울한 코드의 연결을 무심하게 연주하고 있었다.

 고고하다는 느낌이 들었다.

 그가 문득 이쪽을 봤다. 한순간 눈이 마주쳤지만, 금세 기타로 시선을 돌렸다. 어색하다기보다는 세이라에게 흥미가 없는 듯한 모습이었다. 그게 마음에 안 들어서, 세이라는 마음먹고 문을 열어 안으로 들어갔다.

과학실에는 옅은 약품 냄새와 먼지 냄새가 섞여 있었다. 둥둥 떠다니는 먼지가 저녁노을 속에서 오렌지빛으로 빛나고 있었다. 본관은 여기저기 먼지를 뒤집어쓰고 있지만, 세이라는 그게 싫지 않았다.

그는 변함없는 모습으로 기타를 쳤다. 연주가 코드에서 단음으로 바뀌고, 음이 섬세한 울림을 남기며 다음 음으로 이어졌다. 정확하고 재빠르게 움직이는 왼손을, 그는 길들인 동물을 보는 것처럼 무심한 눈빛으로 바라보고 있었다.

"이런 곳에서 연습?"

세이라가 말을 걸었다. 또렷하고 달콤한 목소리라고 스스로도 생각했다. 그런 목소리를 아무렇지도 않게 꾸며내는 스스로에게 진저리가 났다. 그는 손을 멈추고 그제야 이쪽을 제대로 봤다.

"응."

"혼자?"

"……안 돼?"

"그런 건 아닌데, 왜 이런 데서 치는 걸까 싶어서."

그는 약간 발끈한 듯한 모습으로 창밖을 봤다.

"음악제 연습 때문에 선생님한테 말해서 빌렸어."

음악제는 학교 축제 중에 열리는 이벤트다. 체육관을 무대로 삼아 학생들이 꾸린 밴드가 연주를 한다. 어디에나 있는 시시한 이벤트지만, 좁은 세계에서는 그런 사소한 이벤트도 큰 이슈가 된다. 누가 출연한다는 둥, 누가 보컬이라는 둥, 누가 멋있다는 둥, 그런 화제로 교내가 떠들썩했다.

"이렇게 구석진 데를 빌렸어? 다른 밴드는 평범한 교실을 빌리는 것 같던데."

"……밴드, 해체했어."

"어머, 지금? 이제 축제까지 한 달 정도밖에 안 남았잖아."

그는 말이 없었다. 표정은 변함없지만 부루퉁해진 것처럼 보였다. 그 모습이 어쩐지 귀엽게 보여서, 세이라는 갑자기 그에게 흥미를 느꼈다.

"왜 해체한 거야?"

"……몰라."

그는 무심한 눈빛으로 말했다.

"다른 사람들이랑 있으면 잘 안 돼."

세이라는 그게 꼭 자기 이야기 같았다.

고등학교에 입학하고 핸드볼부의 매니저를 시작했다. 그러나 1년도 안 되어서 그만두고 말았다. 인간관계가 틀어져서 동아리에 남을 수 없게 된 것이다. 남자 부원 몇 명이 세이라를 원했다. 세이라는 거절하지 않았고, 사실은 원해주길 바랐다. 동아리실에서 울려 퍼지던 호통을 기억한다. 자신이 제대로 된 사람이 아니라는 걸, 그때 겨우 깨달았다.

"그 기분, 알지."

세이라의 말을 무시한 채 그는 또다시 기타를 치기 시작했다.

"있잖아, 이름이 뭐야?"

기타 소리 때문에 좀 큰 목소리로 물었다. 그는 이쪽을 쳐다 보려고도 하지 않았다.

"이름 정도는 알려줘도 되잖아."

세이라가 몇 번이나 얼굴을 들이밀자, 졌다는 듯 겨우 입을 열었다.

"……기리노."

"성 말고, 이름은?"

"줏타."

"그럼, 줏타라고 부를게. 나는 세이라야."

세이라는 줏타의 얼굴을 들여다봤다. 얼굴을 가까이 대고 머리카락 향기를 풍겼다. 예전에 '네 향기를 잊을 수 없어'라는 말을 들었던 걸 떠올렸다. 누구에게 들었는지는 생각나지 않았다.

"……세이라."

줏타가 입을 열었다. 설마 저쪽이 주저 없이 자기를 이름으로 부를 줄은 몰랐다.

"옷자락, 쭈글쭈글해."

"앗!"

한창 하던 도중, 하야카와가 세이라의 치마 위로 허리를 붙잡

앉었다. 그 바람에 주름이 져 버리고 만 걸까. 당황해서 고개를 숙이고 치마를 확인했다. 그러나 치마에는 아무 흔적도 없었다. 생각해보니 수업 준비실을 빠져나오기 전에 흐트러진 옷은 제대로 정리했다.

"······뭐야, 거짓말이잖아?"

세이라는 슛타를 노려보았다. 어디까지 알고 있는 건지 알 수 없었다. 슛타는 난감한 표정을 지었다.

"······그 원피스, 왠지 지저분해 보였어."

세이라는 고개를 갸웃했다.

"이거, 원피스가 아니라 치마인데."

"아."

세이라의 말에 슛타는 당황한 모습이었다. 치마와 원피스를 헷갈릴 수도 있는 걸까. 어디까지 간파하고 있는 건지 알 수 없지만, 그 예리함과는 정반대로 이상하게 어눌한 구석이 있었다.

"재미있는 사람이네."

슛타는 세이라의 중얼거림을 무시했다.

~

죽고 싶어.

"죽고 싶은데, 도시락이 너무 예쁘고 다 맛있어 보인다니까."

세이라는 계란말이에 젓가락을 꽂아 들고 창가에 비추어보며 중얼거렸다. 계란말이, 방울토마토, 브로콜리는 도시락 삼원

색으로 유명하다. 이 세 가지를 다 담은 세이라의 도시락은 오늘도 그렇게 자태를 뽐내고 있다.

"젓가락은 그렇게 꽂아서 쓰는 거 아니야."

츳타는 그 말만 하고 빵을 베어 물었다. 평일 점심시간, 본관의 과학실. 세이라와 츳타는 점심을 먹고 있다.

얼마 전, 점심시간에 빵과 기타를 들고 어딘가로 사라지는 츳타를 발견하고 뒤를 밟았다. 그러자 또 이 과학실이 나왔다. 츳타는 주로 여기에 있는 모양이었고, 세이라도 멋대로 이 교실에 눌러앉기로 했다.

처음 과학실에서 츳타를 만난 뒤로, 세이라는 츳타를 쫓아다니게 되었다. 점심시간과 방과 후에는 일정이 없으면 이렇게 츳타의 옆에 붙어 있었다. 츳타는 자길 따라온 세이라를 보고 놀라기는 했지만 거부하지는 않았다. 그렇다고 해서 먼저 다가오는 일도 없었고, 조금도 마음을 열어 주지 않았다. 오로지 세이라가 츳타를 따라다니는 구도였다. 그 거리감에 세이라는 왠지 모를 안도감을 느꼈다.

"우리 엄마, 매일매일 도시락을 싸 주셔."

예쁜 색감의 도시락을 바라보며 세이라가 말했다. 중학생 때부터 쭉 도시락은 엄마가 직접 만들었다. 어지간히 기분이 안 좋은 날이 아니면, 항상 엄마는 일찍 일어나서 부엌에 서 있었다.

"요즘에는 그다지 얻어맞지도 않고, 도시락은 한결같고, 행복해야 되는데 말이야."

세이라는 츳타를 흘깃 살폈지만 그는 여전히 담담하게 빵을 베어 물 뿐이었다. 츳타는 무슨 말을 해도 거의 반응하지 않는다. 이런 말을 트위터에 올리면 금방 동정 어린 말들이 날아들 텐데.

세이라는 초등학생 때까지 엄마에게 매일같이 얻어맞았다. 그러나 요즘에는 힘이 빠진 모양인지 손을 올리는 일이 줄어들었고, 엄마의 폭력은 욕지거리로 바뀌었다. 아빠는 늘 그랬듯이, 오늘도 세이라와 엄마의 대화를 못 본 척했다. 집 안 분위기는 험악했지만 싸움은 나지 않았다.

엄마가 모든 악의 근원이라는 건 알고 있다. 그렇지만 세이라는 엄마를 무척 좋아했다. 굴절된 애정에 기뻐했고, 스스로가 이런 딸이라는 걸 미안하게 생각했다.

"그러고 보니까 츳타, 진로는 정했어? 조사서 받았지?"

축제를 앞두고 들떠 있는 학생들에게 찬물을 끼얹듯 진로조사가 시작되었다.

"도쿄에 갈 거야."

츳타는 빵을 씹으며 툭 내뱉었다.

"입에 음식이 있을 땐 말하는 거 아니야."

세이라의 말에 츳타는 입을 다물었다. *재미없긴.* 세이라가 다시 물었다.

"도쿄라, 도쿄에서 뭐 할 건데?"

"기타 칠 거야."

"그게 뭐야. 기타는 여기서도 칠 수 있잖아."

"그래도, 이미 정했으니까."

패기는 없지만, 그렇다고 망설임도 없다. 츳타는 미래를 그저 묵묵히 수행하려는 듯이 보였다.

세이라는 아무 생각 없이 진로조사서에 이 근처에 있는 대학 이름을 썼다. 이 마을 밖으로 나가는 건 단 한 번도 생각해 본 적이 없었다. 엄마도 세이라가 집에서 나가지 않는다면 대학은 보내주려는 것 같았다. *이거 봐, 사랑받고 있잖아.*

"미래라니, 싫다."

세이라가 중얼거렸다. 대답은 없었다.

"있잖아. 츳타는 나중에, 훨씬 나중에는 뭐 할 거야?"

"어? ……기타, 계속 칠 거야."

"또 그 소리."

세이라가 맥 빠진 소리를 내자 츳타는 퉁명스러운 표정을 지었다.

"계속하겠다고 약속했으니까."

"누구랑?"

츳타는 대답하지 않았다. 세이라의 시선을 아는지 모르는지, 츳타는 빵을 다 먹고 작게 손을 모아 잘 먹었다는 인사를 했다. 그리고 기타를 꺼내더니 늘 책상 위에 놓여 있는 미니 앰프에 연결했다. 책상다리를 하고, 그 위에 기타를 얹고는 연주하기 시작했다.

어딘지 모르게 애절한 음색. 듣는 이의 결여된 부분을 끄집어내는 울림. 먼 곳을 바라보는 듯한 눈빛으로, 츳타는 담담하게 음을 쌓아간다. 코드가 조금씩 변하면서 어디론가 나아간다.

츳타에게선 때때로 보이지 않는 누군가의 존재가 언뜻 비쳤다. 마치 자기 그림자를 잃어버린 것만 같은 불안이 그를 휘감고 있었다. 그림자처럼, 원래 하나였다가 지금은 떨어져 나가버린 존재를 쫓고 있는 것 같았다. 그래서 기타를 치는 것 아닐까. 그런 망상을 허락하는 듯한 여백이 츳타에게는 있었다.

"……그냥, 빨리 이 거지 같은 인생이 끝났으면 좋겠다."

세이라는 중얼거리며 창밖을 바라봤다. 지금 이 창문으로 뛰어내리면 순식간에 끝낼 수 있다. 그런 짓을 할 용기는 없으면서, 세이라는 몸을 던지는 모습만을 계속 떠올렸다.

~

죽고 싶어.

교실에서 창밖을 바라보고 있으면, 그렇게밖에 형용할 수 없는 공허함이 치민다. 이른바 지방도시, 특징 없는 마을. 산 너머의 옆 마을은 바다에 접해 있어서, 그 마을의 중학교에서 보이는 경치가 눈부시게 아름답다고 들었다. 불편한 건 없지만 크게 편할 것도 없는 이 마을에서 나고 자란 세이라 입장에서는 조금 부러웠다.

'죽고 싶어.'

스마트폰으로 트위터에 글을 올리자, 금방 다른 사람이 좋아요를 눌렀다. 세이라는 좋아요 수에 안도하는 자신을 발견하곤 또 죽고 싶어졌다. 얼굴도 모르는 *사람이 날 알아주는* 게 뭐가 좋은 걸까. 싸구려 감정의 파도에 휩쓸리며, 오늘도 살아 있다.

 종소리에 퍼뜩 고개를 들었다. 정신을 차려보니 수업이 끝나 있었다. 학생들이 집으로 돌아갈 채비를 했다. 다음 일정이 없는 세이라는 한동안 교실을 바라보았다. 수험 공부를 위해 분주하게 학원으로 향하는 사람, 취직자리가 정해져 한가롭게 방과 후의 시간을 즐기는 사람, 고등학교 생활을 마지막까지 동아리 활동에 쏟아붓는 사람, 점차 가까워지는 축제에 설레어 하는 사람⋯⋯. 고등학교 3학년, 교실에 묶인 저마다의 인생들이 앞으로 몇 달만 지나면 제각각 흩어지게 된다.

 나는 어디로 가게 될까.

 의지할 데도 없이, 그저 엄마와 함께 집에서 썩어가는 미래가 보인다.

 "아키호, 오늘 한가해?"

 옆에서 말소리가 들려왔다. 아키호라고 불린 건 세이라 옆자리에 앉는 세키 아키호다. 사람을 끌어당기는 반의 중심인물로, 세이라와도 가끔 이야기를 나누곤 한다. '친구'라고 부를 수 있는 경계에 아슬아슬하게 들어와 있을 것이다.

 세이라도 친구가 없는 건 아니다. 그러나 유동적으로 바뀐다. 깊은 관계가 되면 남녀 불문 반드시 파탄이 나고 만다. 어딘가 문제가 있는 게 틀림없다는 생각이 든다.

"축제 준비를 조금 도와줬으면 좋겠는데, 바빠?"

아키호에게 말을 건 사람은 반의 축제 담당이었다. 아키호는 미안하다는 듯 머리를 긁적였다.

"아, 미안. 오늘은 학원에 가는 날이야."

"아, 그렇구나. 미안, 미안."

"한창 바쁠 때니까 진짜 도와주고 싶은데. 오늘 음악제 출연 밴드도 발표됐지?"

"응, 맞아."

두 사람은 고개를 끄덕였다. 세이라도 게시판에 붙여진 음악제 스케줄을 이미 확인했다. 'BUMP OF SHIKEN', '고교사변', 'madwimps'……, 누구의 곡을 카피하는지 바로 알 수 있는 밴드명이 대부분인 가운데, 슛타는 'the noise of tide'라는 이름을 내걸고 끝에서 두 번째에 자리하고 있었다.

파도의 잡음.

그러고 보니 슛타는 바닷가에 붙은 옆 마을에 살고 있다. 웃음 짓는 슛타의 모습이 떠올랐다.

"아키호는 어느 대학 지망이었지?"

"아, 거기야."

그렇게 말하고 현청 소재지에 있는 대학 이름을 댔다.

"어라, 도쿄에 간다고 하지 않았어?"

"음, 그런 말을 했었나?"

"했어. 왜 있잖아, 중학생 때. 도쿄가 날 기다린다나 뭐라나 막 그랬었잖아."

"중학교 때 얘기를 꺼내는 건 반칙이지. 그리고 '기다린다나 뭐라나'라니, 말이 너무 심한 거 아냐?"

아키호는 쓴웃음을 짓고 있었다. 이야기를 꺼낸 상대는 같은 중학교 출신인 모양이었다. 아키호는 확실히 그렇게 말하긴 했지만, 하고 투덜거리다 잠시 침묵했다. 그리고 다시 입을 열었다.

"……이제 딱히, 도쿄에 갈 필요가 없으니까."

그렇게 중얼거리고는 미소를 지었다. 어째선지 그 얼굴에서 눈을 뗄 수 없었다. 시시각각 표정이 변화한다.

주머니 속에서 진동이 울렸다. 퍼뜩 정신을 차리고 휴대전화를 꺼냈다. 문자가 와 있었다. 하야카와였다.

'오늘, 또 준비실에서.'

마음이 조용해지는 걸 느낀다. 그건 안도감 같은 종류가 아니다. 마음이 바닥으로 가라앉는 것 같은 감각이었다.

본관 3층, 수업 준비실.

세이라가 안으로 들어가자 하야카와는 이미 그곳에 와 있었다. 아무렇게나 놓인 의자에 걸터앉아 휴대전화를 들여다보고 있었다.

"……하야카와."

세이라는 조심스럽게 이름을 불렀다. 그러자 하야카와가 "늦었잖아"라고 중얼거리며 의자에서 일어났다. 무심코 움츠린 세이라의 어깨를 붙잡고는 그대로 키스했다.

요즘의 하야카와는 늘 이랬다. 다짜고짜 준비실로 불러내서 모든 단계를 건너뛰고 세이라에게 다가왔다. 이른바 데이트라는 걸 제대로 했던 적도 있었다. 그러나 세이라가 다른 남자와도 관계를 가졌다는 걸 알게 되고부터 하야카와는 변했다. 원래 무슨 생각을 하는지 겉으로 드러나지 않는 사람이었지만, 그 감정이 정체를 알 수 없는 덩어리가 되어 세이라에게 부딪쳐 오게 되었다.

마음이 침묵한다. 점차 스스로를 관망하게 되고, 자신을 비웃는 또 다른 내가 나타난다. 하야카와가 몸을 더듬는 동안 세이라는 선반에 매달렸다. 숨이 거칠어졌다.

분명 하야카와가 원하는 건 세이라 안에 존재하지 않는다. 그가 바라는 것을 세이라는 줄 수 없다. 그럼에도 계속 원한다. 없는 것을 찾아 헤맨다.

미안.

세이라는 또 죽고 싶어진다. *사람을 어떻게 대해야 할지 모르겠어. 내가 정말 사람인지도 모르겠고.*

세이라는 고개를 떨구고 하야카와에게 몸을 맡겼다. 그때, 기타 소리가 들려왔다.

퍼뜩 고개를 들었다.

아래층의 과학실에서 들려오는 금속성의 울림. 구슬프게 넘실대는 여섯 줄의 화음. 줏타가 또 기타를 치고 있었다. 세이라를 생각하지 않는, 먼 곳을 바라보는 듯한 눈빛으로 연주하고 있을 것이다.

아프다. 하야카와가 세이라의 머리카락을 움켜쥐고 있었다.

"……시끄러워."

하야카와가 세이라의 팬티를 억지로 벗겼다. 그리고 다짜고짜 삽입했다.

"자, 잠깐!"

콘돔이 없는 날것의 감각. 피임도 하지 않으려는 하야카와에게 본능적으로 공포심이 솟아났다. 그러나 세이라가 아무리 거부해도 하야카와는 떨어지려고 하지 않았다.

"세이라, 너 점심시간에 항상 저 녀석이랑 같이 있지."

"뭐?"

"기리노 말이야. 지금 기타 치는."

하야카와의 손이 세이라의 목을 붙잡았다. 그 손에 슬며시 힘이 들어갔다. 얼굴에 피가 쏠렸다. 세이라는 목숨을 붙들린 것 같은 기분이었다. 그러나 하야카와가 원하는 건 자기 목숨 따위가 아니라는 것도 알고 있었다.

"대체 왜 저 녀석이랑 같이 있는 거야! 왜 나랑 사귄 거냐고! ……왜 나로는 안 되는 거야."

왜냐니, 나도 몰라.

한 가지 확실한 건, 뭘 해도 세이라의 결함은 메워지지 않는다는 것뿐이다.

세이라의 대답은 말로 나오지 않았다. 그저 헐떡이는 소리가 새어 나올 뿐이었다. 그 뒤로 슛타의 기타가 계속 반복된다. 항상 연주하는 멜로디가 세이라의 존재를 완전히 지워버리듯 울리고 있다. 그것만이 구원이다. 그것만이……

쿠궁.

"헉."

세이라와 하야카와는 저도 모르게 몸을 움츠렸다. 큰 소리가 나면서 발밑이 흔들리는 것 같았다. 슛타의 연주가 멈췄다. 그리고 아래층에서 고성이 들렸다. 이어서 의자가 쓰러지는 소리.

슛타.

세이라는 하야카와를 있는 힘껏 밀쳤다. 하야카와의 몸이 녹슨 선반에 부딪치며 낮은 신음이 흘러나왔다. 그러나 세이라는 돌아보지 않고 흐트러진 옷을 정리하며 밖으로 나갔다.

슛타, 기타를 쳐.

계단을 달려 내려가 과학실로 향했다.

"슛타! 너 이 자식, 대체 무슨 생각이야!"

과학실에서 거친 말투가 들려왔다. 세이라는 망설임 없이 문을 열어젖혔다. 덩치 큰 남자가 기타를 멘 슛타의 멱살을 움켜쥐고 있었다. 기타 끝에 이어진 케이블이 앰프에서 빠져 있었다.

방금 전의 큰 소리는 그게 빠지면서 났을 것이다.

"그만해! 줏타를 놔 줘!"

세이라가 소리치자 남자는 눈을 부라리며 이쪽을 돌아봤다.

"뭐야, 넌. ······기리노, 밴드 관두고 여자랑 놀아났냐? 뭐 하자는 거야!"

남자는 다시 한번 줏타를 향해 고함을 쳤다. 줏타는 저항하지 않고 고개를 떨구고 있었다. 세이라는 그 사이에 억지로 끼어들어 줏타에게서 남자를 떼어내려고 했다.

"아니야. 내가 줏타한테 달라붙어 있는 것뿐이라고. 줏타는 나 같은 건 거들떠도 안 본단 말이야."

그래, 보지 않는다. 남자의 얼굴에 일순간 당황한 표정이 떠올랐다. 세이라는 남자를 노려보았다.

"대체 무슨 일인데 그래."

그 눈빛에 기가 죽었는지, 남자는 벌레 씹은 표정으로 말했다.

"······이 자식이 갑자기 우리 밴드에서 나갔다고. 제대로 된 설명도 안 하고, 같이 못한다는 둥 헛소리만 지껄이잖아."

줏타가 끼어들었다.

"그 상태로는 음악제 무대에 설 수 없었어."

"닥쳐! 그 잘난 척하는 태도에 더 열 받는다고!"

남자가 침을 튀기며 소리쳤다.

"오늘 음악제 스케줄을 보니까 네 이름이 당연하단 듯이 적혀 있더라? 심지어 마지막 차례인 우리들 바로 앞에. 음악제에 혼자 나가겠다는 거냐? 그런 걸 보고 싶어 하는 사람은 아무도 없어. 대체 뭐 하자는 거야, 마지막 음악제라고!"

슛타는 시선을 피하더니 중얼거렸다.

"마지막 아니야."

"뭐?"

"아직, 길 위에 있어."

슛타는 어딘가를 노려보았다. 초점이 저 멀리에 있는 것 같았다.

"……뭐야, 또 잘난 척이냐!"

남자의 말투가 거칠어지며 다시 슛타의 멱살을 쥐려고 했다. 그때, 문 너머에서 다른 사람이 나타났다.

"세이라."

하야카와였다. 움찔한 세이라가 엉겁결에 슛타 쪽으로 물러나자 딱딱한 기타 바디가 등에 닿았다.

"기리노 한 명이 아니라 이 자식한테도 아양 떨고 있는 거냐?"

독백과도 같은 가는 목소리. "나는 관계없어"라고 슛타에게 덤벼든 남자가 반론했지만 하야카와의 표정은 변하지 않았다. 하야카와의 착각이지만, 세이라는 그대로 착각하길 바랐다. 끝까지 경멸해주길 바랐다.

"왜 나는 봐주지 않는 거야. 이럴 거면 확실하게 거부해 달란

말이야······."

하야카와의 말에 세이라는 고개를 숙인 채 중얼거렸다.

"······미안."

세이라와 가까워지면 누구나 다 이렇게 화를 내고 멀어져 간다. 몇 번이나 같은 일을 반복해야 만족할까. 하야카와가 세이라에게 다가왔다.

"난, 너를 구해주고 싶었어."

가슴이 먹먹해졌다. 그러나 저도 모르게 대답하고 있었다.

"나는 이제 구원받을 수 없어."

하야카와는 한순간 슬픈 표정을 짓더니 그대로 과학실을 빠져나갔다. 계단을 내려가는 발소리가 과학실까지 울렸다.

"뭐야 대체······."

츗타에게 덤벼들던 남자가 머리를 벅벅 긁더니 짜증을 내며 밖으로 나갔다. 과학실에는 세이라와 츗타만이 남았다. 세이라는 힘이 빠져서 어느새 츗타에게 몸을 맡기고 있었다. 허리 뒤쪽에 기타가 닿아 있고, 어깨는 츗타가 받치고 있다. 세이라가 자기 힘으로 일어섰는데도 츗타는 세이라의 어깨를 계속 움켜쥐고 있었다.

고개를 돌려 츗타를 바라봤다. 츗타는 세이라보다 조금 키가 커서 자연스럽게 올려다보는 형태가 됐다. 그대로 눈이 마주쳤다. 키스하려나 했는데 아니었다. 또 저 멀리를 바라보는 눈빛이다. 아무리 애써도 츗타와는 서로 눈을 맞출 수가 없다.

츳타가 왼팔로 세이라의 허리를 둘렀다. 세이라의 머리에 오른손을 얹더니, 그대로 쓰다듬었다. 그리고는 세이라의 어깨에 머리를 기댔다. 츳타의 귀가 세이라의 소리를 듣는 것처럼 목에 닿아 있었다. 츳타는 먼 곳을 바라보면서 세이라를 계속 쓰다듬었다.

츳타도 채워지지 않는 공백이 있구나.

세이라는 생각했다.

츳타는 무언가가 결여되어 있다. 그건 사람인지, 물건인지, 다른 형태를 한 것인지 알 수 없다. 그러나 분명 공백이 있다. 츳타는 그걸 메우기 위해 살고 있다. 그러나 메워질 리가 없다. 숙명이라든가, 운명이라든가, 그런 종류의 공백도 있는 것이다. 퍼즐의 빈자리를 채울 한 조각은 처음부터 존재하지 않았다.

세이라도 결여되어 있다. 오늘도 사랑을 원한다. 그러나 아무리 사랑받아도 그 빈자리를 채울 수 없다. 누군가와 사귈 때마다 절망하는 건, 사랑받아도 채워지지 않는다는 사실을 깨닫게 되기 때문이다.

츳타는 세이라를 사랑해주지 않을 것이다. 츳타의 결여는 세이라로는 채워지지 않으니까. 그래도 받아들여 주기는 할 것이다. 츳타도 결여를 채우려고 하고 있으니까. 세이라는 츳타가 쓰다듬는 대로 가만히 있었다.

둘이서 학교를 나올 즈음에는 해가 거의 지고 있었다. 이 마을에 사는 세이라는 자전거로 통학하고, 줏타는 가까운 역까지 걸어서 옆 마을로 돌아간다. 세이라는 자전거를 끌고 학교에서부터 역까지 줏타와 나란히 걸었다.

"너희 집은 이쪽이 아니잖아."

"이제 와서 역까지 쫓아온다고 불평할 건 아니지?"

줏타는 무표정한 얼굴로 입을 다물었다. 대화다운 대화도 하지 않은 채 5분 정도 걸으니 역에 도착했다. 잘 가, 하고 평소처럼 헤어진 뒤 세이라는 인적 없는 주택가를 자전거를 타고 달렸다. 아스팔트와 자전거의 타이어가 마른 마찰음을 냈다.

줏타의 존재를 뭐라고 설명하면 좋을까.

세이라는 늘 상대가 자신을 사랑하도록 꼬드겼다. 그건 일종의 훈련의 성과였다. 철 들 무렵부터 마음이 굶주려 있었던 세이라는 자기를 사랑해 줄 사람만을 가까이에 두려고 했다. 상대가 좋아하는 표정, 옷차림, 화장을 재빠르게 익히고 호의를 얻어내려고 기를 썼다. 그런데 막상 상대가 사랑을 주면 그 순간 마음이 식어버린다. 인간관계에만 집착하는 스스로가 허무하고, 열등감으로 마음에 구멍이 뚫리며 절대 행복해질 수 없는 스스로에게 절망한다.

줏타가 특별한 건, 그가 세이라를 받아들이면서도 사랑하려고는 하지 않기 때문이다. 줏타는 음악에 필사적이고, 그 역시 채워지지 않는 결여에 허덕이고 있다.

주위가 점차 어둠에 물들고 있었다. 주택가의 흰 가로등이 나란한 간격으로 늘어서서 빛났다. 그 가운데 색채가 다른 빛이 문득 눈에 띄었다. 도리이에 걸린 옅은 주황빛의 초롱불. 평소에는 신경도 안 쓰는 작은 신사가, 오늘은 왠지 눈에 밟혔다.

신.

그런 말이 세이라의 마음속에 내려앉았다. *즛타는, 신이다.* 작게 중얼거려 보자 즛타라는 존재가 세이라의 안에서 순식간에 정리되었다. 세이라는 자전거를 멈추고 경내로 들어갔다.

신사에 들어가는 게 몇 년 만인지 모르겠다. 울퉁불퉁한 돌이 깔린 참배길, 어쩐지 불안한 초롱의 불빛, 어두운 하늘에 거의 녹아든 나무들의 그림자. 세이라는 천천히 발걸음을 옮겼다.

즛타는 아무리 다가가도 이쪽을 보려고 하지 않는다. 아무리 원해도 세이라에게 마음을 열지 않을 것이다. 그래도, 그러니까, 세이라는 계속 갈망할 수 있다. 희미한 갈망으로 몸을 감싸면, 채워지지 않는다는 절망을 못 본 척할 수 있다.

본전 앞에 서서 손을 모으고 머리를 숙였다.

'즛타와 함께 있을 수 있게 해주세요.'

그렇게 빌었다. 즛타는 세이라의 신이었다.

~

죽고 싶어.

떠들썩한 축제 분위기로 가득 찬 복도에서 세이라는 사람들을 헤치며 나아갔다. 사람이 많은 장소는 싫다. 다들 행복해 보여서, 나만 행복해질 수 없다는 열등감에 사로잡힌다.

사실 축제 기간에는 학교에 나오지 않으려고 했다. 그런데 딱 하나, 해야 할 일이 있었다. 춧타의 노래를 듣는 것.

음악제는 체육관의 무대에서 열린다. 복도를 빠져나가 체육관 입구에 도착하니 이미 안에서는 중저음이 새어 나오고 있었다. 암막을 걷고 안으로 들어가자 달아오른 열기가 느껴졌다. 춧타의 앞 차례인 밴드로, 올해 유행했던 밴드의 곡을 연주하는 중이었다.

관객들이 무대 주변을 둘러싸고 서 있었다. 무대에 올라 있는 밴드의 연주가 끝난 순간 함성이 일었다. 무대 위가 막간용 어둑어둑한 조명으로 바뀌었다. 사람들이 빠져나가는 틈을 타 세이라는 관객 속으로 끼어들었다. 주위 사람들이 타임 스케줄을 확인하고 있었다.

"이제 두 팀 남았네."

"제일 마지막 밴드 기대돼."

"다음 사람, 누구지? 더, 노이즈 오브⋯⋯?"

춧타에 대해서는 아무도 몰랐다. 춧타다웠다. 어두침침한 무대에 기타를 멘 줏타가 나타났다. 흰 와이셔츠, 검은 교복 바지, 촌스러운 실내화. 평소와 다름없는 모습이었다. 그런데도 왠지 폼이 났다.

줏타는 음을 체크하기 시작했다. 기타를 가볍게 쓸어내리면서, 때때로 단음을 섞었다. 관객의 웅성거림이 자연스럽게 잦아들었다. 줏타는 마이크에 입을 가까이 대고 변성기가 오래 가고 있는 듯한 허스키한 목소리로 작게 흥얼거렸다. 곡의 형태를 띠지 않은 단순한 울림인데도 마치 음 하나하나가 모여 형상을 이루는 것만 같은, 확실한 '음악'이었다.

체육관 안이 기대감으로 충만해지고, 줏타의 음악 이외의 것들을 침묵이 감쌌다. 줏타는 체크가 끝난 듯 마이크 앞에서 천천히 눈을 감았다. 마이크에서 희미하게 숨소리가 울렸다.

조명이 켜졌다.

줏타는 똑바로 앞을 바라봤다. 관객 쪽이 아닌, 그 훨씬 너머에 초점이 맞춰져 있었다. 또 먼 곳을 바라보는 듯한 눈빛이다. 줏타는 살짝 숨을 내뱉고, 입을 열었다.

"노이즈 오브 타이드."

줏타가 빠르게 기타를 튕겼다. 그대로 변화무쌍한 코드를 연주했다. 다짜고짜 시작된 연주가 파도처럼 관객을 집어삼켰다. 경쾌함이라고는 없이 끈질기게 이어지는 거슬거슬한 울림. 마음의 표면을 긁어내는 것 같은, 희미하게 일그러진 기타의 음색. 줏타가 발치의 페달을 밟자 소리가 순식간에 굵고 거세졌다. 앞을 예측할 수 없는 흐름으로 관객을 농락하더니 소리가 잦아들며 온화한 코드로 돌아왔다.

굉장해.

세이라는 숨을 삼켰다. 과학실에서 본 츳타의 모습에서 아무것도 달라진 게 없는데, 그는 무대와 하나가 되어 있었다.

노랫말이 없는 연주가 점점 부드럽게 바뀌었다. 정신을 차려 보니, 늘 연주하는 멜로디가 시작되어 있었다. 츳타가 과학실에서 몇 번이나 연주했고 세이라가 위층 준비실에서 몇 번이나 들었던, 밀려오다 멀어지는 파도와 같은 음. 그 멜로디가 반복될 때마다 감정이 함께 떠밀려간다.

"잔잔한 파도에 빠지다."

츳타가 그렇게 중얼거렸다. 그게 곡의 제목이라는 걸 알아차리기도 전에 노래가 시작됐다.

바람이 멎은 새까만 바다
라디오에서 흘러나오는 노이즈
예감은 아직 허상일 뿐
파도만이 반복되지

세이라는 이 곡에 가사가 있다는 걸 처음 알았다. 그건 노래라기보다는 낭독 같았다. 다시 멜로디가 시작됐다. 다른 음 사이를 떠돌다가 또 같은 멜로디로 돌아갔다.

멀리서 울리는 천둥소리
물결치는 너의 원피스
마음을 흔들어놓네
견딜 수 없이 초조해

아아, 츳타의 머릿속에서 흔들리고 있던 건 이 원피스였구나. 누구의 원피스일까. 정액으로 지저분해진 세이라의 치마가 아니라는 건 확실했다. 츳타는 이 곡을 과학실에서는 부르려고 하지 않았다. 이 곡은 세이라에게는 절대 내어줄 수 없는 곡인 것이다. 츳타가 먼 곳을 바라본다. 저 멀리서 흔들리는, 원피스의 신기루를 본다.

언제까지나 길 위에 서 있어
소원을 되풀이하면서
수평선 저 너머에서
다시 만나는 두 사람

과학실에서 멱살을 잡혔을 때, 츳타는 이렇게 말했다.
'아직, 길 위에 있어.'
츳타는 길 위에 서 있다. 그러니까 세이라를 돌아보지 않는다.
라라라, 하고 츳타가 멜로디를 노래했다. 말로 다 할 수 없는 커다란 감정이 체육관에 소용돌이치는 게 느껴졌다.

"······라라라."

옆에서 목소리가 들렸다. 돌아보니 아키호가 서 있었다. 무대를 뚫어져라 바라보며, 슛타의 뒤를 쫓아가듯 멜로디를 흥얼거렸다. 그 애의 눈가가 촉촉했다.

아키호의 목소리에 이끌려 둑이 터지듯 합창이 시작되었다. 조심스럽게, 그러나 확실하게 관객들의 목소리가 들려왔다. 목소리의 주인이 점차 늘어갔다. 그 하나하나가 절실한 울림을 띠고 있었다.

슛타는 계속 저 너머를 갈망하고 있다. 세이라를 바라봐 주지 않는다. 그 사실을 다시 한번 깨닫는다.

괴로워.

그래도 이 괴로움이 있으니까 세이라는 절망하지 않을 수 있다. 사람으로 살 수 있다.

노래는 어느새 합창이 되어 있었다. 다들 무대 위를 멍하니 바라보며 빨려 들어갈 것 같은 눈빛으로 홀린 듯이 노래했다. 슛타가 고음을 내지르며 기타를 거칠게 연주했다. 마지막 스트로크의 거친 울림을 남기고 내팽개쳐지듯 곡이 끝났다.

침묵.

슛타가 살짝 고개를 숙이더니 무대를 벗어났다. 그가 장막 안쪽으로 사라질 때까지 아무도 입을 열지 않았다. 그 모습이 보이지 않게 되자, 그제야 당혹스러운 듯한 웅성거림이 주위를 휩쓸었다. 모든 관객이 어리둥절하고 있었다.

세이라는 멍하니 서 있는 관객들을 제치며 그 자리를 빠져나가려고 했다. 츗타를 만나고 싶다. 츗타를 내 옆에 묶어두고 싶다. 눈을 마주쳐 주지 않아도 되니까 옆에 있고 싶다. 세이라는 끝 모를 초조함에 휩싸였다. 울적한 마음을 날려버리는 듯한 충동을 처음으로 느꼈다.

다들 제자리에 못박인 듯 서 있었다. 어느새 츗타의 노래를 따라 부르던 스스로를 깨닫고, 머릿속에 흘러들어온 충동에 당혹스러워하고 있었다. 그 합창은 숨겨진 갈망의 발로다. 관객은 자신이 목말라 있다는 걸 깨닫고 구원을 갈망한다. 그 갈증이 자신을 살게 한다는 걸 깨닫는다.

오늘, 츗타는 정말로 신이 되었다.

3장

태어나다

2015년, 마사히로

 스산한 바람이 불어오는 11월, 상가 건물의 지하 1층. 방음문 안으로 들어서면 세상과 단절된 공간이 나타난다. 가득 피어오르는 수증기, 교차하는 빛줄기, 끈끈하면서도 어쩐지 싸늘한 공기. 그러나 피부는 뜨겁게 달아오른다.

 이시다 마사히로는 무대 위에서 기타가 울리지 않도록 신경 쓰면서 물을 마셨다. 관객들이 일거수일투족을 바라보고 있다. 사람들에게 보이는 위치에 있다는 사실은, 방심하면 금세 잊어버리고 만다. 사실 대부분의 관객은 센터에 선 줏타를 보고 있겠지만.

 시모키타자와에 있는 라이브 하우스. 항상 잘 챙겨주는 선배 밴드의 초청으로 더 노이즈 오브 타이드가 출연하게 되었다.

네 팀 중 두 번째. 그럭저럭 괜찮은 순서다. 라이브 하우스의 수용 인원은 100명으로, 지금은 70명 정도가 있는 것 같다. 살짝 비좁은 감은 있지만 그래도 여유 있게 라이브를 들을 수 있을 정도의 공간이다.

마사히로는 관객 쪽에서 볼 때 오른쪽에 서 있었다. 왼쪽에는 베이스의 가네키 아즈사, 뒤쪽에는 드럼의 하라다 히로키. 각자 준비가 끝나자 슛타가 입을 열었다.

"감사합니다. ……다음은 마지막 곡입니다. 지금 새로운 앨범을 제작중인데 거기에 수록될 곡입니다."

시간이 아무리 많아도 슛타는 거의 멘트를 하지 않는다. 슛타가 하는 말이라고는 밴드 멤버들의 소개(이것도 동아리 선배가 시켜서 하게 됐다)와 곡 소개 정도였다. 현장의 열기를 중시하는 밴드가 많은데, 슛타는 그런 것에 조금도 가치를 두지 않는 것 같았다. 확실히 이질적인 프런트맨이다.

슛타가 기타 코드를 연주하기 시작했다.

어디로 향할지 모르는 코드의 연속. 슛타만이 만들어낼 수 있는 소리다. 여기에 드럼과 베이스가 들어온다. 음악에 깊이감이 생기고 전체적인 윤곽이 드러나기 시작할 즈음, 마사히로의 기타 아르페지오가 시작된다. 그와 동시에 슛타가 살짝 허스키한 목소리로 노래를 시작한다.

대학교 2학년 때 밴드를 결성해 벌써 4년이 흘렀다. 이렇게 라이브 하우스 무대에 오르기 시작한 건 3년 전. 그즈음부터 밴드의 활동이 본격화되었고, 지금까지 활동을 이어나가고 있다.

오늘도 서로의 소리는 잘 맞았다. 예쁘게 포장된 듯한 소리가 나고 있다.

……숨이 막힐 정도로 잘 짜인 소리.

불현듯 그런 생각이 들었다.

처음 무대에 섰을 때는 소리가 훨씬 엉망진창이었다. 도저히 들어줄 수 없을 정도였을 것이다. 그래도 그때에는 있었고, 지금은 없는 것이 있다. 무언가를 얻기 위해서는 무언가를 잃어야만 한다. 하지만 얻는 것과 잃는 것의 총량은 과연 일정한 것일까.

문득 제정신이 들었다.

어느새 두 번째 후렴이 끝나고 곡은 마지막 후렴구를 향해 가는 파트에 접어들었다. 줏타가 깔아놓은 코드 위에서 마사히로는 무의식중에 기타 솔로를 연주하고 있었다. 음악에 몸을 맡기고 있다가 기타 솔로를 연주하고 있다는 사실을 인지한 순간, 음이 틀렸다.

한순간 곡에 위화감이 퍼졌다. 마사히로의 실수다. 무심코 얼굴을 찡그렸다. 그러나 어떻게든 견디며 솔로 파트를 완주했다. 되새길 여유도 없지만, 이 정도로 무너질 만큼 아마추어는 아니다.

기복이 적은, 낭독 같은 노랫소리. 줏타는 늘 똑바로 앞을 바라보며 노래한다. 그러나 관객에게 초점을 맞추는 것은 아니다. 상가 건물 지하의 라이브 하우스. 낮은 천장, 닫힌 공간. 이런 좁은 장소에서 츗타에게는 무엇이 보이는 걸까.

마사히로는 츗타의 시선을 좇았다. 그러나 그곳에는 검은 벽만 있을 뿐이었다.

라이브 하우스에 티켓 할당량만큼의 금액을 지불하고 밖으로 나왔다. 지상으로 이어지는 나선형 계단으로 무겁고 찬 공기가 흘러들어왔다. 공연의 열기는 어딘가로 사라졌다. 마사히로는 몸을 부르르 떨며 입고 있던 트렌치코트의 옷깃을 여몄다. 공연이 끝나면 주위를 둘러보는 게 습관이 되었다. 파란색 청바지를 입은 남자를 찾아보지만, 그 모습은 오늘도 보이지 않는다.

나선형 계단 끝에서 롱코트를 입은 아즈사가 이쪽을 내려다보고 있었다. 등에 커다란 베이스를 메고서. 기타보다 큰 베이스는 아즈사의 키를 훨씬 뛰어넘는다.

"오늘 티켓 몇 장 나갔어요?"

밴드의 금전 관리는 마사히로의 담당이다. 아즈사의 물음에 머릿속으로 수량을 계산했다.

"으으음, 23장."

"……괜찮네요. 흑자네."

아즈사가 돌아서자 길고 검은 머리가 찰랑였다. 가로등 불빛이 그 머리카락을 비추었다.

라이브 하우스의 티켓 할당량은 공연 1회당 20장. 20장분의 대금을 사용료로 징수하니까 적어도 그만큼은 티켓을 팔아야만 한다. 이 할당량을 채울 수 있게 된 건 2년 전. 그때 밴드는 아주 순조로웠다. 파죽지세로 공연계의 계단을 오르고 있다고 생각했다.

"아싸, 오늘 뒤풀이 비용은 벌었네요!"

대화 중에 유달리 신나는 목소리는 히로키다. 밴드의 분위기 메이커. 경박해 보일 수도 있지만 이 역할은 의외로 무척 중요하다. 이 녀석이 공연 뒤풀이에서 떠들썩하게 여러 사람에게 얼굴을 알린 덕분에 티켓도 잘 팔리게 되었다.

"맥주, 맥주!"

히로키는 스스로의 중요한 역할을 아는지 모르는지, 벌써부터 한껏 들뜬 목소리였다. 마사히로는 살짝 웃으면서 한숨을 쉬었다. 나선형 계단을 올라 밖으로 나오자, 역 앞에서 사람들이 번잡하게 오가는 모습이 보였다. 마사히로는 공지할 사항을 떠올리곤 말했다.

"뒤풀이 전에 다음 일정 확인하자. 모레 저녁 5시부터 스튜디오에서 작업을 해야 해."

슛타가 공연에서 말한 것처럼, 지금은 새 앨범을 제작하고 있다. 공연과 제작을 반복하는 나날이 이어지고 있었다.

"슛타도 괜찮지?"

"응."

먼저 올라와 있던 슛타가 작게 고개를 끄덕였다. 긴 앞머리, 170센티미터도 안 되는 키, 갈색 더플코트를 걸친 모습. 청년이라기보다는 소년에 어울리는 용모다. 무대 위에서 바라본 넓은 등은 환영이었을까. 공연이 끝날 때마다 드는 생각이다.

다 함께 걷기 시작했다. 목적지는 오늘 공연한 라이브 하우스의 단골집인 저렴한 이자카야. 함께 공연한 밴드들도 그곳에 있을 것이다. 체인점 간판에서 쏟아지는 빛에 눈을 찌푸리며, 배고프다, 하는 태평한 생각을 했다.

앞에서 걷던 줏타가 발을 멈췄다. 줏타의 정면에 몸집이 작은 여자가 서 있었다. 그녀는 검은색 판초코트를 걸치고 차가운 공기를 이끌며 걸어왔다.

"수고했어."

"······세이라."

줏타의 목소리 톤이 조금 낮아졌다.

"공연 봤어. 가자."

세이라는 그대로 줏타를 데려가려고 했다. 아즈사가 "잠깐!" 하고 소리쳤지만 세이라는 뒤도 돌아보지 않았다.

세이라는 줏타의 여자친구다. 그리고 위험한 여자라고 마사히로는 생각한다. 병적인 구석이 있어서, 이런 식으로 불쑥 나타나 줏타를 속박하려고 하기 때문이다. 그러나 줏타는 불평을 하지 않는다. 그저 약간 난처한 표정을 지을 뿐이다.

"지금부터 뒤풀이라고요!"

아즈사가 소리쳤지만 무시당했다. 줏타도 "미안"이라는 말만 남기고 자리를 뜨려고 했다. 그때, 갑자기 세이라가 마사히로쪽을 돌아봤다.

"너 말이야."

"······뭐야."

"줏타 옆에서 실수하지 마."

순식간에 가슴이 차가워졌다. 세이라는 분노에 찬 눈으로 마사히로를 노려보았다.

"신을 방해하지 마."

조금의 허세나 과장도 없이, 세이라는 단호하게 말했다. 그러고는 그대로 발걸음을 돌렸다. 마사히로의 안에 '신'이라는 말이 메아리쳤다. 무심코 어금니를 꽉 깨물었다.

세이라의 차가운 눈빛, 그리고 줏타의 고요한 눈빛.

인파 속으로 사라져 가는 뒷모습을 그저 바라보았다. 옆에서 아즈사가 불평을 쏟아내기 시작했다.

"저 여자, 진짜 뭐야? 아무 말도 안 하는 줏타 씨도 줏타 씨지만······."

"자자, 세상엔 각양각색의 사람이 있으니까······."

옆에서 히로키가 아즈사를 달랬다. 그러나 마사히로의 귀에는 거의 들어오지 않았다.

신.

그 말이 묘하게 뇌리에 남았다. 줏타는 어째서 한 치의 망설임도 없이 무대에 설 수 있는 걸까. 마사히로는 여전히 줏타를 이해할 수 없다.

~

춧타와 만난 건 4년 전 3월.

다카다노바바는 마사히로가 다니는 대학교에서 가장 가까운 역이다. 대낮에는 오가는 행인들뿐인 역 앞 광장도 밤이 되면 모습이 일변한다. 잘 차려입고 누군가를 기다리는 사람부터 회식이라도 있는 건지 여기저기 무리 지어 있는 동아리 부원, 춤 연습을 하는 젊은이, 흑심을 숨기지 못하고 여기저기 말을 거는 남자, 피하려고 애써 웃는 여자, 고주망태가 되어 화단에 뻗어 있는 사람까지. 밤이 깊어지면 사람들의 모습도 바뀐다.

당시 마사히로는 대학교 1학년이었다. 서툴기만 한 자취 생활, 리셋된 친구 관계, 기대에 미치지 못하는 대학 강의. 1년간의 학교생활 끝에 이런저런 것들에 익숙해졌을 무렵이었다.

소란스러운 광장을 곁눈질하며, 마사히로는 빠른 걸음으로 그곳을 지나치려고 했다. 그때 문득 뭔가가 눈에 들어왔다. 고개를 들자 그곳에는 벚나무가 있었다. 밤에 더욱 돋보이는 엷은 꽃잎을 보며 도쿄에 온 뒤 사계절이 한 번 지나갔음을 깨달았다. 조금도 성장하지 못한 채 같은 곳으로 되돌아온 기분이었다.

무언가를 바꾸고 싶었다. 대학에만 들어가면 모든 것이 새롭게 시작될 것이다. 그런 기대 속에서 고등학생 시절을 보냈다. 고등학교 음악부에서 계속했던 기타는 극적인 인생을 위한 사전 준비였다. 도쿄는 소용돌이치는 도시다. 그렇게 믿고 뛰어들었다. 갑자기 나타난 커다란 파도가 마사히로를 덮칠 거라고 생각했다.

그러나 아무 일도 일어나지 않았다.

기대를 품고 들어간 대학 음악 동아리는 즐거웠지만, 그저 즐겁기만 할 뿐이었다. 고등학교 음악부와 다름없이 음악을 흉내만 내는 것 같았다. 사람들을 사귀고, 놀고, 술을 마시고, 떠들썩한 주위 사람들을 보며 마사히로는 즐거운 만큼 공허했다.

걸음을 옮길 때마다 등에 멘 기타가 뼈에 부딪쳤다. 흰색 스트라토캐스터. 펜더사의 대표 모델을 아르바이트로 돈을 모아서 어렵게 샀다. 10만 엔이 넘는 쇼핑은 인생에서 처음이었다. 그때의 두근거림을 지금도 기억한다. 그러나 그때 느꼈던 열정은 이제 흔적도 찾아볼 수 없다.

한숨을 쉬던 그때였다. 북새통 속에서 공기가 무겁게 흔들렸다. 단단한 기타 소리. 무심코 눈이 휘둥그레졌다. 소리는 뒤에서 들려왔다. 돌아보니 가로수 앞에 선 남자가 기타를 잡고 있었다. 마사히로와 비슷한 나이거나 그보다 어려 보였다. 누가 봐도 대학생처럼 보이는 갈색 더플코트를 입고 있었다. 무엇보다 눈에 띈 건 가로등 불빛을 반사하는 매끄러운 바디의 빨간 일렉 기타였다. 고등학생이 주머니에 나이프를 숨기는 모습처럼, 당혹스러울 만치 강렬했다.

지나가는 사람들은 아무도 발을 멈추지 않고 그를 투명인간

취급했다. 그 가운데에서 남자는 기타를 연주하기 시작했다. 조금씩 변화하는 코드, 완급을 조절하며 섞여드는 아르페지오, 당당하게 서서 표정 하나 바꾸지 않고 기타를 치는 모습.

아는 곡의 카피라는 걸 뒤늦게 깨달았다. 마사히로가 옛날부터 즐겨 듣던 인디 밴드의 곡이었다. 본인들의 레이블에서 9년간 꾸준히 활동해온 이 밴드는 작년 6월에 갑자기 해체했다. 어쩌다 인터넷 뉴스로 그 사실을 알고 나서, 최근에는 별로 듣지도 않았으면서 가슴이 먹먹해졌던 기억이 났다.

정신을 차리고 보니 마사히로는 그 남자에게 다가가고 있었다. 가까이 가서야 남자가 마이크도 없이 노래하고 있다는 걸 깨달았다. 살짝 허스키한 목소리가 듣기 좋게 울렸다. 마음을 잔잔하게 흔드는 소리였다.

남자는 계속 기타를 치면서 노래했다. 그의 눈은 어딘가 먼 곳을 바라보고 있었다. 그에게만 보이는 무언가를 좇고 있는 것 같았다. 망설임도, 거리낌도 없었다.

그때, 마사히로의 마음속에서 무언가가 눈떴다. *그가 바라보는 것이 바로 내가 계속 찾아 헤매던 것은 아닐까.*

연주가 끝났다. 남자는 여운을 느끼며 눈을 감았다. 소리를 토해내는 그의 세계는 무척이나 고요하다. 파도가 멎은 잔잔한 바다 같지만 잔물결이 더 멀리까지 나아가려고 한다. 그 모습이 이루 말할 수 없이 아름다워 보였다. 이대로 헤어지면 분명 후회할 거라는 예감에 몸이 떨렸다. 너무나도 선명한 충동이었다.

"저기."

마사히로가 말을 걸었다. 남자는 놀란 기색이었다. 무슨 말을 건넬지 미처 생각도 안 했다는 사실을 깨닫고, 필사적으로 할 말을 쥐어짰다.

"……저기, 정말, 좋았어."

입에서 튀어나온 건 진부한 감상일 뿐 감정의 떨림은 전혀 드러내지 못했다. 그렇지만 무언가 통했는지도 모른다. *비슷한 사람이니까.* 그렇게 생각하는 건 오만일까.

"……고마워."

남자는 고개를 숙이고 중얼거렸다. 그리고 다시 한번, "고마워"라고 말했다.

그게 춧타와의 첫 만남이었다.

춧타는 매주 역 앞 광장에 나왔다. 마사히로도 그 시간에 맞춰 광장으로 가서 춧타의 연주를 들었다. 인디 록, 기타 팝, 일렉트로닉, 얼터너티브 록……. 음악 취향이 아주 잘 맞았다. 듣기만 하는 게 아니라 어느새 마사히로도 그 자리에서 연주를 하게 되었다. 이미 관객은 필요 없었다.

비슷한 나이로 보였던 춧타는 마사히로보다 한 살 많았다. 그 사실을 알기 전에 반말이 굳어져 버려서(춧타는 좀처럼 자기 이야기를 하지 않았으니까) 마사히로는 지금도 존댓말을 하지 않는다. 당시 춧타는 대학생이었지만 수업에는 거의 나가지 않았고, 결국 대학을 그만둬버렸다. 조용하고, 다른 사람과 교류도 하지 않고, 만화방에서 아르바이트를 하는 것 외에는 사회와의 접점이라곤 없었다. 그런 주제에 역 앞 광장에서 당당하게 노래하는 것이다. 그런 언밸런스함과 마찬가지로 분명한 의지가 있었다.

줏타의 연주는 들으면 들을수록 빠져들었다. 자작곡이 몇 개 있었는데, 하나같이 끈질기게 이어지는 코드 진행으로 이루어져 있었다. 초점이 저 멀리에서 맞는 것 같은 곡이었다. 화려하진 않지만 마음이 이끌렸다. 마사히로의 취향이면서, 무엇보다도 무한한 기량이 느껴졌다.

음악 센스로는 도저히 줏타를 당할 수 없었다. 그러나 마사히로에게도 특기가 있었다. 기타 말고도 컴퓨터로 음악 프로듀싱을 할 수 있었다. 디지털 세대라는 자각이 있어서 대학에서도 정보학부를 다니고 있었다. 사운드 메이킹이나 후반 작업에는 자신이 있었다.

만난 지 몇 개월이 지나자, 마사히로와 줏타는 자연스럽게 곡을 만들기 시작했다. 서로의 집과 스튜디오에서 매일같이 새로운 음악이 탄생했다. 줏타는 고요한 눈빛으로, 아득히 먼 곳에서 새로운 음악을 끌어왔다.

장마가 시작된다고 발표된 6월 초, 아즈사와 재회한 건 그 무렵이었다.

"선배, 오랜만이에요."

몇 개 대학의 음악 동아리가 합동으로 진행한 라이브 이벤트의 뒤풀이 자리에서 우연히 마주쳤고, 그때 처음으로 아즈사도 상경했다는 사실을 알았다. 그녀는 한 살 아래인 고등학교 후배로, 같은 음악부였다. 악기는 베이스다.

"머리 길었네."

고등학교 시절, 아즈사와는 그렇게 친한 사이가 아니었다. 그러나 그녀가 예전에는 쇼트커트였다는 것 정도는 기억하고 있었다. 아즈사는 의아한 표정으로 고개를 갸웃했다.

"뜬금없이 머리 얘긴 왜 나와요?"

"중요하잖아."

"왜요?"

그야······.

"여자 베이시스트는 무조건 긴 흑발이지."

마사히로의 신조였다.

"편견이에요."

아즈사는 그렇게 말하곤 큭큭 웃었다.

"그건가? 실연하면 머리를 짧게 자른다는 그런 거. 아무튼, 정말 많이 길었네."

"자문자답하시는 거예요?" 아즈사는 또 웃었다.

"정말 그런 거 아니에요."

"그럼 왜?"

"머리를 기르면 무언가 변할까 싶어서요."

무슨 소리야, 하고 가볍게 대꾸하고 입을 다물었다.

무언가를 바꾸고 싶다.

비슷한 생각을 마사히로도 몇 달 전에 했었다.

"저, 할 수 있는 게 아무것도 없어요."

아즈사는 웃었다. 그러나 눈동자에는 조금 그늘이 져 있었다.

"……베이스 칠 수 있잖아."

"그뿐이에요. 어쩌다 도쿄에 와서, 고만고만한 대학에 들어가서, 하릴없이 베이스를 계속하고 있는 거죠."

아즈사가 작게 한숨을 쉬었다.

"저는 그냥 그 정도예요."

마사히로는 그 한숨을 알 것 같은 기분이었다.

"……변하고 싶어?"

"네?"

밴드를 만들려면 베이스가 필요했다.

"안녕하세요! 히로키라고 합니다!"

스튜디오에 들어서자마자 큰 목소리로 자기소개가 날아왔다. 드럼 세트 뒤에 체격이 좋은 남자가 있었다. 마사히로와 아즈사는 얼굴을 마주 봤다. 아즈사를 츳타에게 소개하려고 한 날, 마침 츳타도 다른 사람을 데려온 것이다. 그게 히로키다. 히로키는 신나게 말을 이었다.

"슛타 형은 아르바이트 선배예요. 항상 기타를 가지고 다니는데, 저는 드럼을 치니까 계속 신경이 쓰이더라고요. 게다가 슛타 형, 과묵하고 멋있잖아요. 그런 사람이랑 연주해보고 싶어서……."

기관총처럼 말이 쏟아져 나왔고, 슛타는 그걸 말없이 바라보고 있었다. 내용을 간추리자면 히로키는 아즈사와 같은 나이로, 고등학교 때부터 드럼을 쳤다고 한다. 지금은 공업전문학교에 다니고 있다. 슛타와 정반대의 활기를 자랑했는데, 과묵한 슛타와 나란히 세워 두니 신기하게 안정감이 있었다.

그리고 무엇보다 그저 시끄럽기만 한 사람은 아니었다.

"아버지랑 전문학교에 다니겠다고 약속해서 도쿄에 올 수 있었어요. 그런데 매일 슬렁슬렁 지내다 보니 어느새 시간이 이렇게나 흘렀더라고요. 이젠 그냥 보잘것없는 인간이 된 것만 같고……. 뭔가를 느끼고 싶었어요. 나는 이 도시에서 살아 있다! 하고 가슴을 펴고 싶어요."

히로키는 머리를 긁적거리더니 입을 다물었다.

넘쳐나는 사람들 속에서 살아가는 이 도시를, 마사히로는 물이 가득 찬 컵 같다고 생각했다. 찾아오는 사람이 있고 쫓겨나는 사람이 있다. 그 흐름을 알면서도 여기 뛰어들 용기만큼은 확실하게 낸 것이다. 그건 분명, 도쿄에서만 할 수 있는 일이 있다고 믿었기 때문이다.

히로키도 마사히로와 같은 믿음이 있었을 것이다.

지금 나는 그때의 용기에 보답하며 살고 있는가.

마사히로와 줏타가 만든 곡 중에는 밴드용으로 편곡한 곡이 딱 하나 있었다. 베이스와 드럼은 미디로 만들었다. 그러나 지금이라면 진짜 소리로 연주할 수 있다.

각자 말없이 연습을 시작했다. 스튜디오를 빌린 시간이 딱 두 시간이어서, 갑작스럽지만 후렴만 맞춰 보기로 했다. 연습 중의 단편적인 소리만으로도 마사히로는 소름이 돋았다.

할 수 있다.

모두가 비슷한 시점에 연습을 끝냈다. 문득 얼굴을 마주 보았다. 누가 먼저랄 것도 없이 고개를 끄덕이며 호흡을 맞췄다. 히로키가 드럼 스틱으로 카운트를 세자, 연주가 시작되었다.

됐다!

몸에 전율이 일었다. 두 대의 기타, 베이스, 드럼이 단숨에 곡의 형태를 만들었다. 마사히로가 조정한 이펙터가 소리를 일그러뜨리며 하모니를 만들어냈다. 그 위에, 아직 가사가 정해지지 않은 멜로디를 줏타가 라라라, 하고 노래했다. 허스키한 목소리가 공간을 아름답게 파고들었다. 소리들이 서로 교차하며 커다랗게 울렸다.

소리는 공기의 진동이다. 떨림으로 전달되는 것이야말로 파도다. 파도가 덮쳐왔다. 마사히로가 기다리던 거대한 파도가 드디어 형태를 갖췄다.

마사히로는 연주에 푹 빠져들었다. 갑작스럽게 이루어진 연습이라 소리가 완벽하게 맞을 수는 없었다. 그럼에도 곡의 형태가 갖추어졌다. 날뛰려는 몸을 억누르며, 겨우 끝까지 연주했다.

연주가 끝나고도 고동이 멈추지 않았다. 좌우를 둘러보니 아즈사와 히로키가 볼에 홍조를 띠고 있었다. 마사히로는 이어서 슛타를 봤다.

슛타는 입가가 굳어진 채, 코를 감싸 쥐고 울고 있었다.

눈이 마주쳤다. 슛타의 눈에 눈물이 글썽였다. 마사히로는 처음으로 슛타와 제대로 눈을 마주한 것 같다는 생각이 들었다. 계속 먼 곳을 바라보던 슛타가 처음으로 마사히로에게 초점을 맞춘 것 같았다.

히로키가 나직이 중얼거렸다.

"저, 이 밴드가 유명해질 때까지 그만두지 않을 거예요."

아즈사가 물었다.

"……유명해지면 그만둘 거야?"

"……유명해져도 안 그만둬요."

누가 먼저랄 것도 없이 얼굴을 마주 보며 웃었다. 아직 밴드를 만들자는 이야기는 꺼내지도 않았는데.

~

하얀 벽, 나무 바닥, 커다란 창. 철저하게 따뜻함이 계산된 설계인데도 식어버린 생명의 기척이 느껴져 몸이 움츠러든다.

마사히로는 도내 대학병원에 있었다. 입원한 할머니의 문병을 온 것이다. 면회 시간은 3시부터라 스튜디오에 가기 전에 들르려는 생각이었다.

병원 안에서 기타를 메고 있으면 반드시 오가는 사람들의 시선이 쏠린다. 음악으로는 암도 사라지지 않고, 뼈도 붙지 않고, 혈관도 넓어지지 않는다. 도움이 못 돼서 미안하게 됐습니다, 그런 생각을 하며 이미 익숙해진 병실 문을 열었다.

하얀 커튼 사이로 햇빛이 비쳤다.

할머니는 4인 병실의 창가 구석 자리에서 가림막을 열어둔 채 책을 읽고 있었다. 문이 열리는 소리를 듣고 흘끗 쳐다보더니 시선을 바로 책으로 돌렸다. 문병을 오면 조금은 기쁠 텐데도, 할머니는 늘 처음엔 이렇게 시선을 피한다. 아무래도 할머니가 생각하는 연장자로서의 배려인 모양이었다.

"어서 오렴."

"몸은 좀 어떠세요?"

"괜찮으면 퇴원했겠지."

"……그것도 그러네."

할머니는 깔깔거리며 웃었다. 더없이 건강해 보이지만 가슴

통증으로 구급차로 실려 왔던 게 반년 전이다. 폐암이 발견되어 전문 외래가 있는 이 병원으로 옮겨졌고, 지금도 입원과 퇴원을 반복하고 있다.

"그렇게 우두커니 서 있지 말고 앉아. 기타는 그쪽에 두고."

"안 그래도 그러려고 했어요."

옆에 있는 작은 의자에 걸터앉았다. 할머니는 책을 덮으려고 하지 않았다. 난 전혀 지루하지 않단다, 하고 허세를 부리는 건지도 모른다.

할머니 댁과 마사히로의 본가는 같은 동네라서, 맞벌이를 하는 부모님 대신 할머니가 마사히로를 자주 보살펴 주셨다. 할아버지는 마사히로가 철들기 전에 돌아가셔서 할머니와 둘이서 보내는 시간이 많았다.

할머니가 망설이듯 물었다.

"……넌, 요즘 어떠니?"

"어떻긴요. 뭐, 그럭저럭?"

마사히로는 가져온 작은 노트북을 열었다. 바탕화면에 저장된 파일 중 하나를 열자, 빈약한 소리와 함께 공연 녹화 영상이 흘러나왔다.

"저번에 했던 공연, 반응이 꽤 좋았어요."

할머니는 "오오……" 하고, 놀라는 건지 아닌지 모를 애매한 소리를 흘렸다. 음악을 즐기고 있는 건 아니겠지만 그 옆모습은 즐거워 보였다.

진심으로 마사히로를 인정해주는 건 할머니뿐이다.

마사히로는 현재 대학교 4학년이다. 그렇지만 휴학 중이라, 이미 학교에 안 나간 지 1년이 넘었다. 줏타는 대학을 중퇴하고 아르바이트로 먹고 살고 있다. 베이스의 아즈사는 대학교 3학년으로 역시 휴학 중이고, 드럼의 히로키는 전문학교를 졸업한 뒤 부모님의 반대를 무릅쓰고 아르바이트를 하고 있다. 이들이 모여 더 노이즈 오브 타이드라는 이상한 이름의 밴드를 하고 있다.

이런 아들을 따뜻하게 감싸주는 부모님이 있다면 그게 더 이상하다. 마사히로가 마지막으로 귀성한(귀성이라고 해봤자 본가는 군마라 그렇게 멀지 않다) 건 2년 전, 그 뒤로는 거의 연락을 하지 않았다.

"너도 열심히 하고 있구나."

할머니는 공연 영상을 보며 미소 지었다.

"그렇게 대단한 건 아니에요."

"그래? 얼마 전에는 큰 공연도 했었잖아?"

마사히로는 무심결에 쓴웃음을 지었다.

"얼마 전이라니, 그건 2월이었다고요."

9개월 전, 더 노이즈 오브 타이드는 첫 단독 공연을 했다. 출연하는 공연마다 티켓이 20장 정도 팔려서, 라이브 하우스의 할당량을 채울 수 있게 되었을 무렵이었다. 밴드의 자작곡도 열

곡이 넘었다. 우리에게 어느 정도 실력이 있는지 시험해보고 싶었다.

시모키타자와에 있는 수용 인원 150명의 라이브 하우스를 예약했다. 적자를 각오하고 무리하게 잡기는 했지만, 밴드의 활로를 뚫기 위한 도박이었다. 모든 인맥을 동원해서 사람들을 모았다.

85장. 그게 팔린 티켓 수였다. 무대 위에서 드문드문 빈 객석을 바라보며, 이게 지금 우리의 위치라는 생각에 입술을 깨물었다.

그날, 공연을 마치고 라이브 하우스에서 나오자 한 남자가 서 있었다. 마사히로보다 조금 연장자로 보이는, 파란색 청바지를 입은 남자였다. 살집이 있는 체형에 테가 두꺼운 검은 안경을 쓰고 있었다. 눈에 띄는 구석은 없지만, 왠지 모르게 그냥 관객처럼은 보이지 않는 분위기가 느껴졌다.

"요코이라고 합니다."

그는 복장과 어울리지 않을 정도로 예의 바르게 꾸벅 머리를 숙였다. 그리곤 어리둥절한 우리를 향해 명함을 내밀었다. 명함에는 '원더뮤직 인재개발부 매니저'라고 적혀 있었다. 원더뮤직이라면, 유명한 레이블과 아티스트가 다수 소속된 일본 굴지의 음악 기업이다. 명함을 보고 당황한 참인데,

"연락처를 알려주실 수 있을까요."

요코이가 그렇게 말했다. 우왕좌왕하며 연락처를 알려주었다.

"공연, 좋았습니다."

요코이는 그 말만 툭 던지고는 돌아가려고 했다.

"앗, 저기, 연락, 기다리겠습니다."

마사히로가 겨우 그렇게 말했다.

"열심히 해보겠습니다."

요코이는 또 예의 바르게 고개를 숙이고 떠났다.

갑작스러운 일이라 얼이 빠져 있다가 그제야 흥분이 밀려왔다. 원더뮤직의 직원이 우리 공연을 봤다, 그리고 명함을 건넸다. 말도 안 되는 일이다. 엄청난 일이 시작될 것 같았다.

그러나 연락은 오지 않았다.

다 그런 법이라고 이해는 한다. 그렇지만 한편으로는 아직도 전화가 울리기를 기다린다. 연락이 오지 않으면 낭패라는 생각까지 들었다. 어떤 공연이든 끝마치면 그날 본 파란색 청바지를 입은 남자를 찾게 된다.

"이 텔레비전으로 네 모습을 보게 되는 건 언제쯤일까."

할머니가 옆에 놓인 텔레비전을 보며 웃었다. 비꼬는 게 아니라 진심으로 하는 말이었다.

"……그때쯤에는 벌써 퇴원했을 거예요."

그때는 언제가 될까.

"내가 너만 할 땐, 정말 달랐어."

할머니는 "옛날이야기를 하고 싶어 하는 건 안 좋은 버릇이지"라며 자조했다.

"해도 돼요. 한가하잖아요?"

"어차피 지루하기만 할 거야."

"괜찮아요. 한 귀로 듣고 한 귀로 흘릴 거니까."

"상대방의 지루한 이야기를 들어주는 건, 상대방을 내치는 것과 마찬가지야. 그 사람을 자기 안의 감옥에 가두는 거지."

"……늙은이가 성격이 꼬이면 미움 받아요."

"그러게, 문병을 와 주는 건 백수 손자밖에 없는데 말이야."

그렇게 말하며 우아하게 웃었다.

할머니는 고등학교 졸업 후 바로 모직물 공장에서 일했다고 한다. 어정쩡하게 대학에 눌러앉은 누구랑은 천지 차이다. 꾸준히 일했고, 그러다 맞선이 들어와서 퇴직했다. 그 상대가 할아버지다. 마을의 자동차 정비 공장에서 일하던 할아버지는 결혼한 뒤, 기술자로서 대형 자동차 회사로 이직했다. 원래 자동차를 만드는 게 꿈이었던 모양인지, 이직 후에는 일밖에 모르는 사람이 되었다고 한다. 귀가가 늦는 할아버지를, 할머니는 계속 기다렸다.

할머니는 얇은 커튼 너머를 빤히 바라보았다.

"뭐, 젊다는 건 좋은 일이지."

대답을 바라지 않는 혼잣말이었다.

마사히로는 할머니가 자기를 어떻게 보고 있는지 궁금해졌다. 할머니가 내게서 발견하는 건 회고일까, 동경일까, 미련일까. 할머니의 표정에는 한 치의 일렁임도 없어서 감정을 전혀 읽어낼 수 없다.

"자, 젊은이는 이제 슬슬 가보렴."

할머니의 말을 듣고 시계를 보니 문병 온 지 30분 정도가 지나 있었다. 이 조용한 시간이 싫지 않지만, 그렇게 말하면 갈 수밖에 없다. 마사히로는 일어서서 기타를 멨다.

"……그럼, 갈게요."

"아, 잠깐만."

할머니가 불러 세우더니 몸을 일으켜 서랍장을 열려고 했다. 마사히로가 대신 열어주려고 했지만 할머니는 손을 내저었다.

"자, 이거."

서랍에서 나온 건 귀여운 강아지가 그려진 돈 봉투였다.

"아니, 괜찮은데."

뒤로 물러났지만 할머니는 끝끝내 손에 봉투를 쥐어줬다.

"늙은이랑 젊은이를 이어주는 건 돈만 한 게 없단다."

할머니는 조금 장난스러운 목소리로 말했다.

"하고 싶은 일에 쓰렴. 해야 하는 일이 아니라 하고 싶은 일에. 알겠지?"

그럼 가봐, 하고 할머니는 손을 흔들었다. 그 여윈 손을 못 본 척하며, 마사히로는 손을 마주 흔들었다.

복도에 나와 봉투 안을 확인하니 3만 엔이 들어 있었다. 할머니가 무언가를 맡긴 거라고 한다면, 이 돈을 어떻게 써야 보답할 수 있을까. 열심히 하고 싶다. 밴드가 성공하기 위해서는 어디서부터 어떻게 해야 할까.

계속 길을 찾고 있다.

~

 문병이 빨리 끝난 탓에 마사히로가 스튜디오에 도착한 건 4시가 좀 넘어서였다. 모이기로 한 시간은 5시. 시간이 남아서 먼저 방으로 들어갔다. 연습하고 싶은 부분이 있었다.

 지난번 공연에서 실수한 그 솔로 파트다.

 '신을 방해하지 마.'

 세이라의 말이 떠올랐다. 줏타와 함께 가면서 던진 그 말.

 앰프에 케이블을 연결하고 바로 연습을 시작했다. 처음에는 움직임이 둔하지만 두세 번 치다 보면 금방 손이 부드럽게 움직인다. 애초에 직접 만든 프레이즈였다. 칠 수 있는 게 당연하고, 역시 칠 수 있었다.

 ······그렇다면, 그때 느꼈던 위화감은 뭘까.

 그걸 떠올리자 연주하는 손이 멈췄다. 그리고 문득 깨달았다. 이렇게 연주를 멈춰버릴 만한 걱정거리가 공연 중에도 무의식중에 뇌리를 스친 것이다. 마음이 착 가라앉아 앞으로 나아가기를 포기하고 만다.

 고개를 저었다. 우선 연습을 해야 한다. 다시 기타를 치기 시작했다.

 "······빨리 오셨네요."

스튜디오 입구에서 목소리가 들렸다. 손에서 시선을 들자 아즈사가 베이스를 메고 서 있었다. 빨간 목도리 위로 추워서 빨개진 코가 보였다. 겨우 정신을 차렸다.

"할머니 병문안이 빨리 끝나서."

"아아, 입원하셨다고 했죠. 병원은 여기서 가까워요?"

"그럭저럭."

마사히로가 병원에서 가장 가까운 역을 말하자 아즈사는 "아아" 하고 고개를 끄덕였다. 여기에서 전철로 40분 정도 떨어진 역이다. 아즈사가 또 물었다.

"할머니는 괜찮으세요?"

"……'괜찮으면 퇴원했겠지'라고 하셨어."

아즈사가 쓴웃음을 지었을 때, 입구 문이 열렸다. 슛타가 늘 입는 더플코트 차림으로 들어왔다.

"안녕."

마사히로가 말을 걸었다. 슛타는 작게 고개를 끄덕이더니 바로 표정이 굳어졌다.

"……요전번에는 미안."

라이브 뒤풀이에 빠진 일을 말하는 것이리라. 아즈사가 하아, 하고 한숨을 쉬었다.

"뭐, 히로키가 슛타 씨 몫까지 떠들었고, 애초에 슛타 씨는 조용하니까 상관없지만요. 세이라, 어떻게 좀 안되나요?"

"세이라는…… 아니, 미안."

츗타는 그저 사과할 뿐이었다. 아즈사는 불만스럽게 "뭐, 상관없어요"라고 중얼거렸다.

세이라와 츗타의 관계는 오래되었다고 들었다. 같은 고등학교 출신으로, 츗타가 상경할 때 세이라도 따라왔다고 한다. 세이라는 학교를 다니지 않고 상경했을 때부터 아르바이트로만 생활하고 있었다. 어째서 그들이 함께 있는지는 알 수 없다.

아즈사와 츗타가 악기를 꺼내 연주하기 시작했다. 그러고 있다 보니 5시 15분이 넘었다.

"히로키가 안 오네요."

아즈사가 입을 열었다. "그러게"라고 마사히로도 중얼거렸다. 히로키가 연습에 늦는 건 처음이 아니다. 몇 달 전까지는 히로키가 밴드 멤버 중에서 가장 한가해 보였는데, 요즘에는 바쁜 모양인지 모두의 스케줄이 히로키와 안 맞는 경우도 많았다.

"죄송해요, 늦었습니다!"

히로키가 기운차게 스튜디오 안으로 뛰어 들어왔다. 뭐가 들어 있는 건지 등에 멘 배낭이 빵빵했다. 여전히 체격이 좋았고, 겨울인데도 이마에 땀방울이 맺혀 있었다.

"늦었잖아!"

아즈사가 화난 목소리로 쏘아붙였다.

"미안! 잘하면 맞출 수 있을 것 같았는데……."

"상관은 없는데, 늦으면 늦는다고 바로 연락해!"

"네……."

이렇게 혼나는 모습도 평소 같으면 시원스러운 분위기가 있었을 것이다. 그런데 오늘은 왠지 공기가 무거웠다. 겨울이라서 그런가, 하는 실없는 생각을 했다.

더 노이즈 오브 타이드의 곡은 주로 마사히로와 줏타가 만든다. 둘 중 하나가 멜로디와 코드를 만들어 오면, 멤버들이 저마다 사운드를 더해간다. 가사는 줏타가 쓴다.

마사히로가 "일단 저번에 정했던 부분까지 해보자"라고 말하며 제작 중인 곡을 함께 맞춰봤다. 이 곡은 마사히로의 기타 프레이즈에 줏타가 코드와 멜로디를 붙인 것이다. 듣기 좋은 마사히로의 프레이즈와 끈덕진 줏타의 코드 진행. 베이스와 드럼은 정해지지 않았지만 임시로 연주했다. 나쁘지 않은 울림이라고 생각했다.

"......그럼, 뭐부터 정할까?"

한 차례 연주가 끝나자, 마사히로는 팔짱을 꼈다. 여기서부턴 세밀한 사운드와 전체의 밸런스를 동시에 파악하며 만들어 가야 한다. 듣는 사람이 질리지 않도록 섬세하게 음을 더해가며 전체의 리듬감과 밀도, 곡의 테마를 유지하는 것이다. 모두의 아이디어와 균형 감각이 필요하다.

"그럼, 저요."

"저부터."

아즈사와 히로키가 동시에 손을 들고는 서로 당황했다. 아즈사가 손짓으로 히로키를 재촉하며 말했다.

"내가 나중에 할게."

"아냐, 너 먼저 해도 돼. 후딱 정해버려."

"후딱 정해버리라니, 베이스는 그렇게 대충 해도 된다고 생각하는 거야?"

"아니, 그런 말이 아니라……."

결국 아즈사가 먼저 연주하기 시작했다. 약간씩 빨라지는 템포에서 아즈사의 짜증이 전해졌다. 요즘은 왠지 사소한 부분에서 가시가 돋치곤 한다. 톱니가 안 맞는 느낌.

"……어때요?"

"아아."

마사히로는 그제야 정신이 들었다. 안 듣고 멍하니 있었다. 다시 한번 쳐 달라고 말할 수는 없었다.

슛타가 바로 입을 열었다.

"B 파트, 좀 더 리듬감을 억눌렀으면 좋겠어."

아즈사가 고개를 갸웃했다.

"그래요?"

"A 파트의 느낌이 너무 길게 이어지는 것 같아."

"이 곡은 그런 곡이라고 생각했는데."

"……드럼은 어때?"

슛타가 묻자, 히로키가 "아, 쳐볼게요"라며 지적받은 부분을 연주했다. 아즈사가 드럼에 맞는 베이스의 리듬을 찾는다. 마사히로는 흐름을 따라가지 못한 채 가만히 듣는 척을 했다.

이유 없이 마음이 무겁게 가라앉았다.

또 이러네, 하는 생각이 들었다. 솔로 파트를 실수한 때부터 같은 기분에 빠져 있다. 형체가 없는 걱정들.

예전의 설렘이 없다. 음악을 만들 때 느꼈던 창작의 고통과 기쁨을 찾을 수가 없다. 어떤 소리를 만들고 싶은지, 누구에게 들려주고 싶은지를 떠올릴 수 없다. 지금까지는, 넷이서 새로운 곡을 만들 때의 감정은 이렇게 단조로운 흑백이 아니었다. 이건 냉정한 게 아니라 우둔한 것이다. 그렇게 스스로를 꾸짖었다.

"여기, 뒤에 신시사이저 소리를 넣자."

슛타의 말에 마사히로는 퍼뜩 정신을 차렸다.

"신스가 여기에 필요할까?"

"필요 없을까?"

"……아니, 넣어 볼게."

마사히로는 켜져 있던 컴퓨터를 조작해 신시사이저 프로그램을 실행했다. 컴퓨터에 연결된 건반을 눌러 소리를 내면서 곡에 맞는 사운드를 찾아봤다.

"……아닌 것 같아. 좀 더, 가벼운 소리라고 해야 하나."

슛타가 말했다. 마사히로는 소리를 강조하는 주파수를 변경했다. 이펙트를 이래저래 시험해보며 소리를 찾아 나갔다.

"아냐. 뭔가, 사인파가 좀 센 것 같아."

슛타가 말했다. 마사히로는 신시사이저의 출력 파형을 조정했다.

"아냐, 너무 큰 것 같아."

슛타가 말했다. 마사히로는 음량을 낮췄다.

"아냐."

슛타가 말했다.

"뭐가 아니라는 건데."

마사히로는 그렇게 중얼거렸다.

잠시 후 제정신이 들었다. 슛타가 난처한 표정을 하고 있었다. 아즈사와 히로키도 의아한 듯 마사히로를 바라보았다. *내가 무슨 소리를 한 거지?*

"……아니, 미안. 좀 더 조정해볼게."

초조하게 파라미터를 바꾸고 건반을 눌렀다. 아무리 눌러도 같은 소리가 났다. 분명 다른 소리일 텐데, 마사히로는 그 차이를 알 수 없었다.

그렇게 3시간 정도를 함께 작업했다. 곡의 방향성은 정해졌고, 사운드도 정해져 가고 있었다. 그러나 잘 진행되고 있다고는 말할 수 없었다. 멤버가 서로 얼마만큼 곡을 이해하고 있는지도 모르겠다.

스튜디오의 퇴실 시간이 다가왔다.

"연장할까?"

마사히로가 물었다. 이후 스케줄을 생각하면 제작을 좀 더 진행시키고 싶었다.

"저는 괜찮아요"라고 아즈사가 바로 고개를 끄덕였다.

줏타와 히로키에게서도 반대 의견은 나오지 않아서, 마사히로는 자리에서 일어나 연장하러 가려고 했다.

"아, 미안."

줏타가 마사히로보다 먼저 자리를 떴다. 전화가 온 모양이었다. 불투명 유리문 너머에서 누군가와 이야기를 하고 있었다. 마사히로는 그 실루엣을 빤히 바라보았다.

이윽고 통화가 끝나고, 줏타가 방으로 돌아왔다.

"오늘은 이만 가야 할 것 같아."

줏타가 고개를 숙였다. 갑작스러운 이야기에 마사히로는 아무 말도 할 수 없었다.

"정말 미안해."

줏타는 그저 사과했다. 아즈사가 불만스러운 눈빛으로 말했다.

"또 세이라 씨인가요?"

줏타는 침묵을 지켰다. 아무래도 정곡을 찔린 모양이었다. 분명 또 호출당한 거겠지.

"딱히, 가도 상관없어요. 우리한테 말릴 권리도 없고."

지긋지긋하다는 듯한 아즈사의 말투에 줏타는 고개를 꾸벅 숙였다.

줏타는 세이라의 호출을 절대 거절하지 않는다. 줏타가 먼저 나간 후, 마사히로 일행도 스튜디오에서 나왔다. 역 앞의 상가 거리로 빠져나오니, 얼어붙은 골목길이 가게 간판에서 나오는 불빛에 푸르스름하게 빛나고 있었다. 차가운 공기를 깊이 들이마시자 이유 모를 가슴속 답답함이 약간 풀렸다. 마사히로는 그 해방감에 오히려 짜증이 솟았다. *밴드가 나를 구속하기라도 한다는 걸까?*

히로키가 빵빵한 배낭을 고쳐 멨다.

"저도 아직 할 일이 남아서 먼저 가볼게요."

"⋯⋯그래, 그럼 다음에 봐."

마사히로가 배웅했다. 히로키는 금세 인파 속으로 사라졌다. 마사히로와 아즈사만이 남아서 역 쪽으로 걸었다. 두 사람은 전철 방향이 같았다.

아즈사가 하아, 하고 입김을 내뱉더니 중얼거렸다.

"히로키, 슛타가 그만 가보겠다고 해서 안심했을 거예요."

"뭐?"

"빨리 돌아가고 싶어 했어요."

"⋯⋯정말?"

"마사히로 선배, 둔감하네요."

아즈사가 겨울보다도 차가운 눈빛으로 이쪽을 봤다. 둔감, 이라는 말이 날아와 꽂혔다. 설렘을 잃어버린 데다 자극을 자극으로 받아들일 수도 없게 된 걸까. 이런 게 노화일까? 이런 소리를 하면 할머니가 째려보겠지.

"밴드 분위기가 좋지 않다는 건 눈치채고 있었어."

마사히로는 중얼거렸다. 아즈사는 아무 말이 없었고, 그 침묵이 긍정을 드러냈다.

"츗타는 어떻게 생각할까."

"아무 생각 없을걸요? 그런 걸로 흔들리는 사람이 아니니까."

"하긴 그렇지."

"뭐, 세이라 씨가 마음에 걸리기는 하지만."

"아즈사, 화냈었지."

츗타를 향한 아즈사의 질린 듯한 말투가 떠오르자 픽 웃음이 났다. 그러자 아즈사가 마사히로를 노려봤다.

"왜 그래."

아즈사는 여전히 노려보고 있었다.

"아니, 왜……."

마사히로가 당황해서 말을 못 하자 아즈사는 풋 하고 웃었다. 마사히로는 안도의 한숨을 쉬며 중얼거렸다.

"왜 웃는 건데."

"아니, 마사히로 선배는 역시 모르는구나 싶어서요."

마사히로가 뭐라고 하기도 전에 아즈사가 입을 열었다.

"저, 세이라 씨한테 화를 낼 수가 없어요."

"뭐?"

"세이라 씨는 짜증 나는 여자지만, 전 세이라 씨를 비난할 수만은 없다고요."

아즈사가 미소를 지었다. 차가운 거리의 빛이 아즈사를 비추었지만, 눈동자에는 어둠이 내려앉아 있었다.

"세이라 씨를 도쿄에 데려온 건 춧타 씨인 모양이에요. 얼마 전에 들었어요. 원래 세이라 씨는 고향에 남을 생각이었는데, 꽤나 억지를 써서 도쿄까지 끌고 왔대요."

의외라는 생각이 들었다. 춧타가 그렇게까지 다른 사람에게 간섭하다니.

"왜 그랬대?"

"'세이라는 그 집에 있으면 안 됐어'라고 했어요. 집 분위기가 거칠었던 건지도 모르죠. 아무튼, 자세한 사정은 모르겠지만 아마 세이라 씨는 춧타 씨에게 구원받았을 거예요."

'신을 방해하지 마.'

세이라의 목소리가 되살아났다. 신의 정의는 사람마다 제각각이겠지만, 세이라에게 신은 춧타였던 것일까.

"세이라 씨가 춧타 씨를 불러내는 이유도, 어쩐지 알 것 같아요. 겨울엔 보이지 않는 무언가에 마음이 얽매이는 기분이 들어요. 세이라 씨도 그 무언가를 느끼는 것 같아요. 춧타 씨를 빼앗기는 상상을 하는 건지도 모르죠."

길고 검은 아즈사의 머리카락이 가로등의 차가운 빛을 반사했다.

"저도, 겨울은 무서워요."

보이지 않는 흐름에 휩쓸려 원하지 않는 방향으로 나아간다. 그런 기분이 들었다. 실체가 없는 것에 움츠러드는 스스로가 한심했지만 어쩐지 본질적이라는 생각도 들었다.

~

 12월에 들어서자 갈수록 추위가 매서워졌다. 밴드의 음원을 제작하는 나날들. 뭔가가 삐거덕거리는 채로 하루하루가 지나갔다. 오늘은 오랜만에 밴드와 관계없는 일정이 있어서 현재의 상황이 묘하게 객관적으로 보였다.

 남쪽 캠퍼스의 깊숙한 곳. 뒷문을 통해 구내로 들어가 왼쪽으로 한 번, 오른쪽으로 두 번 꺾었다. 잠시 걷다 보면 갑자기 공기가 달라지고, 작은 광장 너머로 낡아빠진 콘크리트 건물이 나타난다.

 "좋은 아침이에요."

 마사히로가 현관 앞에 선 남자를 향해 말했다.

 "벌써 대낮인데."

 남자는 겨울인데도 반팔 티셔츠를 입고 담배를 피우고 있었다. 데루키였다.

 이곳은 대학 안의 자치 기숙사다. 그리고 데루키는 마사히로의 대학 선배로, 같은 연구실에 소속되어 있는 석사 2년 차다. 그는 이 기숙사에 사는데, 이렇게 가끔 마사히로에게 도움을 청할 때가 있다. 휴학 중인 마사히로를 연구실과 연결해주는 사람이라 거절할 수가 없다.

 데루키가 담배를 비벼 끄고 기숙사로 들어갔다. 마사히로도 뒤를 따랐다. 현관으로 들어가자마자 복도에 물건들이 널브러져 있는 게 보였다. 선반과 가스버너, 수많은 책들, 빗자루, 어느 나라 것인지 알 수 없는 악기……. 천장에는 등롱이 걸려 있고 벽에는 한 면 가득 벽보가 붙어 있는데, 개중에는 10년 전 날짜가 적힌 것도 있었다.

무질서.

마사히로는 아직도 이 공간을 보면 당황스럽다. 대학 안에 이런 곳이 있어도 되는 건지 고개를 갸웃거리게 된다. 그러나 있어선 안 될 이유도 없다. 뭔지 모르는 악기를 방치하든, 천장에 등롱을 매달든, 생각해보면 안 될 이유는 특별히 없다. 허용할 수 있는 것은 무조건 다 허용하는 공간이 여기 있었다.

데루키를 따라 복도와 다른 사람들의 방, 베란다를 경유해서 그의 방으로 들어갔다(개축을 거듭한 기숙사는 너무나도 혼잡해서 혼자서는 도저히 찾아갈 수 없다). 방에 들어서자 희미한 금속성의 냄새가 느껴졌다.

세로로 긴, 세 평 남짓한 일본식 방. 그 한쪽 벽에 직접 만든 선반이 있고, 데스크톱 컴퓨터가 빼곡히 들어차 있었다. 족히 스무 대는 될 것이다. 컴퓨터의 팬이 돌아가는 소리가 겹쳐지면서 새된 울림이 방을 채우고 있었다. 바닥의 남은 공간에는 항상 이불이 깔려 있다.

"……선배, 또 늘린 거예요?"

"연구실에서 주워 왔어."

데루키는 빙긋 웃었다. 이 남자는 전기세가 저렴하다는 이유

만으로 기숙사에 살면서 그 방에 컴퓨터를 잔뜩 늘어놓고, 직접 만든 슈퍼컴퓨터 비슷한 것 옆에서 잠드는 변태 컴퓨터 오타쿠다.

"그래서, 오늘은 뭘 도와드리면 될까요."

"전에 했던 웨이백 머신의 네트워크 모델, 그걸 확장하려고 해. 분석해보니까 상당히 재미있는 수치가 나왔어. 인터넷은 점점 견고해지고 있어. 리던던시가 확보되면서……."

길고 긴 데루키의 이야기가 시작됐다.

데루키는 이 슈퍼컴퓨터 비슷한 것을 이용해서 네트워크 연구를 하고 있다. 여기서 말하는 네트워크란 요소를 연결한다는 의미다. 철도 노선이나 일본 전체에 뻗어 있는 전선, 이 병렬 컴퓨터의 연결 방식, 더 가까운 예를 들자면 인간관계……. 서로 다른 요소들이 어떻게 연결되고 어떻게 서로 영향을 주고받는지를 조사하는 연구다.

'모든 것은 이어져야 하기에 이어져 있다.'

그게 데루키가 도달한 결론인 듯했다. 이 대사로 여자를 꼬신다고 한다. *너와 나도, 이어져야 하니까 이어지게 된 거야.*

요즘 데루키는 웨이백 머신이라는, 과거에 존재했던 웹페이지를 열람할 수 있는 서비스를 이용해서 웹페이지의 네트워크 진화를 분석하고 있다. 마사히로도 휴학 중이라고는 하나, 일단은 정보학부 학생이다. 데루키에게는 미치지 못하지만 도울 정도의 지식은 있어서 오늘도 이렇게 분석용 프로그램을 짜는 걸 돕고 있다.

"……뭐, 대충 알겠어요."

마사히로는 방구석에 앉아서 노트북을 켜고 프로그램 코딩을 시작했다. 데루키도 이불 위에 앉아 키보드를 두드렸다.

데루키는 컴퓨터를 켠 지 몇 분 만에 자리에서 일어나더니 캔맥주를 가져왔다.

"마사히로, 마실래?"

"아니요. 저 밤에 밴드 연습 있어요."

"같이 좀 마셔주지."

"도와달라고 부른 건 선배잖아요."

"맨정신으로는 작업이 안 돼."

아직 대낮인데도 망설임 없이 캔을 딴다. 옆에 놓인 재떨이에는 꽁초가 수북했다. 이런 인간인데도, 연구실에서 발군의 성과를 내고 있었다. 천재는 가만 보면 처량하다.

마사히로는 데루키를 곁눈질하며 묵묵히 작업을 계속했다. 도와준다는 명목이기는 하지만 마사히로에게는 밴드 이외의 것을 진지하게 생각하는 유일한 시간이었다.

대학 공부는 싫지 않았다. 이렇게까지 밴드 활동에 집중하지 않았다면, 제대로 시간을 할애해서 연구에 힘쓰는 학교생활을 했을 것이다.

눈을 감으면 거대한 그물이 있다. 새하얀 세계에 점과 선의 집합체가 떠오른다. 네트워크. 네트워크는 성장하면서 형성된다. 그리고 그곳에는 명백한 법칙이 있다. 웹페이지, 생물의 세포, 인간 사회…… 모든 연결이 이 법칙에 지배당한다. 그렇게 탄생한 네트워크는 무수한 연결 끝에 예측 불가능한 상황을 낳고, 하나의 작은 사건이 연결 속에서 연쇄 작용을 일으켜 커다란 현상을 낳는다. 정체를 알 수 없는 거대한 흐름이 연결을 따라 전파되어 간다.

정체를 알 수 없는 거대한 흐름.

혹시 밴드가 그 안에 있다면, 대체 그 흐름은 어디서부터 온 걸까. 그 앞에는 무엇이 일어날까. 무겁게 정체된 공기는 어디에서 왔으며 무엇을 일으킬까. 연결 속에서 흔들리고 있는 마사히로에게는 알 수 없는 일이었다.

벽 쪽에는 대형 모니터가 놓여있다. 잠시 후 그 모니터 화면이 켜졌다. 삼차원 공간에 흩어진 아이콘 몇 개가 서로 선으로 이어지며 구체를 구성했다. 아이콘은 얼굴 사진이나 풍경, 일러스트 등 다양했다.

"뭐예요, 이건?"

마사히로가 작업하던 손을 멈추고 묻자, 데루키가 모니터를 멍하니 바라보았다.

"트위터의 팔로워와 팔로잉 연결을 도식화한 프로그램. 중심이 내 계정이고, 거기서부터 일정 범위의 계정을 표시한 거야."

데루키가 화면을 확대하자, 확실히 데루키의 아이콘(맥주 사진이다)이 중심에 있었다. 거기서부터 선이 뻗어나갔다. 데루키가 다시 조작하자 이번에는 더 노이즈 오브 타이드의 트위터 계정이 중심에 표시됐다. 네트워크 도식이 바뀌었다. 아까보다 조금 작은 구체의 네트워크. 이건 그러니까, 데루키의 네트워크보다 밴드의 네트워크가 작다는 뜻이다.

"……좀 더 열심히 해봐."

"내버려둬요."

마사히로는 입을 삐죽였다. 밴드의 트위터를 주로 관리하는 건 마사히로였다.

"악취미네."

"연구란 건 대부분 악취미야."

데루키가 짓궂게 웃자, 마사히로는 한숨을 쉬었다.

"그래, 이 홈페이지가 문제 아닐까?"

데루키는 더 노이즈 오브 타이드의 계정 프로필에 있는 링크를 클릭했다. 화면에 밴드의 홈페이지가 떴다. 이 홈페이지도 마사히로가 제작과 관리를 담당하고 있다.

데루키가 홈페이지를 쓱 훑어보더니 말했다.

"좀 더 멋있게 만들 수 있잖아."

"내버려두라니까요."

마사히로는 무심코 얼굴을 찌푸렸다. 안타깝게도 마사히로는 치명적일 만큼 디자인 센스가 없었다. 프로필, 지금까지의 앨범, 뉴스, 공연 일정, 연락처 정보를 그대로 텍스트 형태로 박아놓았을 뿐이었다. 로고는 아는 사람에게 부탁해서 만들었다. 자랑

할 만한 건 그것뿐이다.

"그리고, 이 페이지를 바꾼다고 뭐가 달라져요?"

마사히로가 부루퉁하게 말하자,

"나야 모르지."

데루키가 머리를 긁적이며 페이지를 닫았다. 각자 다시 작업을 시작했다.

화면에는 여전히 네트워크 도식이 빙글빙글 돌고 있었다. 대부분의 아이콘은 선이 몇 개 정도밖에 없지만, 개중에는 선이 무수하게 뻗어 나온 것도 있었다. 팔로워가 수십, 수백 명밖에 없는 작은 점과 같은 계정이 대부분인 한편, 수십만, 수백만 명이 알고 있고 팔로잉하는 계정도 소수지만 존재한다.

그러나 많은 사람들에게 알려지게끔 성장하는 방법은 어디서도 알아낼 수가 없다. 홈페이지를 만들면, 트위터에 공지를 하면, 라이브 하우스 무대에 계속 서면, 다시 한번 단독 공연을 기획하면……. 뭘 해야 성장할까? 곁에서 보자면 마사히로의 밴드도 작은 점 중 하나다. 법칙을 거스를 수 있을까.

계속 길을 찾고 있다.

"마사히로, 지금 어디까지 했어?"

"……어디까지 할 수 있을까요."

"뭐?"

문득 보니 데루키가 얼굴을 찡그리고 있었다.

"시뮬레이션 프로그램, 어디까지 진행됐는지 물은 건데."

"앗, ······아아."

또 밴드에 대해 생각하고 있었다.

"지금, 웨이백 머신에서 안정적으로 데이터를 끌어올 수 있게 된 참이에요."

다시 사고를 눈앞의 프로그램으로 돌렸다. 열심히, 돌리려고 노력했다. 한동안 서로 말없이 작업을 계속했다. 머릿속을 코드로 씻어내는 듯한 시간이었다.

마사히로의 컴퓨터에서 알림이 울렸다. 퍼뜩 정신이 들었다.

'이거, 어떻게 생각해요?'

'아까 우연히 봤어요.'

아즈사에게서 온 라인 메시지였다. 이어서 사진이 전송됐다. 마사히로는 그 사진을 확인하고 눈이 휘둥그레졌다.

정장 차림의 히로키였다. 어딘지 모를 역 앞을 달리고 있었다. 빵빵한 배낭은 평소와 같았지만 검은색 정장 차림이었다. 이런 모습의 히로키는 본 적이 없었다. 손에는 자료 같은 종이 뭉치를 들고 있었다.

"취업활동?"

데루키가 멋대로 화면을 엿보더니 중얼거렸다. 취업활동 말고 뭘 생각할 수 있을까. 갑자기 현실이, 계속 눈을 돌리고 있던 현실이 흘러들어왔다.

"······그런 것 같네요."

힘없이 중얼거리자, 데루키가 살짝 웃으며 말했다.

"멀쩡한 사람은 취직을 하겠지."

"우리가 멀쩡하지 않다는 것 같잖아요."

"멀쩡하진 않지."

반론할 수 없었다. 그 말대로였다.

"데루키 선배."

마사히로는 멍하니 입을 열었다.

"왜?"

"선배, 진로 어떻게 하실 거예요?"

데루키는 대학원 2학년이다. 졸업해서 취직을 하거나 박사과정을 밟거나 둘 중 하나다. 데루키는 연구실의 희망이니까 분명 이대로 연구의 길을 걷게 되리라. 길이라고 해봤자, 스스로 개척해 나가야 하는 고생길이다. 그래도 그걸 해낼 힘이 데루키에게는 있었다. 문득 쓸데없는 걸 물었다는 생각이 들었다.

"……갑작스럽네."

투덜거리듯 내뱉더니 컴퓨터에서 눈을 떼지 않고 말했다.

"어떻게 하려나."

될 대로 되라는 듯한 말투였다. *나는 어떻게 하려나.* 남의 일처럼 생각했다.

~

오후 5시. 마사히로는 스튜디오에 있었다. 오늘도 제작이다.

아즈사와 츳타가 먼저 와 있었다. 아즈사는 마사히로가 들어

왔을 때 살짝 인사를 했을 뿐, 거의 얼굴을 들지 않았다. 길고 검은 앞머리가 그녀의 얼굴을 가리고 있었다. 그 아래의 감정은 도저히 짐작할 수가 없다.

줏타는 옆에서 담담하게 기타를 치고 있었다. 아즈사의 상태를 눈치챈 것인지는 알 수 없다. 그렇지만 눈치챘다 한들 손을 멈출 사람은 아니다.

5시 10분. 마사히로도 기타를 치기 시작했다. 며칠 전부터 반복하고 있는 그 기타 솔로. 역시 칠 수 있다. 그러나 지난번 공연의 위화감이 떠오르자 그대로 손을 멈추고 싶어졌다. 그 기분을 억누르고 다시 반복했다.

"죄송합니다!"

엄청난 기세로 문이 열렸다. 히로키다. 그 사진과 같은 배낭을 메고 있었다. 청바지에 긴팔 니트 차림. 평소와 같은 모습이었다.

"아르바이트가 길어져서요."

"야."

아즈사가 바로 말을 걸었다. 앞머리를 쓸어 올리더니, 베이스를 어깨에 늘어뜨린 채 히로키를 노려봤다.

"뭐야, 갑자기."

"정장, 어쨌어?"

히로키의 얼굴이 굳어졌다. 입을 다문 채 아무 대답도 하지 않는다.

"맞춰볼까."

아즈사는 히로키에게 다가가 메고 있던 배낭을 열었다. 막무가내로 안에서 무언가를 꺼내자, 그 바람에 서류가 떨어졌다. 아즈사의 손에는 깔끔하게 돌돌 말린 옷이 쥐어져 있었다. 그것을 펼치자, 주름이 생기지 않도록 신경 써서 넣어둔 정장이 모습을 드러냈다.

"항상 빵빵했지, 이 배낭."

아즈사의 추궁에도 히로키는 대답 없이 그저 고개를 떨궜다. 항상 활발하던 모습이 거짓말 같았고, 그래서 히로키가 정말로 취업활동을 하고 있다는 걸 알았다.

"이 사진, 어떻게 된 거야? 설명해봐."

아즈사가 스마트폰 화면에 그 사진을 띄웠다. 히로키는 더욱 얼굴을 일그러뜨리며 화면에서 시선을 돌렸다. 마치 그런 모습의 자신은 모른다는 듯이.

"히로키, 네가 말했잖아. 유명해질 때까지 밴드 그만두지 않을 거라고, 유명해져도 그만두지 않을 거라고. 유명이고 뭐고, 아직 제대로 해보지도 않았잖아, 우리."

아즈사가 히로키를 몰아세웠다. 히로키가 한 발짝 뒤로 물러났다.

"평소처럼, 시끄러울 정도로 웃어 보란 말이야."

주먹을 꾹 쥐고 있다. 아즈사는 화를 내고 있었다.

"히로키, 항상 웃었잖아. 뒤풀이에서도 제일 시끄럽게 떠들고,

다음에도 잘 부탁드린다고 다른 밴드나 라이브 하우스 사람들한테 싹싹하게 인사하고, 불안하다고 한 적은 한 번도 없었잖아. 잘될 거라고 확신했던 거 아냐? 그때 한 약속, 잊어버린 거야?"

마지막에는 거의 울 것 같은 목소리였다.

'저, 이 밴드가 유명해질 때까지 그만두지 않을 거예요.'

넷이 처음 모였던 날, 히로키는 그렇게 선언했다. 그땐 밴드를 결성하자는 말도 안 꺼냈었는데, 결국 밴드를 만들게 되었다. 그 덕분에 결국은 성공해서 유명해지지 않을까 하는 근거 없는 믿음을 가질 수 있었다.

그때의 예감은 진짜였다. 그 예감이 허상이 된 건 언제부터였을까. *진짜라고 믿자.* 그렇게 자신을 속이게 된 건 언제부터였을까.

"……죄송해요. 전……."

히로키가 작은 목소리로 말을 꺼냈다. 쌓아두었던 감정이 터진 듯, 영문 모를 말들을 쏟아냈다.

"아버지랑 약속한 기한이 훨씬 전에 지났어요. 저희 아버지, 마을 공장에서, 공장이라고 해봤자 그렇게 크지도 않은데, 거기서 계속 일하고 계세요. 선반 돌리고, 금속 깎고, 물건 만들고……. 그 모습을 저는 잘 알아요. 저는 아버지가 그 손으로 벌어온 돈으로 여기에 있는 거예요. 그런데 아버지는 기한이 지나도 아무 말씀도 안 하시고……."

말소리가 점점 잦아들다 끊겼다.

이제 이쯤에서 그만두게 해 줘.

마사히로에게는 그렇게 들렸다.

"미안."

줏타가 입을 열었다. 아즈사가 우는 소리로 말했다.

"왜 줏타 씨가 사과하는 거예요."

"……전부, 히로키한테 들어서 알고 있었어."

마사히로는 무심코 줏타를 응시했다. 줏타는 그런 티를 전혀 내지 않았다. 지금도 변함없이 고요한 눈빛이다. 마사히로가 물었다.

"언제부터 알고 있었던 거야."

"단독 공연이 끝났을 때부터."

그때였나.

무언가가 변한 것은 그 공연이었다. 무리해서 빌린 라이브 하우스, 팔리지 않은 티켓, 갑자기 들어온 스카우트 제의와 결국 오지 않은 연락. 무언가 낙인이 찍힌 기분이 들었다.

침묵이 방을 에워쌌다. 모든 소리가 스튜디오의 흡음재에 빨려 들어갔다. 얼얼할 정도의 무음만이 그곳에 존재했다.

"나는 음악을 계속할 거야."

줏타가 말했다. 결의도 망설임도 느껴지지 않는, 그저 확정된 사항을 알리는 목소리.

"마사히로와 아즈사는, 어떻게 할 거야?"

이쪽을 바라본다. 바라보고 있는데도, 초점이 맞지 않는다.

"⋯⋯난, 계속할 거야! 절대 그만두지 않을 거야! 마사히로 선배도 계속할 거죠?!"

아즈사는 마사히로에게 조금씩 다가섰다. 그러나 아즈사의 재촉에도 아무 대답도 할 수 없었다. 마사히로는 전혀 흔들림이 없는 츳타의 모습을 그저 바라보았다.

츳타는 이미 각오를 한 건가.

현실이라든가 생활이라든가, 꿈이라든가 미래라든가, 그런 관념이 츳타에게선 전혀 느껴지지 않았다. 그저 음악만이 인생에 선행하는 것처럼 보였다.

어떻게 그렇게까지 열정적으로 살 수 있나. 고요한 츳타의 눈빛이 공허하게 느껴졌다. 텅 빈 눈빛. 마사히로에게 없고 츳타에게 있는 것은 무엇인가. ⋯⋯아니, 마사히로에게 있고 츳타에게 없는 것은 무엇인가. 츳타는 무엇을 원하는가.

"생각할 시간을 줘."

바짝 마른 목에서 나온 것은 겨우 그런 말이었다. 자기와 츳타는 다른 사람이라는 생각이 강하게 들었다.

~

12월 중순. 하늘은 쾌청하지만 푸르기보다는 새하얗게 느껴진다. 추위에 몸을 움츠리며 대학 기숙사까지 온 마사히로는 그곳에서 무심코 발걸음을 멈췄다.

기숙사 외벽에 온통 LED 라이트가 둘러져 있었다. 이게 바로 일루미네이션이라는 걸까. 광장 중앙에는 리스 등으로 장식된 전나무가 세워져 있었다. 그 옆에는 '산타는 물러가라'라고 적힌 현수막이 걸려 있고, 순록 탈을 쓴 사람이 낙엽을 쓸고 있었다.

마사히로는 또 데루키의 호출을 받고 기숙사에 왔다. 크리스마스를 겨냥한 장식이 너무 많고, 전체적으로 어딘지 조잡함이 감도는 것이 예쁘지는 않았다.

"크리스마스네요."

정신을 차려보니 옆에 한 남자가 서 있었다. 그는 담배를 피우며 진지하게 중얼거렸다. 팽팽한 검은색 청바지에 흰 셔츠. 이 광경에서 위화감보다 계절감을 느끼다니, 엄청난 달인처럼 보였다. 어떻게 대답해야 할지 고민하고 있는데, 남자가 마사히로의 얼굴을 말똥말똥 쳐다봤다.

"혹시, 더 노이즈 오브 타이드 멤버이신가요?"

"⋯⋯그런데요."

"아, 역시 그렇군요."

그렇게 말하더니 남자는 당황하며 담배를 껐다. 마사히로는 어리둥절한 채 그 모습을 바라보았다. 누군가 공연장 밖에서 밴드 멤버임을 단번에 알아봐준 건 처음이었다.

"아, 전 이 기숙사에서 진행하는 공연의 책임자인데요."

그렇게 말하고는 등을 수그린 채 주머니에 손을 찔러 넣으며 "어디 갔지"라고 중얼거렸다. 잠시 뒤 너덜너덜한 종이가 나왔다. '기숙사 음악제'라는 거친 글자와 내년 2월의 날짜가 적혀 있었다.

"출연하지 않으실래요?"

"네?"

갑작스러운 권유에 당황했다. 마침 그때 현관에서 데루키가 나왔다.

"오, 마사히로! 어라, 미야모토도 있네. 무슨 일이야?"

남자의 이름이 미야모토인 모양이다. 미야모토는 데루키에게 말을 걸었다.

"데루키가 아는 사람이었군. 이분, 더 노이즈 오브 타이드의 기타리스트잖아?"

"그렇지."

"기숙사에도 이 밴드의 팬이 많으니까, 기숙사 음악제에 나와 주셨으면 해서."

마사히로는 "그래요?" 하고 얼빠진 소리를 내고 말았다. 우리가 그렇게 인지도가 있었나? 미야모토가 고개를 끄덕였다.

"그렇다니까요. 우리 대학 동아리 출신 중에 제대로 음악을 하는 사람들이 있다고 평판이 좋아요. 화려하진 않아도 좋은 곡들뿐이라면서."

데루키가 가볍게 어깨를 두드렸다.

"한번 출연해 줘."

"……긍정적으로 생각해볼게요."

밴드가 어떻게 될지는 모르겠지만요. 그 말은 속으로 삼켰다.

"이 기숙사, 공연 같은 것도 하나 봐요."

마사히로는 혼잣말을 하며 데루키의 뒤를 따라 여전히 물건이 어질러진 복도를 걸었다.

"응, 매년 2월에 해. 기숙사도 점점 활기를 잃고 있으니까."

"네?"

"이 계절이 되면 기숙사에서 사람들이 점차 빠져나가거든. 한 해의 끝이 다가오니, 나는 아직 기숙사에 있어도 되는 걸까, 고민하는 거지. 복도에 짐을 정리한 박스가 점차 늘어나. 기숙사 안은 조용한데, 사람들은 뒤숭숭해."

확실히 복도에는 박스가 어질러져 있었다. 어쩐지 인기척도 별로 없는 것 같았다. 밴드의 모습과 비슷한 것 같아서 씁쓸한 한숨이 새어 나왔다.

데루키의 방에 도착했다. 전에 왔을 때와 조금도 다르지 않은 모습. 오늘도 방에는 컴퓨터 팬이 돌아가는 가벼운 소리가 가득 차 있었고, 여전히 바닥에는 이불이 깔려 있었다.

"맥주 마실래?"

마사히로가 앉기도 전에 데루키가 냉장고를 열었다. 냉장고 문을 여는 손길이 데루키답지 않게 무척이나 재빨랐다.

"……마실게요."

"엇, 정말?"

당연히 거절할 거라고 생각했던 모양이다. 아직 오후 2시였다.

"주세요."

마사히로는 일어서서 데루키가 들고 있던 캔을 빼앗았다. 한 캔으로 취할 정도로 술이 약하지는 않다. 캔을 따서 단숨에 들이켰다. 좋지도 나쁘지도 않은 맛에 금세 싫증이 났다.

노트북을 켰다. 지난번에 하던 웨이백 머신 프로그램을 계속 진행했다. 데루키는 마사히로의 기분을 살피는 것인지, 주뼛주뼛 자리에 앉았다.

마사히로는 마음 한구석에 파고드는 생각들을 뿌리치며 프로그램에 집중했다. 하지만 사실은 피하지 말고 제대로 생각해야 하는 것들이다. 히로키가 밴드에서 나가겠다고 한 지 일주일이 지났다.

히로키는 앨범을 완성할 때까지는 밴드에 있겠다고 했다. 내일은 또 음원을 제작하러 스튜디오에 모인다. 마사히로는 아직 슷타에게 답을 하지 않았다. 이미 각오가 된 슷타에게 음악을 계속할지 말지 전하지 못했다.

조용한 시간이 흘렀다. 정신을 차리고 보니 1시간 정도가 지나 있었다.

"여자."

"네?"

데루키의 갑작스러운 말에 마사히로는 얼빠진 소리를 냈다.

"아냐?"

"아니, 뭐가요?"

"여자 문제로 다툰 거 아닌가. 기분이 안 좋아 보여서."

"……이유라면 다른 것도 많지 않을까요. 데루키 선배랑은 다르다고요."

"무례하네."

데루키는 불만스럽게 캔을 입으로 가져갔다. 단언컨대 데루키는 한량이다. 지금은 여자친구 없이 자유분방하게 거리를 쏘다닌다고 한다. 마지막 여자친구에게 바람피운 게 들켜서, 그 여자친구가 여기 있는 컴퓨터를 몇 대 부쉈다는 이야기도 들었다. 너무 깊이 생각하면, 만날 펼쳐져 있는 이 이부자리에 앉아 있기가 싫어진다.

"마사히로가 여자친구랑 헤어진 게 3년 전이던가."

"맞아요."

밴드가 본격적으로 활동을 시작했을 즈음, 마사히로는 전에 사귀던 여자친구와 헤어졌다. 밴드가 훨씬 더 중요했다. 미련은 전혀 없었다.

"그 뒤로 아무것도 없는 건가."

"아무것도 없어요."

"왜, 너네 밴드에 귀여운 애 있잖아. 그 베이스 치는, 네 후배. 그 애랑은 뭐 없어?"

아즈사 말인가.

"……그 녀석은, 그런 게 아니에요."

그런 게 아닐, 것이다.

아즈사를 생각하면 가장 먼저 그 검은 머리카락이 떠오른다. 그녀는 항상 당당하다. 조용함 속에 날카로운 눈빛을 숨기고 있다. 츗타가 밴드를 계속하겠냐고 물었을 때, 아즈사는 즉시 계속하겠다고 대답했다.

긴 머리칼 끝까지 가득 찬, 꼿꼿한 기운.

딱 한 번, 그 검은 머리칼을 만진 적이 있다. 언젠가 공연이 끝나고 돌아가는 길에, 연주가 좀 잘됐다든가, 그런 시시한 계기였다. 서로 열기를 품은 채 말없이 바라보았다. 머리카락을 쓰다듬자 달콤한 향기가 났다.

……그러나, 그뿐이었다. 둘 다 거기서 멈췄다. 혹시 입술이 닿는다면 무언가가 무너질지도 모른다고 생각했다. 아직 밴드의 미래를 믿고 있었다.

"시시하네. 이제 곧 크리스마스인데."

데루키는 투덜거리며 말했다.

"그렇게 오지랖이 넓으면 피곤하지 않아요?"

"인간관계처럼 하찮으면서 재미있는 게 없거든."

"네트워크 전문가답네요."

"시끄러워."

데루키가 콧방귀를 뀌었다. 그 옆에서 벽면의 모니터가 네트워크의 도식을 계속해서 비추고 있었다. 저번에도 봤던 트위터상의 네트워크다.

"……이것도 뭐, 하찮지만 재미있지. 하찮아, 전부 다."

주위에 맥주캔이 네 개나 굴러다니고 있었다. 모니터를 보는 데루키의 눈가가 빨갰다. 어느새 이렇게 마신 걸까. 데루키의 표정이 왠지 어두웠다.

"……데루키 선배?"

답이 없었다. 완전히 취했다.

큰일이네, 하고 생각하며 물을 가지러 일어섰을 때.

"하찮지."

데루키는 될 대로 되라는 듯, 그러나 막힘없이 말을 시작했다.

"우리는 누군가와 이어질 수밖에 없고, 누군가로부터 정체를 알 수 없는 영향을 받게 돼. 나는 나고, 타인은 타인이야. 자기 일은 자기가 정하면 돼. ……그런데도, 정신을 차려보면 나는 말이야, 거대한 연결 속에서 흔들리는 파도의 일부가 되어 있어. 나중에 돌이켜 보면, 내 행동이 내 의지가 아니었던 것 같은 생각이 들어."

모니터를 바라보는 눈은 이미 초점이 흐려져 있었다.

"그런 거지, 자유의지 따위는 하찮은 거야."

그 말은 분노처럼 들렸다.

"……데루키 선배, 괜찮으세요?"

"마사히로."

"……네."

"저 웨이백 머신 연구, 너한테 넘길게. 저걸로 졸업논문 쓸 수 있겠지?"

"아니, 선배가 연구하는 거잖아요."

"이제 시간이 없어. 난 취직하니까."

몸이 굳어졌다.

"뭐라고요?"

"……취직한다고. 교수님 소개로, 시스템 보수 회사 엔지니어."

마사히로의 안에서 기우뚱 흔들리는 소리가 났다.

"선배, 연구 계속하는 거 아니었어요? 왜 취직을 하시는 거예요?"

"나도 몰라."

데루키는 한숨을 쉬었다.

"……모르겠지만, 무서워진 것 같아."

그렇게 툭 내뱉었다.

아즈사의 말이 떠올랐다. *겨울은 무서워요.*

~

다음 날.

여느 때처럼 스튜디오로 향했다. 그날은 아르바이트도 없었고, 음원 제작 이외에 일정이 없는 날이었다. 마사히로는 아무것도 하고 싶지 않아서, 한 시간 전까지도 침대에 그냥 누워 있었다. 머리의 스위치가 꺼진 것 같았다.

"좋은 아침이에요."

스튜디오에 들어가자 아즈사가 베이스를 치고 있었다. 4시 50분. 아즈사는 항상 10분 전에는 와 있다.

"좋은 아침."

애써 웃었다. 얼굴을 제대로 마주하지 않은 채 마사히로는 기타를 꺼냈다. 밴드를 계속하겠다고 했던 아즈사는 망설임 따위 없는 걸까. *나는 뭘 망설이는 걸까.*

앰프에 케이블을 꽂고 기타 줄을 튕겼다. 해방된 여섯 개의 줄이 흔들리며 소리가 울려 퍼졌다. 아름답고 힘찬 소리. 그렇게 생각하면서도, 마음이 좀처럼 떨리지 않았다.

밴드 자작곡을 몇 개 연주하고, 지난번부터 계속 연습하고 있는 그 곡의 솔로 파트를 연주했다. 내 손가락이 마치 다른 생물처럼 움직였다. 몇 번이나 연습했으니 이미 몸이 기억하고 있는데도 손의 움직임이 약해진다. 어느새 피크를 쥔 오른손도 멈췄다. 무거운 한숨이 흘러나왔다.

지금까지 무슨 생각으로 기타를 쳤지?

연주를 북돋던 충동이 모습을 감추고 말았다.

약속 3분 전이 되자 우선 줏타가, 그리고 히로키가 왔다. 줏타는 역시 평소의 무뚝뚝한 모습이었지만 히로키는 거북한 표정이었다.

음원 제작이 시작됐다. 정말이지 곡을 만들 수 있는 분위기가 아니었다. 그래도 오늘은 곡을 만들어야 한다. 만들다 만 곡의 파트 분배 작업을 진행했다. 간이로 녹음을 하면서 어디에 어떤 소리가 들어갈지를 정리하고, 그걸 바탕으로 레코딩을 하게 된다. 그런데, 정말로 레코딩을 할 날이 오기는 할까. 그조차 확신할 수 없었다.

바쁘게 움직여야 한다. 그것만이 지금의 마사히로가 할 수 있는 전부였다. 스튜디오에 오기 전에는 아무것도 하지 않으면서 현실을 도피하고, 지금은 파트 분배에만 집중해서 다른 고민을 밀어낸다. 계속 도망치고 있다는 자각만이 있었다.

문득 의식이 산만해졌다.

주머니에 넣어둔 스마트폰이 울리고 있었다. 깨달은 순간 마침 전화가 끊어졌다. 줏타와 히로키가 이야기를 나누는 사이, 슬쩍 스마트폰을 확인했다. 표시된 이름을 보고 깜짝 놀랐다.

엄마.

왜 갑자기? 엄마와는 오랫동안 연락을 하지 않았다. 심지어 한 시간 전부터 다섯 번이나 전화가 와 있었다. 금세 또 전화가 왔다. 이번에도 엄마다. 마사히로는 "미안"이라고 말하며 방에서 나와 주저하며 전화를 받았다.

"……여보세요."

"이제야 받네!"

오랜만에 들은 엄마의 목소리는 절박했다. 엄마는 마사히로가 끼어들 틈도 주지 않고 말했다.

"마사히로, 할머니 상태가 갑자기 안 좋아졌어."

아아.

엄마가 무어라 말을 이었지만, 잘 알아들을 수가 없었다.

할머니.

"빨리 병원으로 와! 엄마도 지금 가고 있어."

엄마의 말에 튕기듯 몸이 움직였다. 스튜디오로 돌아오자, 다른 멤버들이 걱정스러운 표정으로 바라보고 있었다.

"할머니가 위독하신 것 같아. 미안, 잠깐 갔다 올게."

바로 문에서 손을 뗐다. 주머니의 지갑과 스마트폰, 우선 이것만 있으면 된다. 아즈사가 무어라 소리쳤다. 그러나 돌아보지 않은 채, 마사히로는 스튜디오를 뛰쳐나갔다.

스튜디오와 병원은 그렇게 멀지 않다. 택시를 타자 30분 만에 병원에 도착했다. 접수처로 달려가 숨이 턱까지 차서 할머니의 이름을 댔다.

바로 병실로 안내되었다. 할머니는 늘 있던 병실에서 중환자실로 옮겨져 있었다. 남자 의사가 와서 어찌할 바를 모르는 마사히로에게 설명을 시작했다.

"심정지가 왔었는데 응급처치로 의식은 돌아왔고, 지금은 안정된 상태입니다. 오늘 밤은 중환자실에 계시고, 당분간 상태를 보면서 일반 병실로······."

아무튼 일단 목숨은 건진 모양이었다.

병실로 들어갔다. 기계에 둘러싸인 침대 중 하나에 할머니가 잠들어 있었다. 일정 간격으로 울리는 기계음 옆에서, 조용히 눈을 감고 있었다.

"할머니, 나 왔어요."

대답은 없었다.

병실을 나와 플로어 의자에 앉았다. 무늬 없는 리놀륨 바닥이 어둑어둑한 천장 불빛을 희미하게 반사했다. 어깨를 늘어뜨리고 그 빛을 바라봤다.

"마사히로!"

목소리가 울려 퍼졌다. 고개를 드니 엄마가 있었다. 옆에는 정장 차림의 아빠도 있었다. 회사에서 바로 온 모양이다.

"할머니, 일단은 괜찮대."

"그래……."

엄마는 안도한 모습이었다. 아빠도 긴장이 조금 풀어진 듯했다. 그 순간, 마사히로는 문득 부모의 노화를 실감했다. 그게 공연히 슬펐다.

두 사람은 의사의 안내로 병실에 들어갔다가 잠시 후 다시 나왔다. 둘 다 무거운 표정이었다. 왠지 모르게 진정이 안 돼서 자리에서 일어섰다. 부모님이 작은 보폭으로 마사히로에게 다가왔다.

서로 고개를 들어 눈이 마주쳤다. 이렇게 얼굴을 마주하는 건 2년 만이다. 밴드 활동을 반대하는 부모님을 뿌리치고 홀로 도쿄에 있는 것이다. 마사히로는 마음의 준비를 했다. 부모님이 분명 화를 낼 거라고 생각했다.

"밥은, 잘 먹고 있니?"

"어?"

주름진 눈꼬리로, 엄마는 그렇게 말했다. 망설이다 대답했다.

"......응."

"세탁도 자주 하고?"

"......적당히 하고 있어."

"다른 사람들한테 폐 끼치는 건 아니지?"

"......끼칠 때도 있지만, 보통 수준이겠지."

엄마는 "그래"라고 중얼거리더니 눈을 마주치지 않고 작게 웃었다. 아빠는 입을 꾹 다물고 침묵을 지켰다.

"병원까지 빨리 와 줘서 고마워. 할머니는 이제 우리가 어떻게든 할 테니까."

엄마는 그렇게 말하고 무언가를 납득하듯 작게 끄덕였다. 아빠는 그 모습을 조용히 바라보고 있었다. 가슴이 죄어드는 침묵. 화를 냈다면 훨씬 더 마음이 편했을 텐데.

"아래에 기타를 멘 여자아이가 서 있더라."

엄마가 미소 지었다. 무거운 미소였다.

"어?"

"머리가 긴 애였어. 손에도 기타를 들고 있었는데, 아는 사람이니?"

아즈사다. 등에 멘 건 기타가 아니라 베이스일 것이다. 마사히로는 작게 "아마도"라고 중얼거렸다.

"할머니 상태는 또 연락할게."

엄마는 그렇게 말하곤 시선을 돌렸다. 그렇게 말하면 이 자리를 떠날 수밖에 없다. 사람을 밀어내는 건 할머니와 똑같다. 혈통이 그런가. 주먹을 꽉 쥐며, 마사히로는 고개를 끄덕이고 몸을 돌렸다.

하아.

한숨을 쉬었다.

부모님을 안심시켜 드리고 싶다고 생각하고 말았다.

병원 현관으로 나가자 주위는 완전히 어두워져 있었다. 더 이상 아침이 오지 않는 건 아닐까 싶을 정도로 깊은 겨울밤이었다. 트렌치코트 사이로 추위가 파고들었다.

"마사히로 선배."

나오자마자 목소리가 들려왔다. 현관 옆에 아즈사가 서 있었다. 코가 빨갰다. "이거, 두고 간 기타"라며 기타를 내밀었다. 한순간 손이 스쳤다. 작은 손이 꽁꽁 얼어 있었다.

"일부러 가져와 줬구나."

"죄송해요, 다음에 드리는 게 나았을지도 모르겠네요. 당황해서 그만."

"아니야, 고마워. 어떻게 여기인 줄 알았어?"

"전에 한번 가까운 역 이름을 들어서요."

그러고 보니 그랬다. 아즈사가 물었다.

"할머니는 괜찮으세요?"

"응. 의식은 돌아왔어. 엄마랑 아빠도 있으니까 이제 내가 할 일은 없어."

"다행이다……."

아즈사는 하얀 한숨을 내뱉었다. 그리고 잠시 침묵이 날아들었다.

"……가자. 나도 이제 돌아가니까."

한심하지만, 혼자 있기 싫었다.

서로 말없이 가까운 지하철역까지 걸었다. 쇼핑몰 앞의 가로수에 색색의 전구가 장식되어 있었다. 크리스마스의 열기와 겨울의 추위가 대비를 이루며 거리를 채웠다.

"이제 곧 크리스마스네."

마사히로가 툭 내뱉었다.

"그러네요."

왠지 모르게 떠오르는 일이 있었다.

"……우리 부모님은, 끈질기게 산타가 있다고 주장하셨어. 크리스마스 선물을 주는 건 자기들이 아니라 산타라고, 중학생 때까지도 그랬어. 나한테 크리스마스에 뭘 갖고 싶은지 물어보는 건 엄마인데 말이야."

아즈사는 말없이 끄덕였다. 시시한 이야기라는 건 마사히로 스스로도 알고 있었다.

"아까, 정말 오랜만에 부모님을 만났어."

하지 않아도 될 말인데, 말이 멈추지 않았다.

"이것저것, ……이것저것 생각하게 되더라. 이제 더는 시간이 없나, 어른이 되지 않으면 안 되는 걸까, 그런 것들."

어쩌면 아즈사를 실망시키고 싶은 건지도 모른다.

'마사히로 선배도 계속할 거죠?!'

츳타가 밴드를 계속할지 물었을 때, 아즈사는 마사히로에게 소리쳤다. 그때도 지금도, 고개를 끄덕일 순 없었다.

"아즈사는, 음악 계속할 거지."

분명 지긋지긋하다는 듯한 차가운 목소리가 돌아올 거라고 생각했다.

"……마사히로 선배의 얼굴을 보면, 망설이게 돼요."

"뭐?"

"마사히로 선배가 계속하면 계속할 거예요. 그만두면 저도 그만두고요."

"그게, 무슨……."

아즈사의 얼굴을 보고 입을 다물었다. 아즈사가 마사히로를 빤히 바라보고 있었다. 가로수에 매달린 수많은 전구의 빛이 검은 눈동자에 반사되어 번졌다. 눈 속의 우주. 아즈사가 불쑥 말을 꺼냈다.

"저, 밴드가 성공하는 걸 제 목표로 삼고 싶었어요. 그걸 이번 생의 지침으로 삼고 살고 싶었어요. 그렇지만 결국은 무리였던 거죠. 계속 알고 있었지만, 입 다물고 있었어요. ……차마 말할 수가 없으니까요. 최악이죠, 정말."

메마른 웃음소리. 아즈사가 머리를 긁적였다.

"이 긴 머리 말이에요, 베이스 칠 때 진짜 거슬려요."

아즈사가 마사히로의 손목을 잡았다. 마사히로는 그 손을 뿌리칠 수 없었다. 아즈사가 기대듯 마사히로의 가슴에 얼굴을 묻었다.

"진짜, 확 잘라버리고 싶을 정도라고요."

가슴팍에서 나직이 속삭이며 마사히로의 등에 팔을 꼭 둘렀다. 여자 베이시스트는 무조건 긴 흑발이라고 했던 건 마사히로였다.

"저는, 마사히로 선배를 따라가고 싶어요."

울 것만 같은 목소리였다. 어느새 마사히로도 아즈사의 등을 끌어안고 있었다.

아즈사가 작은 소리로 말했다.

"……저는, 그냥 그 정도예요."

아즈사는 항상 내리는 역에서 내리지 않았다.

밤 12시, 불이 꺼진 마사히로의 방. 싱글 침대에서 마사히로와 아즈사가 잠들어 있다. 옷을 입는 게 귀찮아서 둘 다 알몸인 채였다. 아즈사의 가슴이 규칙적으로 오르내리며 작은 숨소리가 새어 나왔다. 새까만 머리칼이 창에서 흘러들어온 빛을 희미하게 반사했다.

마사히로는 잠들지 못한 채 아즈사의 옆얼굴을 조용히 바라보았다. 그리고 아즈사의 손을 살짝 잡았다.

피가 통하는 따뜻한 손, 평범한 사람의 온기. 더 이상 먼 곳을 바라보는 건 불가능하다. 더 가까운 곳, 바로 옆에 초점을 맞추고 싶었다.

뭐가 잘못됐던 걸까. 단독 공연이 잘 안 돼서, 스카우트 연락이 오지 않아서, 히로키가 밴드를 빠지기로 해서, 데루키가 더 이상 연구실을 연결해줄 수 없어서, 응원해주던 할머니가 쓰러져서, 부모님을 안심시켜 드리고 싶어서, 아즈사의 마음을 알게 돼서, 아즈사가 음악을 하려는 이유가 밴드에 없어서, 애초에 츳타와 다른 인종이라서, 나는 꿈을 좇는 인간이 아니라서, ……이제 물러날 때라서.

모든 것이 이어져 있다. 깨닫지 못하는 사이에 시작된 불안이 도미노처럼 연쇄 작용을 일으켜 순식간에 우리를 집어삼켰다. 언제부터 잘못된 걸까. 깨닫지 못하는 새에 계속 물에 빠져들고 있었던 것이다.

'자유의지 따위는 하찮은 거야.'

데루키의 말이 떠올랐다.

다음 날, 아즈사와 헤어진 뒤 쇼핑을 하러 갔다. 신사복 체인점에 들어가 정장 한 벌을 샀다. 하나같이 비슷비슷해서 색감 정도밖에는 차이를 알 수 없었다. 한참 만에 고른 정장의 가격은 2만 9,800엔. 할머니의 봉투에 들어 있던 3만 엔이 딱 맞았다.

~

마침 크리스마스에 멤버 전원의 일정이 맞았다.

"……밴드, 그만두기로 했어."

"죄송해요, 저도 그만둘게요."

마사히로와 아즈사가 고개를 숙였다.

평소와 같은 스튜디오, 늘 사용하던 방. 슛타를 향한 말은 금세 방음벽에 흡수되어 버렸다. 고요한 침묵이 주위를 둘러쌌다.

마사히로는 고개를 숙인 채 슛타의 말을 기다렸다.

"알겠어."

고개를 들었다. 슛타의 얼굴은 부드럽게 웃고 있는 것처럼 보였다. 아마 마음 한구석에서 예상하고 있었을 것이다. 필연적으로 이렇게 되리라는 것을.

아무도 입을 열지 않은 채 서로의 시선이 교차했다. 그때마다 뒤가 켕기는 듯한, 부끄러운 듯한, 말로 다 할 수 없는 감정이 하나하나 치밀어 올랐다.

그때, 커다란 오열 소리가 들렸다.

"정말 죄송합니다……."

히로키였다. "모두, 저 때문이에요……"라며, 굵직한 눈물방울을 뚝뚝 흘렸다.

"아니야."

마사히로는 고개를 저었다. 원인이 뭐였는지는 알 수 없다. 그저 깨닫고 보니 이렇게 되어 있었고, 더 이상 어찌할 방법이 없었을 뿐이다.

다들 히로키를 달랬다. 항상 명랑하던 히로키가 슬퍼하는 모습이 어딘지 이상하게 느껴졌다. "울지 마, 좀" 하고 아즈사가 히로키를 찰싹 때렸다. 그런 아즈사도 거의 울고 있었다.

잠시 후, 어느새 다들 웃고 있었다. 일말의 애달픔을 띤 웃음이었다. 히로키가 진정되고 어딘지 부드러운 공기가 스튜디오를 감쌀 때쯤, 츳타가 입을 열었다.

"나, 앨범을 제대로 완성하고 싶어. 마지막 앨범."

츳타는 또 어딘가 먼 곳을 바라보는 듯한 눈빛이었다. 그래도 이제는, 그게 어디를 향하고 있는지 안다.

아직 보이지 않는 앨범의 완성.

그 뒤로는 정신없이 바쁜 나날이 이어졌다. 연말까지 제작, 연초부터 또 제작. 정말로 도달할 수 있을지 의심스럽던 레코딩도 금세 끝이 보였다. 지금까지 진척되지 않았던 게 이상할 정도로 착착 진행되었다.

곡은 손을 댈수록 좋아졌다. 음악의 윤곽이 머릿속에서 선명하게 떠올랐다. *내가 이 세상에 남길 수 있는 마지막 소리다.* 사소한 것도 허투루 할 수 없었다.

그러고 보니 츳타와 만났을 때도 비슷한 분위기에 휩싸였던 기억이 났다. 새로운 음악을 탄생시키는 느낌. 그야말로 푹 빠져서, 열정적으로 곡을 만들었다. 어디까지든 갈 수 있을 것 같은 기분이었다.

……그러나 어디까지든 갈 수 있는 건 아니었다.

문득 정신이 들었다. 밴드를 그만두기로 하고 나니 비로소 이렇게 톱니가 맞는다. 끝을 대가로 앞으로 나아갈 힘을 얻었다. 츳타는 여전히 먼 곳을 보고 있다. 그만은 나아가는 동력이 다르다.

2월 초, 드디어 레코딩에 끝이 보이기 시작했다. 레코딩 엔지니어는 마사히로가 담당하고(원래 그런 역할을 좋아했다), 밴드 선배와 지인들에게 도움을 받으며 소리를 녹음하고 음량을 하나하나 조정했다. 마스터링 작업, 이른바 소리의 최종적인 조정은 마사히로가 조금 더 해야 하지만 음원 제작은 그렇게 일단락되었다.

"됐어요?"

히로키가 마사히로의 노트북을 들여다봤다. 드럼 파트의 녹음은 다른 악기보다 힘드니까, 다른 사람들보다 배로 신경 쓰였을 것이다.

"으음."

앨범 마지막 곡의 녹음을 끝내고, 마사히로는 음량과 울림, 좌우 소리의 밸런스를 조정했다. 희미하게 울리는 기타, 멀리서 떨려오는 신시사이저, 착실하게 음악을 지탱하는 베이스와 드럼, 그리고 그 위에 울려 퍼지는 츳타의 목소리. 츳타의 목소리가 다른 소리와 아름답게 어우러져 귓속으로 파고들었다.

'바람이 멎은 새까만 바다
라디오에서 흘러나오는 노이즈……'

멜로디의 기복이 적은, 낭독과도 같은 츳타의 목소리.

마지막은 <잔잔한 파도에 빠지다>라는 곡이다. 츳타가 이걸 마지막에 넣고 싶다고 가져온 곡이었다. 보통은 저마다의 의견을 모아서 하나의 곡을 만드는데, 이 곡은 츳타가 밴드에 들고 왔을 때 이미 큰 틀이 완성되어 있었다. 츳타가 옛날에 만든 곡이라고 했다.

그 곡을 처음 츳타가 불렀을 때, 무심결에 소름이 돋았다.

"……좋아."

조정이 끝났다. 하나하나의 음을 스테레오 믹스로 합친 뒤, 확인을 위해 다 함께 들었다. 멤버들이 스피커 앞에 모였다.

마사히로가 연주하는 기타 프레이즈, 거기서부터 음악의 세계가 펼쳐지고 몸이 순식간에 이끌려간다.

작품에는 저마다 그릇이 있다고 생각한다. 오감으로 느낄 수 있는 정보는 빙산의 일각이며, 그 밑에 있는 설명할 수 없는 덩어리야말로 작품의 핵심이라고 믿었다. 츳타가 <잔잔한 파도에 빠지다>를 노래했을 때, 정체를 알 수 없는 존재를 느꼈다. 그릇이 너무나도 커서, 마치 심연을 들여다보는 것 같았다. 그러나 작품을 들여다본다는 것은, 스스로를 들여다보는 일이기도 하다. 곡으로 인해 끌려 나온 자신의 그림자가 마사히로의 앞을 거대하게 가로막고 서 있었다.

히로키와 아즈사가 숨을 들이켰다. 엄청난 것과 마주하고 있다는 기분일 것이다. 그저 한 사람, 슛타만이 평소와 같은 모습으로 서 있었다.

이 곡은 슛타가 탄생시킨 것이라 해도 과언이 아니다. 누구라도 움츠러들 법한 거대한 그림자를, 이 남자는 길들였다. 처음 만났을 때부터 변하지 않는 고요한 눈빛으로, 터무니없이 거대한 무언가에 초점을 맞추고 있다. 알고는 있었지만, 압도적이다.

역시 마사히로는 슛타의 옆에 있을 수 없었다.

"자, 모두들!"

친숙한 이자카야. 밴드 멤버들과 도와준 사람들이 모여 앉은 가운데, 히로키가 일어서서 선창을 했다. 밴드의 분위기 담당으로서의 책임감이 넘쳐흘렀다.

"오늘부로 드디어 레코딩이 끝났습니다. 수고 많으셨습니다! 건배!"

옆으로 길게 이어진 테이블에서 건배, 라는 목소리가 울려 퍼졌다. 음원 제작을 총괄하던 마사히로는 기분 좋은 피로와 만족감을 느꼈다.

총 여덟 곡으로 번듯한 앨범이 완성되었다. 이 밴드만이 할 수 있는 음악을 남긴 것 같은 기분이었다. 잘 알고 지내는 라이브 하우스가 소유한 작은 레이블에서 유통을 맡아 주기로 했고, 앨범에 관해서는 현재 할 수 있는 최선을 다했다.

"너희들도 해체하는구나."

옆에 앉아 있던 기타 선배가 한숨 섞인 목소리로 마사히로에게 말을 걸었다. 이 사람도 밴드맨이었지만, 그 밴드가 1년 반 전에 해체한 뒤 지금은 라이브 하우스에서 일하고 있다. 선배가 물었다.

"너희들, 마지막 공연은 할 거지?"

"네. 대학교 기숙사에서 음악제를 하는데, 그게 마지막 공연이 될 것 같아요."

지난번 미야모토라는 남자에게서 받은 제안을 결국 수락했다. 이 밴드의 마지막 공연이 될지도 모른다고 전하자, 미야모토는 몹시 애석해하며 공연 순서를 마지막으로 옮겨 주었다. 그뿐만 아니라 기숙사 음악제의 메인으로 홍보해 주겠다고도 했다.

마지막이라는 울림이 왠지 모르게 그 기숙사에 걸맞은 느낌이었다. 기숙사생들도 봄을 앞두고 진로에 대해 고민하고 있을 것이다. 가슴이 답답해지는 분위기로 가득한 그 공간을 떠올리자, 그곳에 모여들 청중에게 마지막 음악을 들려주고 싶었다.

"……쓸쓸하겠지만, 뭐, 공연은 기대되네."

선배가 고개를 끄덕였다. 마사히로도 좋은 공연을 만들고 싶었다.

"마사히로~"

갑자기 옆에서 누가 끌어안았다. 돌아보니 히로키가 벌써 취해 있었다.

"잠깐! 맥주 흘리지 마!"

아즈사가 히로키의 목덜미를 움켜쥐고 마사히로에게서 떼어 놓으려고 했다. 슛타가 테이블 건너편에서 닭튀김을 집어 들며 웃고 있었다.

그날은 정말로 즐거운 밤이었다.

떠들썩하게 1차가 끝나고, 2차는 밴드 멤버들만의 자리가 되었다. 도와준 사람들이 배려해 준 것이다. 학생들이 자주 가는 (이 중에서 제대로 학생 노릇을 하는 사람은 없지만) 저렴한 바에서 다시 마시기 시작했다.

네 사람은 끝없이 추억을 나누며 이야기꽃을 피웠다. 뒤풀이에서 히로키가 라이브 하우스의 높은 사람에게 토해서 출연 금지가 될 뻔했던(그래도 인연은 끊어지지 않아서, 결국 그 라이브 하우스의 레이블에서 이번 앨범을 내게 되었다) 이야기, 공연 리허설에서 마사히로가 뜬금없이 상반신을 벗어젖혀서 아즈사가 폭발했던 이야기, 선배 밴드가 주최한 이벤트에서 서브 헤드라이너_{뒤에서 두 번째} 순서를 맡았을 때, 엄청난 찬스라는 생각에 혼신의 퍼포먼스를 선보였고, 헤드라이너 선배로부터 우리 자리를 빼앗으려고 왔다는 불평을 들었던(그래도 선배는 즐거워 보였다) 이야기……, 여러 가지 일이 있었다. 마치 어제처럼 떠올릴 수 있었다. 눈 깜짝할 사이에 흘러간 나날이었다.

가게를 나서자 술로 달아오른 몸에 뼛속까지 시린 바깥 공기가 스며들었다. 멍하니 머리 위를 올려다보자, 빌딩 사이로 보이는 좁은 하늘에 커다란 오리온자리가 떠 있었다. 그 변함없는 모습에 왠지 안심이 되면서 조금 정신이 들었다.

모두들 완전히 취했다. 평소에는 거의 마시지 않는 줏타도 오늘은 거나하게 취해 있었다. 발걸음이 몹시 휘청거렸다.

"줏타, 혼자 돌아갈 수 있겠어?"

마사히로가 물었지만 줏타에게서는 "으으음" 하는 애매한 대답만 돌아왔다. 막차 시간도 간당간당했고, 줏타는 도저히 혼자선 움직일 수 없을 것 같았다. 안 되겠다는 생각에 마사히로가 택시로 바래다주기로 했다.

아즈사와 히로키는 그 자리에서 헤어지고, 마사히로는 택시를 잡았다. 줏타를 억지로 밀어 넣고 이어서 마사히로도 올라탔다. 택시 기사에게 줏타의 집 주소를 대강 말했다. 그러고 보니 밴드를 만들기 전에는 줏타의 집에 자주 갔었다. 거기서 계속 음악을 만들었다.

그 시절은 아무튼 즐거웠다. 줏타를 만났을 때 느꼈던, 엄청난 것이 시작될 것 같은 예감. 그 연장선상에서, 가슴 떨리는 음악이 무수히 탄생했다. 거칠 것이라곤 아무것도 없었다.

······그러나 지금은 다르다.

나는 어른이 되어야만 한다. 포기해야만 한다.

택시 창으로 하늘을 올려다봤다. 여전히 커다란 오리온이 곧

봉을 들고 있었다. 별안간 그 모습이 고층 빌딩에 가려졌다. 초점이 흔들리더니, 다른 상이 보였다.

누구지.

창틀에 팔꿈치를 괴고 희미하게 웃고 있는 남자. 도취된 눈빛으로 하늘을 바라보고 있지만, 그 눈은 줏타의 고요한 눈빛과는 차원이 다르다. 비열하다고까지 생각되는, 얼빠진 모습. 그건 창문에 비친 마사히로였다.

무심결에 "헉" 하는 소리가 새어 나왔다. *지금 나는 이런 모습인 건가.* 순식간에 술이 깼다. 대체 뭘 달관한 척하고 있는 건가. 뭘 다 이해했다는 듯이 굴고 있는 건가.

"으음…… 마사히로……."

줏타가 마사히로의 어깨에 몸을 기댔다.

"……왜 ……는 거야."

무언가 말하려고 한다. 마사히로는 귀를 기울였다.

"왜…… 그만두는 거야."

줏타는 필사적으로 목소리를 짜냈다.

"처음으로 다른 사람이랑…… 음악…… 할 수 있었어. ……혼자가…… 아니었어……."

그런 말은, 들은 적이 없었다.

다 같이 음악을 할 수 있어서 좋다든가, 그런 당연한 감정을 줏타에게서는 듣고 싶지 않았다. 줏타는 그런 걸 돌아보지 않는, 남들과는 다른 사람 아니었나.

"마사히로…… 날……."

"날?"

다음 말을 기다렸다. 한숨뿐인 목소리가 들렸다.

"……두고 가지 마."

숨을 쉴 수가 없었다. 목이 바짝 말랐다.

줏타는 항상 먼 곳을 보고 있었다. 자신과는 다른 종이라고, 마사히로는 생각했다. 그렇지만 아니었다. 줏타도 망설였던 걸까. 사실은 줏타가 가장 망설였던 걸까.

커다란 파도가 마사히로의 밴드를 집어삼켰다. 어디서부터랄 것도 없이 생겨나선, 사방으로 퍼져가다 넘실거리며 덮쳐왔다. 줏타는 그 흐름과 관계가 없다고 생각했다. 그러나 그럴 리가 없었다. 이 녀석도 파도에 삼켜지고 있었다. 그래도 견디면서, 줏타는 그 자리에 서 있었다. 주위가 휩쓸려 가는 동안, 줄곧 혼자서.

포기해야만 한다고? 아니다. 그냥 포기하고 싶었던 것뿐이다.

"미안해."

다른 누구의 탓도 아니다. 내가 도망친 것이다.

"미안, 미안, 미안해."

줏타는 작게 숨소리를 내며 잠들어 있었다.

~

아직도 봄은 멀어서, 태양은 미약하게 빛나다 순식간에 지고 만다. 새까만 하늘 아래 기숙사와 마주하듯 세워진 야외무대에는 형형한 빛이 가득했다.

기숙사 음악제 날.

이미 공연이 시작되었다. 이 기숙사에 출입하는 극단 스태프가 운영에 참여한 덕에 호화로운 조명이 달린 훌륭한 무대가 만들어졌다. 사람도 이미 가득해서, 200명은 족히 넘어 보였다. 이 정도로 큰 무대는 경험해 본 적이 없었다.

공연에 출연하는 밴드는 아홉 팀, 더 노이즈 오브 타이드는 그 마지막을 장식할 것이다. 기숙사 음악제 담당인 미야모토의 조치로, 공연 시간도 45분을 꽉 채울 수 있게 되었다. 막 완성된 앨범도 상당한 수량이 현장에서 팔렸다. 이 공간에서 더 노이즈 오브 타이드의 인지도는 멤버들의 생각보다 훨씬 높았다.

무대 옆 텐트에서 마사히로는 공연 연출을 최종적으로 확인했다.

"그럼, 조명은 이렇게 괜찮은 거죠."

스태프의 물음에 마사히로는 고개를 끄덕였다. 그녀는 마사히로보다 나이가 조금 위인 것 같았다.

"오늘부로 해체하시는 건가요?"

그렇게 물어서 마사히로는 작게 "네"라고 대답했다. 그녀가 살짝 미소 지으며 말했다.

"힘내세요. 후회가 남지 않도록."

문득 목이 메었다.

"……아니요, 이 후회를 잊으면 안 돼요."

스태프가 눈을 동그랗게 떴다. 쓸데없는 소리를 했다고, 마사히로는 스스로를 꾸짖었다. 회의가 끝나고 대기실로 꾸려진 기숙사의 방으로 돌아갔다.

"확인 끝났어."

마사히로의 말에 악기를 만지고 있던 멤버들이 손을 멈췄다. 아즈사가 "고마워"라며 웃었다. 히로키와 줏타도 이쪽을 봤다.

높아지는 심장 박동에 씁쓸한 감정이 뒤섞였다. 줏타는 택시에서 중얼거렸던 말을 전혀 기억하지 못했다. 초연한 모습만 보일 뿐, 나약한 소리는 전혀 하지 않았다.

오늘, 우리 셋은 음악을 그만둔다. 줏타 앞에서 사라진다.

그래도 줏타는 기타를 친다. 앞으로도 칠 것이다.

밤이 깊어졌지만 공연장은 점점 열기를 더해갔다. 더 노이즈 오브 타이드가 무대 위에 모습을 드러내자 커다란 함성이 일었다. 눈부신 조명 너머에 공간을 메운 수많은 관객이 있었다. 기숙사에서 창문을 열고 무대를 내다보는 사람도 있었다. 마사히로는 눈으로 그 방을 찾았다.

……있다. 데루키가 이쪽을 보고 있었다. 한순간 눈이 마주친

것 같았다.

'자유의지 따위는 하찮은 거야.'

그 말을 계속 기억하고 있었다. 마사히로는 무엇이 자신을 이 무대에 세웠는지 모른다. 그러나 지금은 두 발로 확실하게 서 있다.

소리의 미세한 조정이 끝났다. 슛타가 관객에게 등을 돌리고 이쪽을 봤다. 서로 눈이 마주쳤다. 긴장감으로 몸이 들뜨는 한편, 어쩐지 묘하게 차분했다. 이미 밴드의 호흡은 하나가 되어 있었다.

슛타는 작게 고개를 끄덕이고, 다시 앞을 바라봤다. 마사히로에게는 슛타의 등과 조명을 받은 옆얼굴만이 보였다. 그 눈은 계속 먼 곳을 바라보고 있다.

높아지는 함성을 가르듯 슛타가 코드를 연주했다. 공연이 시작되었다. 동시에 엄청난 예감이 몸을 감쌌다. 마사히로도 기타를 쳤다. 그저 몸을 맡기는 듯한 시간이었다. 소리가 울려 퍼진다. 무수한 시간을 걸쳐 다듬어진 밴드 사운드가 겹쳐진다. 중간중간 곡명을 말하는 것 말고는 멘트도 없었다. 그저 소리를 쌓아갈 뿐이다. 커다란 세계를 구축하며, 이 공간을 집어삼킨다.

흐름.

어디서부턴지 모르게 이어지고, 서로 만나 흔들리고, 또 증폭된다. 무수한 파도의 주기가 조금씩 맞춰진다. 그 파도가, 거대한 진폭으로 이 순간을 전달해 나갈 것이다. 어디까지 갈까.

어디까지 갈 수 있을까. 아무튼 멀리까지 갔으면 한다.

츳타가 보고 있던 건, 이 파도의 끝이구나.

지금 이 순간만큼은 츳타와 같은 것이 보이는 기분이 들었다. 그날의 다카다노바바 역, 홀로 노래하던 츳타를 떠올렸다. 기도에 가까운 작은 외침이 저 멀리에서 이어진다. 터무니없는 크기로 사람들의 마음을 끌어간다.

문득 정신을 차리니, 몇 번이나 연습했던 그 기타 솔로가 끝나 있었다. 그걸 이어받듯 츳타가 연속적으로 같은 멜로디를 쳤다. 듣기 좋은 멜로디가 울려 퍼졌다.

"잔잔한 파도에 빠지다."

츳타가 곡명을 말했다. 마지막 곡이다.

멜로디가 몇 번이나 반복되는 동안 다른 소리들이 합쳐지며 소리의 세계가 활짝 열린다. 바로 이어서 츳타가 입을 열었다.

바람이 멎은 새까만 바다
라디오에서 흘러나오는 노이즈
예감은 아직 허상일 뿐
파도만이 반복되지

멀리서 울리는 천둥소리
물결치는 너의 원피스
마음을 흔들어놓네

견딜 수 없이 초조해

*언제까지나 길 위에 서 있어
소원을 되풀이하면서
수평선 저 너머에서
다시 만나는 두 사람*

줏타가 노래했다. 아니, 무언가가 노래를 시키는 것처럼 보였다. 이미 누구도 거역할 수 없고, 그저 흐름에 모든 것을 맡길 수밖에 없다. 곡이 빠르게 진행된다. 이 밴드가 연주하는 마지막 곡이다.

끝나지 말아 줘.

마사히로는 기도했다. 마지막 후렴이 끝나고, 코러스가 시작됐다. 라라라, 하고 줏타가 노래하자, 자연스럽게 관객도 노래를 따라 부르기 시작했다. 그에 지지 않게, 마사히로는 기타를 쳤다. 목소리가 겹쳐지고, 소리가 모든 것을 집어삼킨다. 무대 반대편에 있는 콘솔에 연출 확인을 해 주었던 스태프가 앉아 있었다. 문득 바라보니 그녀가 눈물을 흘리며 노래하고 있었다. 더 안쪽, 기숙사로 시선을 돌렸다. 창문이 열려 있고 사람들이 얼굴을 내밀고 있었다. 그 창에서도 목소리가 울려 퍼졌다. 데루키를 봤다. 작게 입을 움직이고 있었다.

모두가 흐름 속에 있다.

츳타, 노래를 계속해.

그런 생각을 했다.

거대한 흐름 속에서 누구나 무언가를 포기한다. 그걸 어른이 된다는 말로 포장하며 태연하게 살아간다. 그런 법이다.

……그런 법이지만, 포기한 걸 자랑스러워하고 싶지 않다. 평생 동안 새로운 상처처럼 끌어안고 살고 싶다. 이걸 어떻게 납득할 수 있겠는가. 이 아픔을 아픔으로 받아들일 수 없다면, 정말로 하찮은 인간이 되어 버리고 만다.

무책임하다는 건 알고 있다. 그래도 츳타는 노래를 계속하길 바란다. 유명해지길 바란다. 음악을 포기한 건 잘못된 선택이었다고 후회하게 만들어 주길 바란다. 도망치길 잘했다는 말 같은 건 하고 싶지 않다.

부탁해.

츳타는 몇 번이고 계속 노래했다. 마사히로는 그에 맞춰 기타를 쳤다. 겨울의 찬 공기 속으로 노랫소리가 끝없이 울려 퍼졌다.

4장

blind mind
2018년, 기타자와

소리가 울리지 않는 방.

요쓰야 역에서 조금 걸으면 나오는 원더뮤직 본사, 그 빌딩 꼭대기층에 있는 방이 기타자와의 사무실이다. 커다란 창 옆에 놓인 중후한 오피스 데스크, 그 앞에 자리한 검은 소파 세트, 선반에 놓인 화병과 벽에 걸린 그림. 꽃의 종류나 그림의 작가는 모른다.

너무 이른 출세였다. 기타자와는 한숨을 쉬었다. 이 방에 있으면 아무래도 기가 죽는다.

음악 업계에 뛰어든 건 20년도 더 전이다. 활동하던 밴드가 해체한 뒤, 지인의 권유로 일하게 되었다. 인디 밴드의 매니저부터 시작했다. 그 밴드의 음원 제작부터 퍼포먼스까지 철저하게 관리했고, 지금 그들은 일본 록밴드를 견인하는 존재로 성장했다. 그들을 필두로 여러 밴드를 키워냈다. 반드시 성공시키겠다는 각오로 몸을 바쳐 일했다. 밴드맨의 인생을 좌우하는 일이니, 이 한 몸을 다 바쳐도 모자랄 정도다.

밴드의 프로듀서에서 한 레이블의 디렉터로, 거기에다 레이블의 총괄부, 원더뮤직 전체의 음악 총괄······. 정신을 차려 보니 이런 편안한 의자와 기나긴 직함을 가지게 되었다.

실제로 밴드와 접하는 시간은 줄었다. 지금은 비즈니스나 큰 규모의 프로젝트를 담당하고, 최근에는 올림픽 음악 감독을 맡았다. 지금도 회의에서 돌아온 참이다. 옛날에는 좀처럼 입을 일이 없던 정장 차림이었다.

노크 소리가 들렸다.

"요코이입니다."

"어, 들어와."

파란 청바지에 긴팔 티셔츠를 입은 캐주얼한 차림의 남자가 들어왔다.

"······너, 또 살쪘냐?"

"신경 끄세요."

요코이는 지방이 붙은 옆구리에 손을 댔다. 요코이는 생활에 신경 쓰지 않으면 살찌는 타입인 반면, 기타자와는 빼빼 마르는 타입이다.

"용건이 뭐야?"

기타자와가 묻자, 요코이는 말없이 손에 든 파일을 넘겼다. 사실 요코이가 들어오는 순간부터 기타자와는 용건이 뭔지 알고 있었다. 기밀 정보 비슷한 것이다.

요코이는 스카우트 담당이다. 지금은 요코이가 직접 관리하는 레이블의 인재개발 담당, 소위 아티스트의 원석을 발굴하는 파트에 속해 있다. 기타자와는 요코이가 신입사원일 때부터 그를 봐 왔다. 요코이의 눈은 무척 예리해서, 젊은 나이임에도 이미 신세대 아티스트를 수차례 발굴해냈다. 최근에는 그가 발굴해서 메이저 데뷔를 한 밴드의 싱글이 오리콘 차트 8위에 랭크됐다. 기타자와는 요코이가 자기 뒤를 이을 것 같다고 생각하곤 한다.

요코이에게 넘겨받은 자료를 살펴봤다. 밴드명은 'the noise of tide'.

"어떤 밴드야?"

"밴드가 아니라 솔로예요. 지금은 객원 멤버들이랑 활동하고 있는 것 같고요. 전에는 밴드였는데, 그 밴드는 해체하고 솔로로 활동을 계속하고 있어요. 그리고……."

요코이가 갑자기 뜸을 들였다. 귀찮은 버릇이지만, 싫지만은 않다. 요코이는 아직 젊다. 겉모습은 예민해 보이지 않지만, 그 안에서는 야심이 이글거리고 있는 것이다.

"솔로가 되고 나서 소리가 단번에 좋아졌어요. 보컬의 재능에 방해물이 사라진 거죠."

……있을 법한 이야기다. 요코이가 옆에 있는 컴포넌트를 조작해서 가져온 음원을 재생했다. 사무실에 설치된 대형 스피커에서 라이브 음성이 흘러나왔다.

기타자와의 눈이 조금 커졌다. 아름다운 기타 소리. 그러나 무난한 반복으로 들어가지 않고, 음이 계속 모로 어긋난다. 그런데도 음악의 전체적인 상이 유지되고 있는 게 놀라웠다. 베이스와 드럼이 조용하게 들어오고, 그 위로 섬세한 전자음이 쌓였다. 그리고 보컬. 허스키하면서도 또렷한, 억양이 없는 목소리.

기타자와는 숨을 들이켰다. 낯선 노래가 우연찮게도 개인적인 기억과 겹쳐졌다.

"어떻습니까."

요코이가 어느새 소파에 앉아 기타자와의 눈치를 살폈다.

"……조금 더 들어 보지."

기타자와는 다시 소리에 집중했다.

역시 요코이는 스카우트에 재능이 있다. 이 곡에는 확실한 심지가 있었고, 이상한 허영이 없으며, 많은 고민이 엿보이면서도 열정이 느껴졌다. 확실히 들을 만한 음악이었고, 제대로 키운다면 잘 나가는 아티스트가 될 것이다.

그럼에도 기타자와는 이상하다는 생각이 들었다. 음악을 들을 때는 항상 팔릴지 아닐지 하는 기준만이 머릿속에 있었다. 그런데 이 곡은 왠지 무척 그리운 기분이 들었다. 그리움이라는 감정은 어디에서 오는 걸까.

잠시 생각하다가 이 음악이 그저 자신의 취향에 가깝기 때문이라는 걸 깨달았다. 한 박자 늦게, 취향조차 잊고 있었다는 사실에 웃음이 나왔다.

기타자와는 밴드를 했었다. 그땐 최고의 음악을 만들고 있다는 자신감이 있었다. 요코이가 가져온 곡은 그 시절 만든 곡들을 닮아 있었다. 보컬의 목소리까지 묘하게 비슷해서 놀라웠다.

"......기타자와 씨?"

요코이의 말소리에 정신이 들었다. 음악은 이미 멈춰 있었다. 아아, 하고 기타자와가 물었다.

"이 밴드는 지금 관객을 얼마나 끌고 있지?"

"그게, 상당한 인원입니다. 시모키타자와의 라이브 하우스에 백 명 정도는 손쉽게 모이는 것 같았어요. 열렬한 팬이 많아서, 신처럼 떠받들고 있습니다. ......약간, 광기가 느껴질 정도로."

"......그 정도인가."

"라이브 솜씨가 천재적이에요. 슛타의 행동 하나하나를 주목하게 만드는 아우라가 있어요."

"슛타?"

기타자와가 묻자, "보컬의 이름입니다"라고 요코이가 대답했다. 곧바로 손에 든 자료에 시선을 돌렸다. 몸이 얼어붙었다.

기리노 슛타.

나이를 보니, 28세였다. 그리고 출신지는, 기타자와와 동향. 모든 것이 부합한다.

"……기타자와 씨?"

요코이의 부름에도 기타자와의 시선은 보컬의 이름에 못 박여 있었다. 기타자와가 활동하던 밴드의 보컬은 기리노 규타라는 남자였다.

~

"역시, 좀 더 고양감을 강조해야 돼."

광고대행사에서 온 남자가 말했다.

시오도메의 고층빌딩 43층에서는 도쿄 만의 워터프론트가 한눈에 내려다보인다. 사람이 만들어낸 지형. 늘어선 빌딩 사이로 바다가 흐른다. 멀리 있는 굴뚝에서는 붉은빛이 주기적으로 점멸한다. 휘황찬란한 빌딩의 불빛이 주홍빛을 약간 머금은 밤하늘 아래에서 빛나고 있었다.

올림픽 협찬 기업이 모이는 전체 이미지 회의였다. 올림픽을 앞두고 이런 회의가 늘어났다. 어떤 프로모션을 할지, 디자인은 어떻게 할지, 테마는 무엇으로 할지, 앞으로 보조를 맞춰가기 위해서 먼저 기본적인 부분의 세부 사항을 조정하는 회의다. 원더뮤직도 협찬 기업에 이름을 올렸다. 기타자와는 올림픽의 음악 감독으로서 회사 사람들 몇 명과 동석했다.

스무 명 남짓한 사람들이 책상을 둘러싸고 있었다. 회의라기에는 참가 인원이 너무 많다. 이야기의 방향성은 이미 정해져 있어서, 그걸 듣는 데만도 시간이 꽤나 흘렀다. 고양감, 일체감,

약동감, 그런 어휘가 오갔다. 그러나 말로 나온 시점에서 이미 무언가가 죽어 있다. 마치 감정을 설계하는 듯한 회의였다.

관중은 설계된 감정에 그렇게 간단히 호응하는 걸까. ……그러니까 이런 회의를 하고 있겠지. 한 사람 한 사람을 움직이는 건 어렵지만, 큰 흐름을 만드는 건 힘이 있으면 간단했다. 이 자리에 살아있는 감정은 없지만, 힘만큼은 넘쳐났다. 문득 생각했다.

만들어진 감정에 과연 가치가 있을까?

……스스로 생각하기에도 풋내기 같은 감상이었다. 분명 요전에 들었던 그 곡 때문이다.

회의가 끝나자 기타자와는 재빨리 사무실을 빠져나갔다. 예정 시간을 15분 넘겼다. 회의 시작 시간은 그렇게 잘 지키면서 왜 끝은 항상 이 모양인가. 이래서 일본은 안 되는 거야, 라며 듣는 이 없는 불평을 해 본다. *꼰대가 된 걸까.* 바로 택시를 잡아 시모키타자와의 라이브 하우스 이름을 댔다.

요코이에게서 공연 티켓을 받아 두었다. 더 노이즈 오브 타이드의 공연이다.

심장 박동이 거세지는 걸 느꼈다. 마음이 이렇게까지 흔들리는 게 몇 년 만인지 모르겠다. 그러나 대체 무슨 생각을 하는 건지, 스스로도 알 수 없었다. 그저 감정의 크기만이 어렴풋이 느껴졌다.

택시 기사가 조용히 액셀을 밟자 기타자와는 눈을 감았다. 허리로 전해지는 엔진 소리에 의식을 집중했다. 아직도 엔진 소리를 들으면 떠오른다. 음악과 함께 차를 몰았던 추도의 나날. 그때가 불현듯 그리워졌다.

기타자와의 고향은 바다가 보이는 마을이었다. 주위에 번성한 지방 도시까지는 전철로 1시간 반, 그 전철이 오가는 횟수마저 점차 줄어들고 있던 시골이었다. 빨리 이 마을에서 벗어나고 싶다는 생각만 하며 청춘을 보냈다.

그 시절을 지탱해준 것이 라디오였다. 유일하게 음악과 만날 수 있는 장소. 우연히 라디오에서 마음을 움직이는 음악을 만나면 잠도 오지 않았고, 눈을 감아도 머릿속에서 곡이 재생됐다. 그런 무수한 밤이 있었다.

기리노 규타, 기리노 츳타의 아버지이자 기타자와가 속한 밴드의 보컬이었던 남자는 고등학교 동창이었다. 기타자와와 규타가 알게 된 계기도 라디오였다. 규타와 같은 반이 되었을 때, 옆자리에 앉게 되면서 같은 라디오 방송을 듣는다는 걸 알게 된 것이다.

규타는 차분한 남자였는데, 조용한 모습과 어울리지 않게 록을 사랑했다. 어떤 밴드의 이야기를 던져도 아아, 그 밴드, 라며 온화하게 고개를 끄덕였다. 그 박식함은 음악통을 자처하던 기타자와보다 한 수 위였다.

규타는 기타를 친다고 했다. 음악은 듣는 것이지 직접 해보겠다는 생각은 아예 없었던 기타자와였지만, 그 조용한 규타가 어떤 연주를 하는지 보고 싶어졌다. 규타의 집에 쳐들어가 2층 방에서 기타를 보여 달라고 했다.

새빨간 바디, 둥글지만 단단한 느낌. 먼지가 떠다니는 다다미방에서 그 기타는 무기처럼 번쩍이며 빛을 발했다. 기타를 그렇게 가까이에서 보는 건 처음이었다. 불길한 느낌마저 감도는 그 기타를, 규타는 아무렇지도 않게 어깨에 걸쳤다. 작은 앰프를 연결하고 피크를 집어 들었다.

소리가 울렸다.

전등을, 책장을, 미닫이문을, 천장을, 기타자와를 떨리게 했다. 라디오에서 듣는 소리와는 차원이 달랐다. 소리란 몸으로 듣는 것이란 걸 그때 깨달았다.

규타는 기타를 치며 코드를 연주했다. 지금 생각하면 당시 규타의 실력은 아마추어보다 조금 나은 정도였다. 그러나 그런 건 문제가 되지 않았다. 규타가 눈앞에서 곡을 탄생시키고 있었다. 기타자와가 모르는 세계와 연결되어, 거대한 음악을 끌어내고 있었다.

"다 같이 하면 더 굉장한 곡을 만들 수 있어."

규타가 그 말을 한 순간, 인생이 바뀌었다. 밴드를 만들기 위해 기타자와는 드럼을 시작했다.

기타자와는 규타와 함께 동네에 있는 낡은 스튜디오에 다녔다. 당시에도 낡았으니, 지금은 이미 사라진 지 오래다. 스튜디오에 있는 사람은 대학생과 어른들뿐이었다. 학생은 찾아보기

어려워서 괜스레 멋쩍은 기분으로 다녔다. 그곳에서 만난 것이 요시다 가나였다.

"이따위 구질구질한 밴드, 때려치울래!"

그녀가 소리치며 스튜디오를 뛰쳐나오는 모습을 멍하니 바라보았던 것이 첫 만남이었다. 기타자와가 다니는 학교 교복을 입고 있었다. 그녀 역시 교복 차림이었던 규타와 기타자와를 알아보고, "너희들, 누구야?"라며 말을 걸었다. 기가 센 소녀 앞에서 수줍음 많은 음악 소년 둘은 그저 움츠러들 뿐이었다.

가나는 같은 학년이었고, 한동네의 대학생이 하던 재즈 밴드에서 베이스를 치고 있었다. 기타자와에게 대학생은(지금 생각하면 몇 살 차이도 나지 않지만) 한참 위에 있는 존재였고, 그런 사람들과 밴드를 하던 가나가 굉장히 어른스러워 보였다. 그러나 가나의 말을 들어보니 연주하는 건 오래된 곡들뿐이고, 애초에 재즈는 이미 흘러간 음악이었다. 라디오에서 들은 달콤한 가성과 화려한 기타, 격렬한 드럼, 그 가운데에서 존재감을 발휘하는 베이스를 치고 싶다고 했다.

가나는 품평하는 듯한 눈길로 두 사람을 바라보더니, 어째선지 스튜디오에 함께 들어왔다. 그러고는 흉내만 내도 괜찮으니까, 라며 악보를 넘겨주었다. 곡명은 알고 있었다. 라디오 방송에서 들은 적 있는 곡이었다.

기타자와가 드럼, 가나가 베이스, 그리고 규타가 보컬과 기타. 구색은 갖춰졌다.

셋이서 소리를 맞춰 보았다. 첫 음부터 끊임없이 전율이 일었다. 기타자와는 정신없이 드럼을 쳤다. 리듬이 엉망진창이었을 것이다. 그러나 그토록 즐거운 연주는 처음이었다. 자기 손으로 음악을 만들어내고 있었다. 라디오에서 듣기만 했던 것이 눈앞에 있었다.

마지막으로 심벌즈를 내리쳤다. 찌릿한 여운에 저도 모르게 얼굴에 웃음이 떠올랐다. 규타와 가나가 기타자와를 바라보며 빙긋 웃고 있었다. 밴드가 결성된 순간이었다.

기적과도 같은 감동을 느꼈지만, 그건 음악을 하는 사람에게는 흔한 일이었다. 그럼에도 한 번뿐인 인생에서 더없이 특별한 순간이었다.

그 뒤로는 셋이서 학교를 마치면 바로 스튜디오로 향했다. 점점 호흡이 맞았고, 곡이 세련되어져 갔다. 아무것도 없는 작은 마을에서 엄청난 일이 벌어지려고 한다고, 근거도 없이 그렇게 확신했다.

우리 밴드의 곡이 라디오에서 전국으로 울려 퍼지면 좋겠다. 셋이서 해안가에 앉아, 그런 공상을 하며 웃었다. 바다보다도 푸르른 불꽃이 우리 안에서 빛나고 있었다. *더 멀리까지 가자.* 그렇게 정했다.

고등학교를 졸업한 후, 셋이서 함께 상경했다. 비좁은 마을을 벗어나 안개 낀 청춘에 작별을 고한 것이다. 주위에서 아무리 반대해도 멈추지 않았다. 도쿄로 가는 야간버스에서 옆자리에 앉은 가나는 인생이 엉망이라며 입을 삐죽였다. 그러나 눈에는 웃음이 감돌고 있었다. 그 모습에 어쩔 수 없이 끌렸고, 가나를 향한 자신의 감정을 어렴풋이 깨달았다.

기대와 불안을 끌어안고 온 도쿄에서 셋은 각자 아르바이트를 하며 밴드 공연도 하기 시작했다. 음악 실력은 조금씩 더 나아졌고, 들어주는 사람도 늘어났다. 순조롭게 계단을 올라가고 있다고 생각했다.

그러나 젊음이 동력인 마법의 엔진은, 정신을 차리고 보면 사라져 있는 법이다. 자체 제작 앨범을 두 장 만들고 라이브 하우스에도 완전히 단골이 되었을 무렵, 조금씩 싸움이 늘어갔다.

"요즘 드럼이 들어오는 타이밍이 좀 빠른데."

"아니, 그게 아니라 베이스가 늦는 거야."

"요즘 보컬 퍼포먼스가 별로더라. 멘트를 너무 대강 하는 거 아냐?" 그런 사소한 일들이었다.

어디서부턴지 모르게 무언가가 무너지기 시작했다. 앞으로 나아가기 어려웠고, 결국 밴드 사운드가 흔들리기 시작했다. *어째서 이렇게 돼버린 걸까.* 당시에는 머리를 싸매고 고민했다. 그러나 그 계기를 찾아내도 무의미하다는 걸 지금은 안다. 결국은 그릇이 부족했던 것이다. 음악을 길들일 아티스트로서의 그릇 말이다.

규타와 가나 사이에 아이가 생겼다. 그렇게 밝혔을 때, 모든 것이 끝났다. 도쿄에 온 지 6년이 지나 있었다.

기타자와는 계속 가나를 향한 마음을 숨기고 있었다. 그건 그리운 옛 풍경처럼 마음속에 새겨져 언제까지나 지워지지 않을 것만 같았다. 그러나 말로 표현할 수 없는 규타의 매력도 알고 있었다. 기타자와 스스로도 그걸 어렴풋이 느끼고 있었다.

가나 또한 규타에게 이끌렸고, 밴드는 무너졌다.

두 사람은 기타자와를 두고 어딘가로 가버렸다. 음악과 사랑과 야심과 희망, 기타자와를 움직이던 모든 것을 가지고 가버렸다. 절망하는 한편, 왠지 모르게 그것이 필연처럼 느껴졌다.

셋 중 기타자와만이 음악계에 남았다. 지인의 소개로 밴드 매니저를 시작했다. 언젠가 보았던 바다의 푸른빛이 여전히 뇌리에 새겨져 있었다.

기타자와는 몸을 바쳐 일했다. 음악을 만드는 센스는 없었지만, 듣는 센스는 있었던 것 같다. 밴드가 지향해야 할 음악을 찾아내고, 공연을 보여주는 방식을 모색했다. 요령이 없으면 밴드는 살아남을 수 없다. 기타자와 스스로의 경험이었다.

처음 담당한 밴드가 크게 성공했다. 기타자와의 평판이 업계에 퍼졌다. 몇 개의 밴드를 더 담당했고, 그들도 순조롭게 성장해 갔다. 실력 있는 프로듀서라는 호평을 얻은 한편, 마음 한구석에서 늘 공허함을 느끼고 있었다. 직접 음악을 연주하는 감각을 잊을 수 없었다.

10년이 넘는 세월이 흘렀을 무렵, 규타가 죽었다.

고등학교 친구에게 우연히 들었다. 조발성 질병이었다고 한다. 그 이야기를 들었을 때는 이미 규타가 죽은 지 한 달이 지나 있었다. 그 정도로 조용한 죽음이었다. 허무함이 가슴에 사무쳤다. 시간이 꽤 많이 흘렀는데도, 이렇게 충격이 클 거라고는 생각하지 못했다. 분명 아직도 마음 한편에 기대가 자리 잡고 있었던 것이다.

기타자와는 회사에 장기 휴가를 냈다. 회사도 지금까지 너무 열심히 일했다며 바로 허락해주었다. 기타자와가 담당하던 밴드는 다른 사람에게 인계했다. 마침 그 밴드에게도 적절한 때였다.

텅 빈 머릿속에 유일하게 남아 있던 건 예전에 함께 만들었던 음악이었다. 우리 밴드의 곡이 라디오에서 전국으로 울려 퍼지길 바라던, 그 옛날의 공상이 도저히 잊히지 않았다.

미니 FM이라는 것이 있다. 작은 송신기에서 미약한 전파를 발신하는 방송으로, 고작해야 수백 미터 정도의 거리까지만 도달한다. 전파법에도 저촉되지 않는다.

송신 장비와 미니밴을 샀다. 송신기로 음악 전파를 송출하며 차를 몰았다. 이미 라디오의 시대는 저물었고, 인터넷 시대가 열리려고 할 때였다. 그 시절엔 라디오가 쇠퇴할 거라곤 생각해본 적도 없었다. 그리운 것들뿐이었다.

항상 바라보던 고향의 바닷가에 미니밴을 세웠다. 그곳에서 먹고 자면서 추억의 음악을 FM 라디오로 며칠 동안 송출했다. 예전에 닳도록 들었던 록 음악들, 그리고 셋이서 만든 곡. 음악을 파는 프로가 되고 나서 들어보니, 그 곡은 결점투성이였고 도저히 팔릴 만한 것이 아니었다. 그렇다고 아주 못 쓸 것도 아니었다. 귀를 기울이게 만드는 멜로디도 있었고, 조금만 손을 대면 빛을 볼 수 있었을지도 모른다.

그러나 이미 과거의 이야기였다. 며칠째 같은 음악을 송출하다 겨우 깨달았다. *이건 이미 과거의 이야기다.*

규타의 죽음은 두 번째 죽음이었다. 첫 번째는 규타와 가나 사이에 아이가 생겼을 때. 그때 이미 모든 것이 죽어서 끝났다. 그리고 두 번째, 진짜 죽음. 제로였던 가능성이 다시 한번 제로가 되었다.

기타자와는 음악을 송출하기를 그만두었다.

겨우 포기할 수 있을 것 같은 기분이 들었다.

절망적인 일들은 이젠 감정을 동반하지 않는 추억이 되었다. 예전에 느꼈던 아픔도, 이미 그 파편조차 떠올릴 수 없었다. 그런데 슛타, 규타의 아들의 음악은 그 추억에 다시 색채를 부여하는 소리였다.

기타자와는 택시에서 내렸다. 목적지에 도착했을 땐 공연이 시작되기 조금 전이었다. 상가 건물의 지하 1층에 라이브 하우스가 있었다. 나선형 계단을 내려가자, 가벼운 금속성의 소리가 탁탁 울렸다. 접수처에 티켓을 보이자 두꺼운 방음문을 열어주었다. 바깥과 기압이 조금 다른 공간에 끈끈한 공기가 가득 차 있었다.

무대 위에 한 남자가 서 있었다. 눈을 가리는 긴 앞머리, 구깃구깃한 흰 셔츠. 멀끔한 모습은 아닌데도 왠지 눈길을 끌었다. 무대에 완전히 스며들어서 그 공간을 자기 것으로 만들고 있었다. 무엇보다, 새빨간 기타. 규타와 같은 펜더 텔레캐스터. 기리노 규타의 옛 모습을 그대로 간직한 채, 기리노 슛타가 그곳에 있었다.

무대 앞에는 많은 관객이 바짝 다가서서 도취된 듯한 눈빛으로 슛타를 바라보고 있었다. 뒤편 테이블 한구석에서 누군가가 손을 흔들었다. 요코이였다. 기타자와도 그 테이블에 가서 앉아 다시 말없이 무대를 바라보았다.

조명이 꺼졌다. 관객의 웅성거림이 잦아들었다.

기타 멜로디가 희미하게 들려왔다. 몇 번이고 계속해서 반복되는 그 음이 귓속에서 증폭되어 가는 것만 같았다. 조명이 조금씩 켜지고, 슛타와 객원 멤버를 비추었다.

공연장이 열기를 더해가는 가운데, 슛타는 가볍게 노래를 시작했다. 허스키한 목소리가 귀를 어루만지듯 들려왔다. 무대에서 전개되는 세계에 빨려 들어가는 느낌이었다.

퍼포머로서의 타이밍과 음악적 기량, 전체의 균형. 모든 것이 높은 수준이었다. 안정감이 있었고, 관객을 매료시키는 힘을 지니고 있었다. 역시 요코이가 발견한 재능다웠다.

슛타의 표정을 보고 있자니 그의 시선이 신경 쓰였다. 먼 곳을 바라보는 듯한 눈빛이었다. 기타에도 관객에게도 초점이 맞춰져 있지 않았다. 그 눈을 보면, 왠지 모르게 끌려들어가는 기분이 들었다. 문득 집중이 깨졌다.

어딘지 모르게 기타자와가 밴드 시절에 만든 옛 음악과 겹쳐졌다. 화려하지는 않지만 괜스레 계속 듣고 싶어지는 소리. 슛타도 아버지의 기타를 들은 적이 있는 것일까.

슛타가 연주하는 표정에서 드문드문 규타의 느낌이 풍겼고, 때로는 가나의 모습도 비쳤다. 확실히 그들의 아이라는 사실을 통감했다. 그다음을 보여주고 있는 것 같았다. 예전에 한번 끊겼던 것의 다음. 언젠가 느꼈던 희망과 절망이 교차하면서 거대한 진폭으로 덮쳐왔다.

이 나이가 돼서 이렇게 당황하게 될 줄이야.

"잔잔한 파도에 빠지다."

슛타가 곡명을 말했다. 어느새 기대에 차서 귀를 기울이고 있었다. 길고 긴 연주가 끝나고, 슛타가 노래를 시작했다.

바람이 멎은 새까만 바다
라디오에서 흘러나오는 노이즈
예감은 아직 허상일 뿐
파도만이 반복되지

멀리서 울리는 천둥소리
물결치는 너의 원피스

마음을 흔들어놓네
견딜 수 없이 초조해

언제까지나 길 위에 서 있어
소원을 되풀이하면서
수평선 저 너머에서
다시 만나는 두 사람

 예전의 우리도 그 마을에서 바다를 바라봤다. 그 수평선 너머까지도, 어디까지라도 갈 수 있다고 생각했다. 가서 어떻게 할지는 생각하지 않았다. 그저 어딘가 먼 곳으로 가고 싶었다. 어디라도 좋았다. 그때는 충동이 온몸을 휘감고 있었다. 예감만으로 움직인다는 건, 얼마나 아름다운 경험인가.
 기리노 규타는 기타자와에게 많은 것을 주었고, 한 번에 빼앗아갔다. 기타자와의 인생을 엉망으로 뒤흔들어 놨다. 기타자와는 긴 시간이 지나서야 겨우 조용한 나날을 되찾았다. 그러나 지금, 그 아들이 기타자와의 앞에 나타났다.
 또 기타자와에게 무언가를 주려고 하고 있다. 긴 시간을 거쳐 겨우 포기할 수 있었던 것을, 다시 눈앞에 펼쳐놓았다. 이제 와서 기타자와의 평온을 망치려 하고 있다.
 화내도 되겠지. 울고 소리쳐도 괜찮겠지.
 부당하다고 생각될 만큼, 그 존재는 기타자와의 인생을 휘저

어 놓는다.

공연이 끝나고, 기타자와는 빠른 걸음으로 그 자리를 떠났다. 나선형 계단을 올라 일단 밖으로 나갔다. 곧바로 따라 나온 요코이가 기타자와에게 물었다.
"어떠셨어요?"
"……좋았어."
"그렇죠."
요코이가 입을 다물었다. 기타자와의 표정에서 무언가를 감지한 모양이었다.
"내가 그 보컬과 이야기를 해봐도 될까?"
요코이는 곤혹스럽다는 표정이었다. 지금까지 기타자와는 레이블 영입을 허락하기만 할 뿐, 직접 아티스트와 이야기를 나눈 적이 없었다.

관객이 빠져나갈 때를 기다려 다시 지하로 돌아갔다. 출구에선 스태프에게 명함을 건네고 츳타가 나오기를 기다렸다.

이윽고 문이 열렸다. 키가 작은 남자가 기타를 메고 걸어 나왔다. 기리노 츳타다. 소년을 연상케 하는 작은 몸집. 무대에 서 있던 남자와는 다른 사람이라고 해도 좋을 정도였다. 연주를 끝내면 모습이 180도 변하는 것까지 규타를 닮았다.

기타자와가 말을 걸었다.
"실례합니다."

"……네?"

멍하니, 의아한 표정을 짓고 있었다. 그 녀석도 항상 아무것도 모르는 듯한 얼굴을 했었지. 기타자와는 명함을 꺼내 슛타에게 건넸다.

"원더뮤직에서…… 아니, 내 쪽에서 데뷔하지 않겠나?"

이미 후회하고 있었다. 그러나 거역할 수 없었다.

또 예감에 몸을 던지려 하고 있었다.

~

슛타는 제안을 승낙했다.

그건 다시 말해 메이저 데뷔를 한다는 뜻이다. 원더뮤직의 힘을 빌어 음악을 세상에 내보낸다는 뜻이다. 보통 아티스트라면 얼굴색이 바뀌며 펄쩍 뛰어오를 만한 일이다. 그러나 슛타는 조금의 동요도 보이지 않고 작게 고개를 끄덕일 뿐이었다.

……정말 데뷔를 원하는 걸까?

기타자와는 알 수 없어졌다. 슛타에게 개인적인 욕심을 밀어붙이고 있는 것 같은 기분이 들었다.

그로부터 일주일이 지났다. 기타자와는 신주쿠의 이자카야에 있었다. 이탈리안 요리가 나오는 세련된 분위기의 가게였다. 자리도 널찍하고 차분한 분위기다. 허세를 부리고 싶지는 않지만 좋은 걸 먹이고 싶을 때(메이저 데뷔를 해봤자, 항상 가는 건 값싼 이자카야나 고깃집이다) 기타자와가 밴드맨들을 데리고 오는 단골 가게였다.

여기서 춧타와 만날 예정이었다. 우선은 여러 가지 이야기를 하고 싶었다. 데뷔에 관해서는 아직 아무것도 정해지지 않았고, 어떻게 관리할지도 계획을 짜야 한다. 무엇보다 기타자와가 누구인지, 춧타의 부모님과 어떤 관계인지를 밝히고 싶었다. 듣고 싶은 말과 하고 싶은 말이 너무 많았다.

"……좀 늦네요."

요코이가 중얼거렸다. 이미 약속한 7시에서 10분이 지나 있었다. 미리 주문해 둔 맥주는 거품이 가라앉았다. 요코이에게는 춧타와의 관계를 이야기해 두었다. 아무래도 요코이 역시 긴장하고 있는 것 같았다.

"그러네."

기타자와는 점원을 불러 재떨이를 부탁했다. 맥주를 한 모금 마시고, 다시 입을 다물었다.

춧타는 역시 나타나지 않았다.

다른 테이블에서 "하루카 님, 생일 축하합니다!" 하는 떠들썩한 소리가 들려왔다. 슬쩍 보니 점원 세 명이 케이크를 들고 커플이 앉아 있는 자리로 다가가 있었다. 서프라이즈 이벤트인 모양인지, 하루카라고 불린 여성이 눈을 휘둥그레 뜨고 있었다. 맞은편의 남자는 미소 짓고 있었다.

또다시 10분이 지났다.

아무래도 너무 늦는다. 메이저급의 사람과 약속을 해 놓고 늦는 *아티스트*가 다 있나? 그렇게 생각하고는 스스로의 오만함에 쓴웃음이 나왔다. 희미한 짜증과 그 이상의 불안을 느꼈다.

그때 전화벨이 울렸다.

깜짝 놀라 주머니에서 스마트폰을 꺼냈다. 여보세요, 라고 전화를 받자 지지직거리는 소음만 들려왔다.

"여보세요?"

"······기리노입니다. ······죄송합니다."

헐떡이는 줏타의 목소리가 들려왔다.

"죄송합니다. ······조금, 늦을 것 같아요. 정말로······ 죄송······."

심한 노이즈 속에서도 목소리에 절실함이 느껴졌다. 기타자와는 커지는 불안을 억누르며 물었다.

"왜 그래? 무슨 일이야?"

"······가, 위험해요."

"뭐?"

줏타의 목소리가 노이즈에 묻혔다.

"여자친구가······ 고 해서······."

퍽.

둔탁한 소리가 울렸다.

"이봐! 괜찮아?!"

전화는 연결되어 있었지만 답이 없었다. 길가의 소음 같은 소리가 들려왔다. 그리고 사람들의 비명소리가 울려 퍼졌다. 고함치는 것 같은 절박한 소리가 비명을 뒤덮었다. 구급차, 라는 소리도 들렸다.

"아니…… 이봐! 대답 좀 해봐!"

어느새 기타자와는 일어서서 소리치고 있었다. 이자카야의 손님들이 이쪽을 쳐다봤다. 요코이도 걱정스러운 얼굴이었다. 그러나 그런 걸 신경 쓸 때가 아니었다. 스마트폰 너머에서는 대답이 없었다.

"이봐! 츳타!"

예감이, 불길한 예감이 든다. 또 거대한 파도가 덮쳐온다. 그러나 어쩐지, 필연적인 무언가가 일어났다는 기분도 들었다.

5장

파안

2019년, 히카리

어디선가 구급차 소리가 들렸다.

아이바 히카리는 문득 정신이 들어 키보드를 두드리던 손을 멈췄다. 시계를 보니 밤 11시가 넘었다. 어두운 방 안에 책상의 스탠드 불빛만이 빛나며 히카리의 커다란 그림자를 드리웠다. 기사 원고를 고치다 보니 어느새 시간이 이렇게 흘렀다. 책상에 놓인 컵에는 차게 식은 커피가 삼분의 일 정도 남아 있었다.

오늘은 여기까지만 하자.

자리에서 일어나 어질러진 세 평 남짓한 방을 나왔다. 10월도 이제 끝나가고 있었다. 바닥에 닿는 맨발이 선뜩해 무심코 까치발을 들었다. 좁은 부엌 싱크대에 산화된 커피를 버렸다. 커피를 끓이는 것은 히카리가 업무 모드에 들어가는 스위치다. 마시는 게 목적이 아니라서 언제나 조금씩 남기게 된다. 이렇게 사소한 것까지 형식적이 되어 간다. 바람직한 일인지, 살풍경한 일인지.

출판사에서 2년을 근무했고, 회사를 그만두고 프리랜서가 된 지는 3년이 지났다. 무리해서 독립했다고 스스로도 생각한다. 전에 일하던 회사의 연줄로 일을 받으며, 한 달 벌어 한 달 사는 생활을 이어나가고 있다.

스마트폰을 보자 알림이 한 건 떠 있다. 엄마가 보낸 라인 메시지다. 무심코 얼굴을 찌푸렸다. 히카리는 엄마의 반대를 무릅쓰고 도쿄에서 일을 계속하고 있다. 고향에 돌아가지 않고 도쿄에서 취직하겠다고 했을 때 엄마는 거의 쓰러질 뻔했고, 출판사를 그만뒀다고 말했을 때는 정말로 쓰러졌다. *키운 보람이 넘치겠지, 암.*

'집에는 언제 올 거니?'

하아, 하고 한숨이 나왔다. 언제 가든 무슨 상관이야, 라고 바로 답장하고 싶은 마음을 억눌렀다. 솔직히 돌아가고 싶지 않다. 돌아가봤자 엄마의 잔소리가 기다릴 뿐이고, 결혼 이야기는 특히 듣고 싶지 않다. 대학 다니는 동안은 괜찮겠지, 하고 마음 내키는 대로 연애를 했는데, 대학 시절부터 견실한 만남을 꾸린 친구들만 결혼에 골인했다. 뿌린 대로 거둔 셈이었다.

다시 책상 앞으로 돌아가 문서창을 닫고 브라우저를 켰다. 주소를 입력하자 소소하게 운영하고 있는 블로그가 나타났다. 신규 게시 버튼을 클릭하고 텅 빈 화면을 바라봤다.

잠시 팔짱을 낀 채 뭔가 쓸 거리가 있는지 생각했다. 없으면 없는 대로 괜찮다. 누가 봐 주길 바라고 하는 블로그도 아니고, 그저 자기만족을 위해 남기는 기록이었다. 업무에서 벗어나 이렇게 자유롭게 글을 쓰는 건, 히카리에게는 소중한 시간이다.

'원래부터 글 쓰는 걸 좋아했다.'

그렇게 문장이 시작되었다.

원래부터 글 쓰는 걸 좋아했다. 이야기를 만들어내고 싶다는 게 아니라, 생각을 말로 표현하는 작업을 좋아했다. 중학생 때 일기장이 아직도 남아 있다. 꾸준하게 쓴 건 아니고, 내용도 그날의 숙제가 뭐였는지 같은 잡다한 것들이 대부분이지만, 그래도 다시 읽어보면 왠지 모르게 마음이 슬며시 따뜻해진다.

내게 과거가 있다는 사실에 안심하게 된다.

기록을 남기는 일의 중요함을 깨달은 건 최근이다. 보통 이런 일은 후회를 동반하며 깨닫게 된다는 것도 함께 알았다.

글을 다루는 사람이 되고 싶어서 대학을 졸업하고 대형 출판사에 입사했다. 편집자 채용에는 떨어졌지만, 그래도 글과 가까운 곳에서 일하고 싶어 영업직에 지원했다. 그러나 글은 계속 멀리 있었다. 자유로운 문장을 쓸 기회는 거의 없었다.

일상의 틈새마다 늘 위화감을 느꼈다. 엄마의 반대를 무릅쓰고 도쿄에 남았지만, 그만큼의 가치를 찾을 수가 없었다. 자기 할 일을 꾸준히 해 나가는 사람을 존경하지만, 그건 내가 그렇게 될 수 없다는 반증이었는지도 모른다.

어두운 시야, 사라진 색채.

일하기 시작한 지 1년 반 만에, 그렇게 슬럼프에 빠졌다.

대학교 후배에게서 연락이 온 건 2월이었다. 대학생 때는 기숙사에 살았는데, 지금도 그 기숙사에서 알게 된 사람들과는 친하게 지낸다. 대학생다운 어설픈 활동이 이루어지고, 상식이라는 게 거의 없는 장소였다. 애초에 이 세상에 상식 따윈 없다는 걸 알게 된 계기가 되었다.

그 기숙사에서 음악제를 한다며 일손을 보태 달라는 부탁을 받았다. 나중에 알고 보니, 망가진 히카리를 보다 못해 숨 돌리게 할 겸 부른 것이라고 한다. 히카리도 기분전환이 필요했기에 지푸라기라도 붙잡는 심정으로 수락했다.

그리고 정말로 붙잡을 것을 발견했다. 그날, 분명히 만났다. 믿어야 할 것을 만난 것이다.

공연장에서는 연출을 체크하는 스태프로 일했다. 축제의 떠들썩한 분위기가 오랜만이라 기분 좋다는 정도의 생각밖에 없었다. 그때, 헤드라이너 밴드가 등장했다. 그들은 이 공연을 끝으로 해체한다고 했다. 밴드의 남자 기타리스트가 연출 확인을 하러 왔을 때, 잠깐 이야기를 나눌 기회가 있었다.

히카리는 아마 '후회가 남지 않도록'이라는 말을 건넸던 것 같다. 아무 생각 없이 한 말이었다. 그러나 기타리스트는 잠깐 침묵한 뒤 이렇게 말했다.

"……아니요, 이 후회를 잊으면 안 돼요."

남자는 바로 몸을 돌려 자리를 떠났다. 히카리는 멍하니 그 뒷모습을 바라보았다.

히카리는 다른 스태프에게 부탁해서 콘솔 쪽에 앉았다. 무대를 한눈에 바라볼 수 있는 특등석이었다. 기타리스트의 말이 계속 마음에 남았다.

무대 위에 그 밴드가 올라갔다. 조금 전의 기타리스트는 어딘지 체념한 듯한 표정이었다. 체격이 좋은 드럼, 긴 검은 머리의 여성 베이시스트, 그리고 똑바로 먼 곳을 바라보는 보컬. 이상하게 시선을 끌어당겼다.

겨울의 추위 속에 팽팽해진 공연장의 공기가 모두 그 밴드에 집중되어 있었다. 그들은 서로를 바라보며 고개를 끄덕였다. 마지막 공연이 시작되었다.

보컬이 앞을 바라보며 코드를 연주했다. 첫 음부터 마음을 사로잡았다. 복잡하게 이어지는 코드에 다른 악기 소리가 겹쳐졌다. 강하면서도 청량하고, 섬세하면서도 공허했다. 스피커에서 흘러나오는 커다란 음량에도 불구하고, 그게 의미하는 건 정적이었다. 정신을 차리고 보니 보컬이 노래를 하고 있었다. 꿈속으로 빠져드는 듯한 곡이었다. 그저 멍하니 듣고 있었다.

지금까지 본 밴드와는 확연히 분위기가 달랐다. 그들은 마치 관객을 보고 있지 않는 것 같았다. 열기와는 또 다른, 독특한 분위기를 자아냈다.

  처음 공연장에 감돌던 당혹스러움은 곡을 거듭하는 사이 점차 하나의 방향으로 흘러갔다. 관객의 곤혹스러운 표정이 점점 절실하게 바뀌었다. 피부에 오싹 소름이 돋았다. 마지막에는 관객 모두가 무언가를 갈망하고 있다는 게 느껴졌다.

  뭘까, 이건.

  전율이 일었다. 엄청난 것이 눈앞에 있었다. 몸이 순식간에 빨려 들어간다. 이런 거대한 게 대체 어디 숨어 있었을까. 아니, 애초에 이 세상은 눈에 보이지 않는 무수한 흐름들이 서로 겹쳐진 것일까. 그 방향이 맞춰지면서, 무언가가 끄집어져 나오고 있었다.

  마지막 곡이 시작되었다.

  어떤 가사였는지는 기억나지 않는다. 아무리 해도 떠올릴 수가 없다. 같은 멜로디가 반복되고, 가사가 끝난 뒤에도 보컬이 라라라, 하고 계속 노래했다. 현장에 있던 모두가 보컬을 따라 흥얼거렸다. 아니, 그건 외침이었다. 히카리도 함께 외쳤다.

  알 수 없는 예감이 들었다. 무언가가 시작될 것 같은 예감이었다. 예전에는 분명 꿈이 있었다는 게 떠올랐다. 그 꿈이 형태를 가지고 멀리서 기다리는 것 같았다. 아직 포기할 수 없었던 것이다. 분명 후회로 변하게 될 미련이 가슴속에서 따끔거리고 있었다.

글을 쓰고 싶다. 말을 잇고 싶다. 나를 남기고 싶다.

계속 거대한 갈망이 있었다. 다행히 더 늦기 전에 떠올렸다.

나는 아직, 어디든 도달할 수 있다.

머릿속을 어지럽게 날뛰던 생각이 단숨에 정리되었다. 시야가 넓어지면서 무대가 눈부시게 보였다. 그렇게 무대의 모습이 말이 되었다. 오랫동안 갇혀 있던 말들이, 다시금 문장이 되어 머릿속에 흘러넘쳤다.

그리고 지금, 히카리는 이렇게 프리랜서 기자가 되었다. 그때 느꼈던 어떠한 흐름을 믿고, 회사를 그만두고 글을 쓰고 있다.

…….

히카리는 키보드를 두드리던 손을 멈췄다. 어깨의 힘을 풀고 창을 바라봤다. 열린 커튼 사이로 조용히 숨을 죽이고 있는 주택가가 펼쳐졌다.

등록 버튼을 누르기가 망설여졌다.

그 공연을 봤을 때, 분명 믿음이 생겼다. 그렇지만 이따금 생각한다. 회사를 그만두지 않았더라면, 하고.

불안정한 생활 속에서 끊임없이 싸우고 있는 기분이 든다. 어째서 싸워야만 하는지, 왜 이런 선택을 하고 말았는지. 그때 내 안으로 밀려왔던 파도를 놓친 채, 잔잔해진 수면에서 허우적거리고만 있다.

나는 무엇을 믿었던 걸까.

그 한 줄을 덧붙이고 등록 버튼을 눌렀다.

~

'인터넷에 글을 올릴 때는 일정한 시간이 지난 뒤 냉정해진 마음으로 업로드할 글을 다시 확인합시다.'

중·고등학생을 대상으로 한 글에서 이런 내용을 본 적이 있다. 지당하신 말씀이라고, 히카리는 자기가 어제 올린 글을 보며 생각했다.

전철 안에서 흔들리며 출판사로 향했다. 전에 다니던 회사이자, 지금은 클라이언트다. 여성지의 기사를 몇 꼭지 의뢰받았는데, 오늘은 메인 인터뷰가 잡혀 있다. 그런데 잠을 제대로 못 자서 화장도 잘 안 먹은 것 같다.

손에 든 스마트폰에는 블로그 화면이 띄워져 있다. 이게 과연 29세의 글인가 싶을 정도로 자제력 없이 마구 쏟아낸 내용이었다. 일로 쓰는 기사는 객관적으로 볼 수 있는데, 사적인 글은 그게 어렵다.

……그래도 지울 생각은 없다.

히카리는 기숙사에서 본 공연을 글로 남기지 않았던 걸 마음속 깊이 후회하고 있었다. 그날, 머릿속에는 글이 흘러넘쳤다. 견딜 수가 없어서 집에 돌아오자마자 침대 위에 엎드렸다. 다음 날 아침, 머릿속에 남아 있던 건 회사를 그만두겠다는 결심, 아니, 결심했다는 사실뿐이었다. 그들이 어떤 밴드였는지는 이제 알 길이 없다. 그 후, 히카리는 뭐든지 글로 써서 남기기로 결심했다.

전철에서 내려서 정장 차림의 회사원들에게 부대끼며 계단을 내려갔다. 히카리는 최대한 깔끔한 옷을 입고 있었지만, 사람에 따라서는 지금 데이트하러 가는 길이라고 해도 믿을 것 같은 모습이었다. 예전 직장이 위치한 역 이름이 적힌 정기권에서 오늘도 잔액이 빠져나간다.

회사 빌딩으로 들어갔다. 예전에는 게이트에 사원증을 가져다 대면 바로 사무동으로 갈 수 있었지만, 이제 사원증은 없다. 안내 데스크로 향하자 익숙한 얼굴이 있었다.

"하루카, 오랜만이야."

하루카는 히카리가 오는 걸 보고 있었던 모양이다. 귀엽게 미소 짓고 있었다.

"히카리 씨도 오랜만이에요."

하루카는 히카리가 이 출판사에 다닐 때부터 지금까지 안내 데스크에서 일하고 있는 직원으로, 히카리와는 친구라고 부를 수 있는 사이다. 둘은 회식 자리에서 수다도 많이 떨고, 서로 뒤치다꺼리도 자주 해 줬다.

"요즘 남자친구랑은 어때?"

인사 대신 그렇게 물었다. 하루카는 오래 사귄 남자친구가 있다. 제조업체에서 일하고 있다고 한다.

"그럭저럭 괜찮아요."

"그럭저럭이라."

"말꼬리 잡지 마세요. 오래 사귀면 다 그런 거죠, 뭐."

"다 그런 거라."

"그만 하시라니까요."

하루카가 입을 삐죽였다. 그 행동 하나하나가 귀여워서, 남자 친구와도 잘 지내겠거니 했다.

하루카에게 허가증을 받아 엘리베이터를 탔다. 잡지 편집부가 있는 층에 들러 일을 의뢰한 편집장에게 인사를 하고, 다시 엘리베이터를 타고 꼭대기 층으로 올라갔다. 그곳에 인터뷰용 응접실이 있었다. 방에 들어가 짐을 내려놓고 담당 편집자에게 인사를 했다. 사소한 걱정거리는 전부 밀어놓고 업무 모드로 들어간다. 오늘 인터뷰 상대는 10시까지 여기로 오기로 했다. 가방에서 자료를 꺼내 다시 한번 훑었다.

오미야 나쓰카.

29세의 수영 선수. 작년에 열린 일본선수권에서 여자 200미터 평영 우승. 성적이 저조한데다 나이도 있어서 은퇴설도 들렸지만, 그런 소문을 일축해버리는 활약이었다. 그 우승을 시작으로 각 대회에서 좋은 성적을 거두어, 다음 올림픽 출전과 메달 획득이 기대되고 있었다.

같은 나이구나. 히카리는 마음속으로 중얼거렸다. 프로필 사진이 왠지 눈부셨다.

오미야 선수는 정확히 10시에 매니저와 함께 나타났다. 짙은 색 청바지에 검정 블라우스를 입은 심플한 차림이었지만, 일반

인과는 다른 분위기가 감돌았다. 히카리보다 10센티미터 정도 큰 키에 늘씬한 체형, 특히 다리의 선이 아름답게 드러나 있었다. 모델 같은, 아니, 그보다도 아름답다는 생각이 들었다. 무심코 빤히 쳐다보다가 황급히 자세를 고쳤다.

편집자가 오미야에게 히카리를 소개했다.

"아이바 히카리라고 합니다. 오늘 잘 부탁드리겠습니다."

"오미야 나쓰카입니다."

오미야가 반듯하게 허리를 숙였다. 멀리서 울리는 듯한 목소리였다. 긴장하고 있나 싶어서 히카리는 최대한 미소를 지어 보였다. 그러나 관찰하다 보니 긴장하고 있는 건 아닌 것 같았다. 자연스러워 보이지만 빈틈이 없었다. 감정을 읽어낼 수가 없다.

편집자와 히카리, 오미야, 매니저, 그리고 카메라맨까지 합류했다. 탁 터놓고 이야기를 할 만한 분위기는 아니었고, 살짝 긴장된 분위기가 감돌았다.

"그럼 여러 가지 이야기를 들려주셨으면 합니다."

히카리는 녹음기를 켜고 인터뷰를 시작했다. 오미야에게는 사전에 간단한 질문지를 보내서 답을 받아 두었다. 그걸 참고하며 질문을 시작했다.

"우선 작년에 열린 일본선수권에서 우승하신 걸 축하드립니다."

"감사합니다."

"오미야 선수에게는 커다란 터닝 포인트이자 이후 좋은 성적으로 이어지는 계기가 된 것 같은데요. 스스로 생각하기에 좋은 성적을 낼 수 있었던 이유가 있을까요?"

"음, 뭔가를 많이 바꾸지는 않았습니다. 그저 지금까지 쌓아왔던 것이 드디어 형태가 된 것 같다는 생각이 들어요."

"지금까지 망설임 같은 것은 없으셨나요."

"구체적인 연습 방법에는 시행착오가 있었습니다. 어떤 게 적절할지 코치와 이야기를 나누면서 여러 방식을 시도해봤죠."

"그렇다면 반대로, 우승했을 때는 기쁨이나 안도 같은 걸 느끼셨나요?"

"아 다행이다, 라고는 생각했습니다. 이 방식이 맞았다는 확신이 다음 대회로도 이어진 것 같습니다."

담담한 대화.

히카리는 질문을 계속했다. 오미야에게서는 즉시 대답이 돌아왔다. 흔들림이 없었고, 이미 어떤 질문에도 대답이 준비되어 있는 것 같았다.

그러나 히카리는 다른 인터뷰에서는 경험한 적 없는 정체 모를 느낌을 받았다. 나무에 말을 거는 듯한 딱딱한 반응, 한편으로 그 존재에 짓눌릴 것만 같은 숨막힘이 있었다. 히카리는 질문을 이어갔다.

"······올해, 약혼을 발표하셨죠. 축하드립니다."

오미야는 동기인 전 수영 선수(이미 은퇴해서 지금은 명문 고등학교 코치다)와의 약혼을 발표한 바 있었다.

"감사합니다."

"먼저 하시네요."

"……네?"

"저, 오미야 선수와 동갑이거든요."

"아아, 그러시군요."

가볍게 투정을 부리자 오미야는 난감하다는 표정을 지었다. 처음으로 인간미가 있는 반응이 돌아왔다.

"약혼 이후에 심경의 변화는 있으셨나요?"

"……아니요, 특별히는. 자연스럽게 그런 이야기가 나왔고, 그다지 큰 변화는 없었습니다. 인생의 한 단계에 접어들었다는 기분은 들었지만요."

조용한 대답이 돌아왔다. 너무나도 조용했다. 그래서 어쩐지 알 수 있었다. 그녀에게는 말하고자 하는 욕구가 없다.

사람은 누구나 자신에 대해 말하고 싶은 욕구가 있다. 말로 표현함으로써 자기를 확정하고, 그로써 안심하고 싶은 것이다. 그러니까 인터뷰에서는 자연스럽게 뒷이야기를 흘리게 되고, 그 과정에서 약간의 과장과 포장, 사소한 거짓말이 섞이기 마련이다.

그러나 눈앞의 오미야는 담담하게 사실만을 이야기한다. 이미 자기 안에서 모든 게 정리되어 있다. 명확한 축이 있어서, 다른 사람을 통해 자신을 정리할 필요가 없는 것이다.

"……사전 질문에서 눈에 띈 항목이 있는데요. '소중한 것'이라는 항목에 '보물 상자'라고 답변하셨는데, 이건 무슨 의미인가요?"

성실한, 나쁘게 말하자면 특별한 구석이라곤 없는 사전 문답 중에서 사람 냄새가 나는 유일한 답변이었다.

"아아……."

오미야는 살짝 미소를 지었다. 그녀에게서 쉽게 이끌어낼 수 있는 반응은 아닐 거란 생각이 들었다.

"저희 아버지가 전근족이셔서, 중학교 3학년 2학기 때 도쿄에 있는 수영 특화 체육고등학교로 전학하기 전까지는 각지를 전전했어요. 그동안 여러 가지 물건들을 선물 받았는데, 그걸 모아 둔 거예요."

"그렇군요. 편지나 쪽지 같은, 그런 건가요?"

"네."

"아, 혹시 남학생에게서 받은 러브레터라든가?"

넓은 오지랖을 발휘하며 물었다. 답을 못 들어도 그만이라는 생각이었지만, 오미야는 의외로 허둥대는 모습이었다.

"……그런 건 없지만."

오미야가 머뭇거렸다. 그렇다는 건 뭔가 있다는 건데. 기대에 찬 눈빛으로 바라보자, 오미야는 졌다는 듯이 입을 열었다.

"……기타 피크가 있어요."

"피크요?"

"옛날에 받은 거예요."

"남학생한테."

"⋯⋯네."

히카리와 오미야는 서로 얼굴을 마주 보며 웃음을 흘렸다. 히카리는 "이건 기사로 쓸 순 없겠네요"라며 농담을 건넸다.

"기타 치는 남학생이랑 사이가 좋으셨나 봐요?"

"네, 중3 때. ⋯⋯아마, 제 첫사랑일 거예요."

"그 친구랑은 뭔가 있었나요?"

"아니요, 아무것도. ⋯⋯아, 제가 이사 가기 전에 곡을 만들어 줬어요."

"어머, 멋지다!"

금세 분위기가 달아올랐다. 조용히 앉아 있던 남자 매니저가 난감한 표정을 지었다. 미팅 중에 여자들끼리 의기투합하기 시작한 순간의 남자들 얼굴과 비슷했다.

"음악이라니, 좋네요. 기억에도 남고."

히카리는 그렇게 말하며 어제 블로그에 쓴 글을 떠올렸다.

"저한테도 소중한 노래가 있거든요. 그 곡이 있어서 지금의 제가 있다고 할까. 그렇지만 누구의 곡인지를 몰라서, 이제 추억 속에서밖에 들을 수 없지만요."

머릿속에서 그 멜로디를 되새겼다. 가사를 잊은 곡.

"⋯⋯알 것 같아요. 그러니까, 잊지 않도록 머릿속에서 반복해요. 몇 번이든, 끝없이. 저는 그렇게 여기까지 온 것 같아요."

오미야가 나직하게 말했다. 지금, 중요한 이야기를 들은 기분이었다.

히카리는 기억 속에만 있는 멜로디를 흥얼거렸다. 지금까지 몇 번이나 반복했던 곡. 그날의 감정을 통째로 떠올릴 수는 없지만 그 조각이라도 좋으니 찾고 싶었다.

오미야의 표정이 순식간에 변했다.

"······아직 허상일 뿐 파도만이 반복되지."

"어?"

잠시 후 그게 가사라는 걸 깨달았다. 오미야가 잠꼬대처럼 말을 이었다.

"······멀리서 울리는 천둥소리 물결치는 너의 원피스."

그래, 그러고 보니 그런 가사였다. 히카리는 무심결에 눈을 동그랗게 떴다.

"마음을 흔들어놓네 견딜 수 없이 초조해 언제까지나 길 위에 서 있어 소원을 되풀이하면서 수평선 저 너머에서 다시 만나는 두 사람."

오미야가 작게 흥얼거렸다. 그야말로 히카리의 기억 속에 있던 곡과 똑같았다. 잊고 있던 가사가 선명하게 되살아났다. 라라라, 하는 코러스가 이어졌다. 오미야와 히카리는 작은 목소리로 노래를 계속했다.

오미야의 목소리가 잦아들었다.

"······서."

무슨 말인가를 하려고 했다.

"어디서, 그 노래를 어디서 들으셨죠?!"

오미야는 벌떡 일어나더니 테이블 위로 몸을 내밀었다. 유리잔에 담긴 물이 찰랑찰랑 흔들렸다.

"알려 주세요! 어딘지!"

"오미야 씨, 진정해요."

매니저가 말렸다. 그러나 오미야는 히카리를 계속 다그쳤다. 지금까지의 조용함이 거짓말 같았다. 그 눈에는 빛이 담겨 있었다. 무언가를 갈망하는 빛, 어디서도 찾아볼 수 없던 욕구, 그때 느꼈던 그 예감. 또 무언가가 시작되려는 예감이 들었다.

이 곡은, 늘 엄청난 것을 끌고 온다.

~

겨우 인터뷰를 마무리 지었다.

오미야는 차분한 모습을 되찾았지만 어딘지 멍해 보였다. 히카리는 그 곡을 우연히 들었을 뿐 자세한 건 아무것도 모른다고 말했다. 오미야는 몹시 낙담한 기색이었다.

집에서 오늘의 인터뷰를 정리하며, 오미야를 떠올렸다. 그녀는 어떻게 그 곡을 알고 있는 걸까. 어떻게 가사를 전부 기억하고 있는 걸까. 이 만남은 우연일까.

정신을 차리니 글을 정리하던 손이 멈춰 있었다. 웹 매체 기사의 마감도 다가오고 있어서 늑장 부릴 여유가 없다. 서둘러 인터뷰 기사의 초고를 작성하고, 업무를 정리하기 위해 메일함을 열자, 제목이 없는 메일이 와 있었다. 모르는 주소였다.

'아이바 히카리 님께, 갑작스럽게 메일을 드려 죄송합니다. 오미야 나쓰카입니다.'

내용을 확인하자 금세 심박수가 올라갔다. 왔구나, 하는 생각이 들었다. 뒤이어 읽었다.

'오늘은 소란을 피워서 죄송했습니다. 매니저에게 연락처를 물어서 이렇게 연락드립니다. 그 곡은 제게 정말로 소중한 곡입니다. 언젠가 반드시 다시 만나게 될 거라고 믿었습니다. 아주 작은 거라도 괜찮습니다. 그 곡에 대해 아는 대로 알려주실 수 있을까요. 오미야 나쓰카 드림.'

또 그 멜로디가 머릿속에서 재생됐다. 흐릿한 실루엣이 기타를 치며 노래한다. 분명, 새빨간 기타였다. 보컬의 눈만 보인다. 먼 곳을 바라보던 눈동자.

오미야 나쓰카와의 만남은 우연일까? ……우연일 것이다. 그래도 그 우연을 뿌리칠 생각은 없다. 운명으로 바꾸고 싶다.

히카리는 바로 답장을 썼다.

다음 토요일.

히카리는 다카다노바바 역 앞 광장에 있었다. 수많은 사람들이 히카리와 마찬가지로 누군가를 기다리고 있었다. 평일이 아니다 보니 정장 차림은 적었고, 아직 이른 시간이라 학생들 무리도 없었다.

히카리는 오미야를 기다리는 중이다. 그 공연을 봤던, 모교인 대학교 기숙사를 함께 찾아가기로 했다.

히카리가 학생이었던 시절에는 밤이 되면 이 광장에 사람이 훨씬 많이 모였다. 대학생들의 사교의 장으로 변신하여, 대학생이라는 시기에 걸맞은 시시하고도 강렬한 사건들이 줄지어 일어났다. 돌이켜보면 괴로우면서도 눈부시다. 분명 지금은 보이지 않는 것이 보이던 때였다.

잠시 후 오미야가 왔다. 오늘도 청바지를 입고 위에는 셔츠와 카디건 차림이다. 변장을 할 생각으로 커다란 안경을 쓴 것 같았지만, 명백하게 사람들의 시선을 끌었다.

먼저 말을 걸려고 했는데, 오미야의 시선이 히카리에게 멎더니 이쪽을 향해 달려왔다.

"안녕하세요."

예의 바르게 허리를 꾸벅 숙인 인사에 당황하고 말았다. 왠지 히카리의 땅딸막함을 일깨워 주는 것 같았다. 히카리도 "안녕하세요" 하고 허리를 숙였다. 오늘은 취재가 아니다. 어떤 거리감으로 오미야를 대해야 할지 망설여졌다.

오미야는 고개를 조금 숙이고 있었다. 히카리를 내려다보는 건가 생각했지만 미묘하게 시선이 어긋났다. 할 말을 찾아 헤맸다. 오늘은 날씨도 좋고, 라는 말을 꺼내며 칙칙한 하늘을 올려다봤다.

"……기."

"네?"

"저기, 지난번에는 죄송했습니다."

오미야가 다시 한번 깊게 허리를 숙였다. 주위의 시선이 쏠릴 정도였다. 당황해서 "신경 쓰지 마세요"라고 말했지만, 오미야는 고개를 들지 않았다. 히카리가 어깨를 잡아서 억지로 일으켰다. 그러자 붉어진 볼이 나타났다.

"괜찮아요. 저도 오미야 씨에게 묻고 싶은 게 있었어요."

히카리가 말하자 오미야는 어리둥절한 표정을 지었다. 히카리가 말을 이었다.

"알고 싶어요. 저와, 어쩌면 오미야 씨의 인생을 바꾼 그 사람에 대해서."

나는 왜 기자가 되었는가. 나는 무엇을 믿었는가. 믿음의 끝에는 무엇이 있는가.

실체가 보이지 않는 그 사람이 답을 알고 있을 것 같은 느낌이 들었던 것이다. 오미야는 작게 고개를 끄덕였다. 비슷한 생각을 했는지도 모른다.

두 사람은 인파 속을 걷기 시작했다. 히카리는 걸으면서 평범하게 세상 돌아가는 이야기를 건넸다. 그러나 오미야는 애매하게 대답할 뿐이었다. 문득, 히카리가 물었다.

"……혹시, 긴장하셨어요?"

그렇지 않아도 쭉 뻗은 오미야의 몸이 더욱 경직되었다.

"쉬는 날에, 이렇게 또래 여성분과 어디를 가는 게 너무 오랜만이라서……."

"그렇게 긴장하실 일인가요."

"익숙하지 않아서요."

오미야는 우물거리며 머리를 긁적였다.

여러 가지 면을 지닌 사람인 것 같다. 사전 조사할 때 본 사진은 힘차게 물을 가르는 수영복 차림이 대부분이라, 당당한 표정이 기억에 남았다. 그런가 하면 인터뷰에서는 어딘가 먼 곳을 바라보는 듯한 인상. 그리고 눈앞에 있는 건, 이런 말은 미안하지만 무척 수줍음 많은 여성이었다. 세 가지 모습이 머릿속에서 잘 겹쳐지지 않았다.

"……저, 히카리라고 불러 주세요."

"네?"

"저도 나쓰카 씨라고 부를 테니까요."

히카리는 오미야, 아니, 나쓰카를 향해 웃어 보였다. 나쓰카는 멍한 표정이었지만 이윽고 "알겠습니다, 히카리 씨"라며 수줍게 말했다. 그 표정이 마치 소녀 같았다.

예전에 자주 다니던 대학교 주변은 몇 년 사이에 미묘하게 변해 있었다. 어디에나 있는 체인점이 많이 늘어났고, 늘 지나치던 카페는 사라지고 없었다. 새롭게 들어선 멀끔한 상가 빌딩에는 처음 보는 회사의 간판들이 걸려 있었다. 휴일인데도 학생처럼 보이는 사람들도 많았다. 동아리 티셔츠나 큼지막한 가방을 걸친 모습에서 어렴풋하게 학생의 냄새가 느껴졌다.

"대학가는 이런 느낌이군요."

나쓰카가 문득 중얼거렸다.

"그 말은?"

히카리가 묻자, 나쓰카는 조금 망설이다 이야기를 이어갔다.

"……그게, 저도 대학을 나오기는 했는데요. 스포츠과학부 소속이다 보니 학교생활도 오로지 수영뿐이었어요. 기숙사와 대학교와 수영장을 오가는 나날이었죠. 평범한 학생들은 이런 거리를 걷고, 이런 공기를 마시고, 이런 친구들에게 둘러싸여서 학교생활을 하는구나, 하고 생각했어요. 저보다 더 많은 것을 경험했겠죠."

거리를 바라보는 나쓰카의 눈에 어렴풋이 동경 같은 빛이 감돌았다.

그런 생각은 해본 적이 없었다. 학교생활은 돌이켜보면 활기찼지만, 그 한복판에 있는 동안에는 오히려 희미한 열등감이 있었다. 어디에도 가지 못한 채, 그저 우왕좌왕하며 그 자리에 머물러 있었다. 이 거리의 냄새는 그런 옅은 초조함과 길을 찾는 마음들이 만들어낸 것이다.

나쓰카의 환경은 밝은 전망과 확실한 서포트, 그리고 열정적인 공기로 가득 차 있을 것이다. 마찬가지로 길을 찾는 나날임에는 틀림없지만, 그 방향은 이미 정해져 있다. 그런 삶을 살아온 나쓰카에게 경외심이 들었다. 그 가혹함을 짊어질 생각도 없으면서, 그렇게 힘차게 살아가면 좋겠다는 상상을 해본다.

"나쓰카 씨는 왜 수영을 계속하신 거예요?"

히카리가 묻자, 나쓰카는 미간을 살짝 찌푸렸다.

"……어째서일까요."

"네?"

"잘 생각이 안 나요."

나쓰카는 어색하게 웃었다.

"텔레비전에서 우연히 본 수영 선수를 동경해서 수영을 시작한 건 기억하고 있어요. 그런데 수영하는 사이에 그 동경을 잊어버렸어요."

그런 것이라면 히카리도 알고 있다. 과거에 느꼈던 감정의 촉감을 잊어버리고 마는 것.

"확실하게 기억하는 건 중학교 3학년 때의 일이에요. 줏타…… 그 노래를 불렀던 남자아이예요. 그의 옆에 앉아서, 저는 수영을 계속하겠다고 맹세했어요. 그리고 도쿄의 체육고등학교에 가기 위해 줏타가 있던 마을을 떠났죠. 그때, 계속 수영을 하면 언젠가 다시 줏타를 만날 수 있다고 확신했어요. ……그렇게 단정했어요."

히카리가 봤던 밴드의 보컬, 그의 이름이 줏타인 모양이다.

"……줏타 씨를 만나기 위해 수영을 하는 건가요?" 히카리의 질문에 나쓰카는 고개를 저었다.

"이제 이유를 찾는 건 그만뒀어요."

차가운 북풍이 골목길 안으로 불어왔다. 무심코 몸을 움츠렸다. 차갑고 저릿한 느낌이 몸을 관통해서 사라지지 않았다. 나쓰카가 수영을 하는 건 신앙과 비슷할지도 모른다. 수영을 한다는 형식만이 존재한다.

"저는 다음 올림픽에 나가고 싶어요. 나이를 생각해도 지금이 마지막 기회예요. 그리고 이런 시기에 또 츳타가 제 앞에 나타나려고 해요. 제 소원이 이루어지려는 게 피부로 느껴져요."

역시 나쓰카는 확신을 가지고 있었다.

대학교 안으로 들어갔다. 풍경이 약간 변하기는 했지만, 아까 본 거리와 비교하면 예상을 아주 빗나간 건 아니었다. 살짝 안심하며 걸음을 옮겼다.

남쪽 캠퍼스의 깊숙한 곳. 뒷문을 통해 구내로 들어가 왼쪽으로 한 번, 오른쪽으로 두 번 꺾었다. 잠시 걷다 보면 갑자기 공기가 달라지고, 작은 광장 너머로 낡아빠진 콘크리트 건물이, ...없다.

히카리는 그 자리에 멈춰 섰다.

"......여기가 그 기숙사였던 건가요?"

나쓰카가 물었다. 눈앞에 있는 건 공터뿐이었다. 기숙사 건물은 자취를 감추었고, 광장과 이어진 흙바닥만이 평평하게 다져진 채 노출되어 있었다. 출입금지 로프가 둘러져 있고, 그 너머로는 기숙사 뒤쪽에 있던 연구동이 보였다.

철거되었다. 어느새. 히카리는 전혀 들은 바가 없었다.

"히카리 씨, 괜찮으세요?"

깨닫고 보니 나쓰카가 어깨를 붙잡아 주고 있었다. 겨우 제정신을 차렸다.

"분명, 여기 기숙사가 있었어요. 철근 콘크리트로 지어진 4층 건물. 물건들이 여기저기 흩어져 있고, 사람들도 제멋대로 자유롭게 지내는……."

자유방임 체제였다. 다들 마음 내키는 대로 생활해서, 이게 바로 자유구나, 하고 통감하는 시간이 흘러가는 곳이었다. 그러나 자유로운 만큼 나를 보증해 주는 것이 어디에도 없어서, 뿌리가 없는 스스로를 깨닫고 무서워지기도 했다. 그런 불안한 자유에 단련되어 프리랜서 기자라는 지금의 상황도 그나마 견딜 수 있는 것이다. 여기는 그런 장소였다. *여기가 내 뿌리였다.*

광장에 한 남자가 서 있었다. 수염을 기르고 플란넬 셔츠를 입고 있었다. 공터를 바라보며 담배를 피우는 남자를 향해 히카리가 물었다.

"실례합니다."

"네?"

"여기, 언제 부순 건가요?"

"아아. ……딱 두 달 전에요."

남자는 예전에 이 기숙사에 살았고, 지금은 이 대학에서 영문학을 연구하고 있다고 했다. 그는 회상하듯 말을 이었다.

"허무했죠. 2년 전에 노후화를 이유로 기숙사를 폐쇄하게 됐어요. 당연히 다들 반대했지만, 그즈음에는 이미 기숙사에 사는 사람도 거의 없었거든요. 이벤트를 열어도 모이는 사람이 많지 않았죠. 집세 보조금이 나와서 다들 마지못해 나갔어요. 여기는 연구동을 새로 짓는다고 하네요."

남자는 담배를 다 피우고는 빠른 걸음으로 사라졌다. 이 장소에 어떤 식으로 있어야 좋을지 모르는 것처럼 보였다.

"······흔적은 없는 것 같네요."

나쓰카가 쓸쓸하게 중얼거렸다. 기숙사에 오면 공연 자료가 남아 있지 않을까, 그렇게 생각하고 여기까지 왔는데 기숙사 자체가 없다.

사라지는 건가.

과거가 된다는 것의 의미를 알게 된 기분이 들었다. 분명히 있었던 존재가 사라진다. 아무도 접속할 수 없게 된다. 메마른 절망이 느껴졌지만, 그 절망조차 실재하는 것인지 모호해서 가슴이 먹먹해졌다.

나는 무엇을 믿었던 걸까. ······아니, 애초에 무언가를 믿긴 한 걸까. 그렇게 생각하며 버텼는데.

아니다. 히카리는 분명히 여기서 그 공연을 보았고, 무언가를 믿으며, 지금을 살고 있다.

"나쓰카 씨."

히카리가 입을 열었다.

"······네."

"줏타 씨에 대한 다른 단서는 없나요?"

"네?"

"나쓰카 씨처럼 저도 확신을 갖고 싶어요. 제가 믿었던 걸 확인하고 싶어요. 이게 마지막 기회인 것만 같은 기분이 들어요. 제발, 저에게 조금만 더 기회를 주세요."

머리를 숙였다.

"……우리 사이에 큰 차이는 없을지도 모르겠네요."

나쓰카가 툭 던지듯 말했다. 히카리가 고개를 들었다.

"언제까지고, 포기할 수가 없어요."

나쓰카는 하늘을 바라보고 있었다. 기숙사가 있던 공간에 펼쳐진, 새파란 하늘.

~

자동차의 배기가스가 새하얗다. 매년 가을이 짧아지고 있는 것 아닐까, 그렇게 생각하게 만드는 추위였다. 구름 한 점 없는 새파란 하늘이 공기를 더욱 차갑게 느껴지게 했다.

히카리는 가와구치 역 로터리에 렌터카를 세우고 나쓰카를 기다렸다. 나쓰카가 줏타가 살던 마을을 안내해 주기로 했다. 여기서부터 차로 다섯 시간 정도 걸리는 바닷가 마을이다. 다소 강행군이기는 하지만 못 갈 정도의 거리도 아니다.

근처까지 데리러 가겠다고 하자, 나쓰카는 시원스럽게 집 주소를 알려 주었다. 날 신뢰하고 있다기보다는 사소한 것(주소는 사소한 게 아닌 것도 같지만)에 집착하지 않는 것이리라. 유명인이니까 좀 더 신경 쓰는 편이 좋을 텐데, 하고 친척 아주머니 같은 생각을 했다.

잠시 후 나쓰카가 나타났다. 손을 흔들자 나쓰카도 어색하게 손을 마주 흔들었다.

"오늘 잘 부탁드립니다."

또 반듯하게 인사를 했다.

"운전, 정말 부탁드려도 괜찮으시겠어요?"

"맡겨 주세요. 저 운전 잘해요."

그 마을은 전철로 가도 되지만, 막차 시간이 너무 빨라서 돌아오지 못할 우려가 있었다. 나쓰카는 내일도 연습이 있다고 했다. 그 바쁜 몸을 빌리는 것만으로도 미안했다.

차에 올라타 바로 출발했다. 잠시 후 고속도로에 진입하자 단조로운 길이 나타났다. 나쓰카와는 드문드문 이야기를 나누었지만 점차 말수가 줄어들었다. 이른 시간에 출발해서인지 나쓰카는 졸린 기색이었다.

"눈 붙여도 돼요."

"아니요, 그건 죄송하죠……."

"괜찮아요, 저도 졸리면 잘 거니까."

"네?"

"농담이에요."

대답이 없었다. 운전 중에 한눈을 팔면 안 되니까 반응을 살필 수가 없다. 말하지 말걸.

"……말씀하신 대로, 눈을 감고 있어요."

나쓰카가 웃음 섞인 목소리로 말했다. 차 안이 조용해지자, 작게 틀어 둔 FM 라디오 소리가 귀에 들어왔다. 최신 히트곡 차트의 음악이 흘러나왔다. 그러고 보니 요즘에는 음악을 별로 듣지 않는다. 특히 새로운 노래는 더더욱. 마음이 동하지 않아서 결국 옛날 노래를 듣게 된다. 새로운 걸 좋아하는 일이 점점 어려워진다는 생각이 들었다.

"라디오, 오랜만이네요."

나쓰카가 불쑥 말했다.

"옛날에는 자주 들으셨나요?"

"아니요, 저는 별로. 그런데 줏타가 들었어요. 이상한 주파수에서 방송이 나온다면서, 라디오를 학교에 가져왔어요. 그리운 느낌이 드는 곡들이라고. 중3이 그립다는 표현을 하다니, 지금 생각하면 조숙했던 것 같네요."

나쓰카는 후후, 하고 웃었다. 그 모습이 행복해 보여서 왠지 가슴이 찡해졌다. 회상은 늘 아름답다.

도중에 휴게소에 몇 번 들르고, 점심을 지날 때쯤 고속도로를 빠져나왔다. 새로운 출구가 개통되어서 예전보다 오가기는 편해졌다고 한다. 전철 노선과 나란히 달리자 이윽고 터널이 보였다. 나쓰카가 입을 열었다.

"이 끝에 저와 줏타가 살던 마을이 있어요."

나쓰카의 목소리에서 어떠한 기대가 느껴졌다. 마을을 떠난 뒤에는 한 번도 돌아온 적이 없다고 했다.

터널로 들어갔다. 낡은 나트륨등의 주홍빛 너머로 작은 출구의 빛이 보였다. 그 빛이 점차 커졌다. 하얗고, 눈부시다. 빛을 빠져나간다.

왼쪽이 순식간에 탁 트인 경치로 탈바꿈했다. 검푸른 바다가 펼쳐져 있었다. 수면 위로 선을 그리는 태양의 반사광이 파도에 흔들리고 있었다. 그 바로 앞으로는 바다에 면한 주택지가 펼쳐졌다. 작은 마을이었다.

산의 경사면을 따라 간선도로를 달렸다. 나쓰카는 창밖을 빤히 바라보고 있었다.

"열어도 괜찮아요"라고 말하자, 나쓰카가 창문을 열었다. 차가운 바깥 공기에는 희미한 바다 내음이 섞여 있었다.

"……이런 마을이었어요."

나쓰카의 중얼거림은 바닷바람에 휩싸여 사라졌다.

간선도로가 마을의 중심을 향해 뻗어 내려가는 도중에 중학교가 있었다. 일단 여기가 목적지다. 사전에 전화를 해서 내 이름과 프리랜서 기자라는 직함, 그리고 여기 학생이었던 오미야 나쓰카에 대해 이야기하고 취재 허가를 받았다.

학교 부지는 산에서 밀려나온 것처럼 펼쳐져 있었다. 경사진 토지를 깎아 평평하게 다져 놓은 곳이었다. 학교 현관 옆에 차를 세우고, 내리자마자 기지개를 켰다. 도쿄보다 공기가 맑은 느낌이었다. 그러고 보니 본가에 2년 가까이 돌아가지 않았다는 생각이 들었다. 히카리의 고향은 바닷가는 아니지만 마을의 크기랄까, 분위기가 닮았다.

나쓰카는 차에서 내려 바다를 보고 있었다. 시선 끝에는 완만한 산맥을 따라 집들이 늘어서 있고, 바닷가에는 상점가가 있었다. 더 멀리에는 항구가 있고, 광활한 바다가 펼쳐졌다. 수평선을 바라보는 게 얼마 만인지.

"다시 돌아올 줄은 몰랐어요. 이제 여기에는 오지 않겠지, 하는 생각을 하면서 이 마을을 떠났는데."

나쓰카는 왠지 모르게 맥이 빠져 보였다. 예전의 확신은 때로 의미가 없다.

학교에 들어가 나쓰카가 안내하는 대로 교무실로 향했다. 히카리가 이름을 말하자 교감 선생님이 나와서 두 사람을 응접실로 안내했다.

"프리랜서 기자인 아이바 히카리입니다. 잘 부탁드립니다."

명함을 건네고, "이쪽이 이 중학교 학생이었던 오미야 나쓰카 씨입니다" 하고 나쓰카를 소개했다. 교감은 고개를 숙이며 히카리의 명함을 받아들었다. 이야기를 꺼내려는데, 교감이 먼저 입을 열었다.

"그런데 오미야 씨는, 그…… 수영의 오미야 씨인가요?"

역시 유명인이다. 그 이름을 들어본 적 있는 사람이 많을 것이다. 나쓰카는 조용히 대답했다.

"네, 수영 선수입니다."

"아아, 역시 그렇군요. 이야, 놀랐어요. 설마 그런 분이 저희 졸업생이라니."

"아니요, 여기 다닌 건 중학교 2학년 4월부터 중학교 3학년 2학기 초반 정도까지라, 졸업생은 아닙니다."

"아, 아하, 그렇군요."

교감은 눈에 띄게 아쉬운 얼굴을 했다. 나쓰카는 아무 말도 하지 않았다.

"오늘은 한 남학생을 찾으러 이렇게 찾아뵙게 되었습니다. 나쓰카 씨의 취재의 일환으로."

기리노 줏타의 이름을 댔다. 나쓰카와 같은 나이라고 말하자, 교감이 난감한 표정을 짓더니 무겁게 한숨을 쉬었다.

"……기록이 없지는 않을 텐데, 과연 그게 교내에 있을지 모르겠습니다."

"찾아봐 주실 순 없나요?"

"불가능한 건 아니지만……."

교감은 숙이고 있던 고개를 들어 두 사람을 바라봤다.

"그 정보를 알려 드려도 되는 건지, 솔직히 저로선 판단이 어렵습니다. 요즘 개인정보 문제가 까다롭잖아요?"

개인정보를 운운하며 알려주기 꺼려할지도 모른다는 건 히카리도 예상했던 바였다. 그래서 일부러 나쓰카를 데려왔다. 나쓰카가 있으면 설마 거절당하지는 않을 거라고 생각했던 것이다.

"그걸 어떻게 좀 해 주실 수 없을까요? 이 학교에 다녔던 학생이 옛 친구를 만나고 싶다는, 그런 사소한 일인데요."

"그건 그렇지만……."

교감은 턱에 손을 대고 고민하다 입을 열었다.

"그럼 혹시, 오미야 씨가 이 학교를 다녔다는 증거가 있습니까?"

교감의 질문에 나쓰카는 놀란 표정을 지었다. "증거……"라고 중얼거리다 생각에 잠겼다. 그러나 생각나는 게 없는 듯, 얼굴이 어두워졌다.

"아, 졸업 앨범은 어때요?"

히카리가 말했다. 그거라면 학교에 남아 있을 것이다. 교감도 "그러네요" 하고 중얼거리더니, 무거운 허리를 일으켜 응접실을 빠져나갔다. 교감을 기다리는 동안 나쓰카는 계속 입을 다물고 허공을 바라보고 있었다. 잠시 후 교감이 돌아왔다.

"이 연도가 맞을까요."

그렇게 말하며 앨범을 내밀었다. 나쓰카가 그걸 받아들어 펼쳤다. 나쓰카가 있던 반의 페이지에서 손이 멈췄다. 나쓰카의 시선이 움직이다 이윽고 한 곳에 멎었다. 히카리도 그쪽을 봤다.

기리노 슛타.

작은 증명사진이 실려 있었다. 똑바로 앞을 바라보는 눈. 어린 티가 나는 얼굴이었지만, 그 모습에는 의지를 품은 듯한 강인함이 있었다. 히카리가 머릿속에 그리던 모습과도 일치했다.

히카리는 시선을 옮겨 예전의 나쓰카를 찾았다. 그러나 이름순으로 오미야 나쓰카가 있어야 할 곳에도 사진이 없었다.

나쓰카가 다른 페이지를 펼쳤다. 동아리 활동 페이지. 수영부에도 나쓰카의 모습은 없었다. 나쓰카가 전학 간 후에 찍은 모양이었다. 소풍, 수학여행, 문화제…… 나쓰카의 시선이 기민하게 움직였다. 앨범에는 무수한 웃는 얼굴들이 있지만, 그 얼굴의 주인은 알 수 없다. 페이지를 넘기는 나쓰카의 손이 점차 느려지다, 이윽고 멈추었다.

"……사진이 있던가요?"

교감이 머리를 긁적였다.

결국, 아무 단서도 얻지 못했다.

"죄송합니다."

학교를 나오면서 나쓰카가 고개를 숙였다. 히카리가 괜찮다며 고개를 저었지만, 나쓰카는 미안한 기색을 감추지 못했다.

"흐으음, 어떻게 할까요."

히카리가 중얼거렸다. 사실은 줏타에 대해 뭐라도 정보를 얻고, 그가 살던 집 같은 데를 찾아가보면 좋겠다는 생각이었지만 나쓰카는 줏타의 집이 어디인지 몰랐다. 모르는 것투성이였다.

나쓰카에게 물었다.

"달리 짚이는 데는 없으신가요?"

"······들르고 싶은 곳은 있어요."

그렇게 말하고는 입을 꾹 다물었다. 무언가를 생각하는 모습이었다.

나쓰카가 안내하는 대로 차를 세워두고 걷기로 했다. 산 경사면을 따라 쭉 뻗은 것처럼 보였던 주택가는 걸어 보니 예상보다 훨씬 어지럽게 뒤얽혀 있었다. 거의 다 낡은 집들이었고 그 사이로 작은 계단이 뻗어 있었다. 이따금 땅을 다져서 만든 작은 밭이 나타났다. 발밑에 신경을 기울이면서 계단을 내려가다, 한숨 돌리며 앞을 바라봤다.

눈부시게 빛나는 바다. 어느새 하늘의 색이 노랗게 바뀌고, 바다는 서쪽으로 지려는 태양을 반사하며 반짝이고 있었다.

"아름답죠."

뒤에 있던 나쓰카가 말했다. 히카리는 한 계단 아래에서 그녀를 올려다봤다. 큰 키가 한층 두드러져서 무척 늠름해 보였다.

"마을 친구들에게는 이 경치가 당연했던 모양이에요. 그런데 저는 계속 아름답다고 생각했어요. 아마 이 마을이 저에겐 잠시 머물다 가는 곳이라, 고향 같은 마음은 들지 않아서였겠죠. 어릴 적부터 계속 이사를 다니다 보니, 지긋지긋한 경치 같은 건 제겐 없었어요."

나쓰카가 드문드문 이야기를 이어갔다. 그녀의 이야기는 새로웠다. 이 마을에 와서, 그리고 중학교를 방문하면서 그녀 안에서 다시금 무언가가 정리되고 있었다.

"⋯⋯그래서 저는 수영을 했는지도 몰라요. 몇 번이든, 끝없이 수영을 계속했어요. 제 중심을 지키기 위해서."

히카리는 나쓰카가 수영하는 모습을 떠올렸다.

나쓰카의 수영은 정말 아름답다. 나쓰카를 인터뷰하기 전에 수영하는 모습을 영상으로 봤는데, 무심코 몇 번이나 다시 돌려봤다. 물을 가르는 모습보다도, 그 뒤에 물속에서 몸을 쭉 뻗는 순간이 인상적이었다. 방해하는 건 아무것도 없다는 듯이 매끄럽게 나아간다. 정신을 차리고 보면 다른 선수들을 앞질러 선두에 있다. 얽매임이 없는 가벼운 동작.

"줏타가 가르쳐 줬어요. 동경하는 걸 믿고, 계속 앞을 바라보면 된다고. 다른 건 신경 쓰지 않아도 된다고. 할 줄 아는 게 수영뿐이어도 괜찮다고. 그냥 수영만 하면 돼요. 그 외에는 전부 사소한 일이에요. 나만 나를 인정하면 된다고, 그렇게 믿고 지금까지 왔어요."

나쓰카의 눈동자에 태양이 비쳤다. 힘찬 빛이 뿜어져 나왔다.

눈부시다.

히카리는 눈을 찌푸렸다. 히카리의 머릿속에는 항상 희뿌연 안개가 끼어 있는 것 같았다. 불안과 망설임이 뒤얽힌 생각들. 그걸 떨쳐내고 싶다고 생각하는 한편, 한구석에서는 이 안개에 안도하는 자신이 있었다. 삶이 바뀌는 게 두려웠던 것이다. 그런데 나쓰카는, 온몸에 빛을 두르고 있었다.

걷다 보니 신사에 도착했다. 나쓰카의 목적지는 여기였다. 목조 도리이가 서 있다. 탁 트인 광장이 있고, 그 안쪽으로는 본전이 있는 것 같다. 나쓰카가 그립다는 표정으로 웃었다.

"옛날에, 여기서 본오도리가 열려서 줏타랑 같이 왔었어요. 우리 둘 다 사람들이랑 잘 어울리지 못하면서도 혼자는 왠지 외로워서, 둘이서 춤추는 사람들을 바라봤죠. 마지막에는 친구에게 이끌려서 우리도 춤을 췄지만요. 처음으로 사람들 속에 섞여서 평범해진 기분이 들었어요."

광장을 가로질러 본전으로 향했다. 나무가 우수수 흔들리자 나뭇잎 사이로 비치는 황금빛 햇살이 그에 맞추어 반짝였다. 짭짜름한 바람이, 기분 탓인지 나뭇잎에 윤기를 더하는 듯했다.

히카리의 머릿속에 불현듯 떠오르는 생각이 있었다.

"신사라…… 그러고 보니, 옛날에 미신 같은 게 유행하지 않았어요?"

"미신이요?"

"왜, 그런 거 있었잖아요. 학교 가는 길에 검은 고양이를 보면 불행이 찾아온다든가, 좋아하는 사람의 이름을 써서 베개 밑에 넣어두면 사랑이 이루어진다든가."

"……있었던 것도 같네요."

"신사에 대한 것도 있었어요. 같은 소원을 세 번 빌면, 세 번째 빈 사람의 소원이 이루어진다고요."

"아아."

나쓰카도 떠오르는 게 있는 모양이었다.

"유행했어요, 듣고 보니."

역시 동년배다. 약간 즐거워졌다.

"저, 좋아하는 친구가 있어서 그 친구랑 사귈 수 있게 해 달라고 빌려고 했는데, 첫 번째나 두 번째가 되고 싶지 않으니까 다른 사람이 비는 걸 기다리면서…… 그렇게 도박만 했었죠."

"……저도 소원을 빌었어요."

나쓰카가 작은 목소리로 말하며 쑥스럽게 웃었다.

"뭐라고 빌었는데요?"

"말해야 돼요?"

나쓰카는 볼을 붉혔지만 곧 이야기해 주었다.

"'줏타랑 함께 있게 해 주세요' 하고요."

"귀엽다!"

신사 앞에서 이런 이야기를 나누며 흥분하고 있다니. 신에게도, 그리고 나쓰카의 약혼자에게도 미안한 일이다. ……그렇지만 신에게도 이 정도의 설렘은 필요하리라.

"그런데, 첫 번째와 두 번째로 소원을 빈 사람은 이루어지지 않는다는 게, 참 잔인한 부분이죠."

"네? 그런 거예요?"

나쓰카가 고개를 갸웃했다.

"생각해봐요, 그런 미신이잖아요. 세 번째 소원만 이루어지고 다른 건 절대 이루어지지 않는다는 거죠."

나쓰카는 잘 몰랐던 듯 씁쓸한 표정을 지었다. 그러나 과장된 듯한 그 표정에, 히카리와 나쓰카는 함께 웃어버렸다. 지금의 우리는 과거의 일에 얼마나 동요할 수 있을까.

"……그럼 지금은, 누가 슛타와 함께 있을까요."

나쓰카가 나직하게 중얼거렸다.

히카리는 말없이 본전에 머리를 숙였다. 슛타를 찾을 수 있게 해 주세요, 하고 빌었다. 혹시 나쓰카가 같은 걸 빌었다면, 우리가 첫 번째, 두 번째로 빈 셈이다. 우리의 소원은 이루어지지 않고, 슛타는 찾지 못한다는 말이 된다.

그래도 빈다.

미신은 결국 그 정도라, 무력할 뿐이다. 아니, 소원이라는 것 자체가 무력하다고도 할 수 있다. 사람은 이루고 싶어서 소원을 비는 게 아니다. 빌고 싶으니까 비는 것이다.

단서를 찾지 못한 채 다시 차를 타고 바닷가 상점가까지 왔다. 오는 길에 휴게소에서 요기를 한 뒤로 아무것도 먹지 못해서, 약간 이른 저녁을 먹기로 했다. 오늘 안에는 도쿄로 돌아가야 한다.

슛타에 대한 단서를 찾는 여행은 실패한 게 확실했다. 중학교에서 아무런 소득이 없었을 때부터 이미 예상했던 바다. 슛타와의 연결고리를 찾고 싶다고 생각하면서도, 과연 정말로 그를 찾을 수 있을까 의심이 들기 시작했다. 이상하게도, 이대로 찾지 못하는 것이 슛타답다는 생각마저 들었다.

"……문 닫은 곳이 많네요."

상점가를 앞에 두고 나쓰카가 중얼거렸다. 짧은 아케이드 양쪽으로 가게가 빽빽하게 늘어서 있었지만, 이미 반 정도는 닫혀 있었다. 불투명 창 안에서 새어 나오는 짙은 주황색 빛이 어딘지 골동품 같은 향취를 풍겼다. 저녁 손님들이 오가고 있었지만 전체적으로 조용한 분위기였다.

상점가에 발을 들이고 얼마 지나지 않아서, 나쓰카가 우뚝 걸음을 멈췄다.

"무슨 일……."

물으려다가 입을 다물었다. 음악이 들려왔다. 듣기 좋은 기타 소리.

히카리와 나쓰카는 말없이 소리가 나는 쪽으로 걸음을 옮겼다. 잡음이 섞인 소리가 점차 또렷해졌다. 점점 확신이 들면서, 심장의 고동이 높아지는 게 느껴졌다. 어렴풋이 노랫소리가 들렸다.

그 노래다. 나쓰카와 히카리의 안에서 계속 울려 퍼지던, 그 노래. 슛타의 목소리였다.

소리가 나는 곳에는 꽃집이 있었다. 폭이 좁은 가게 밖으로 화분이 밀려나듯 늘어서 있었다. 꽃을 돋보이게 하기 위함인지, 가게에는 따뜻한 느낌의 조명이 밝혀져 있었다.

히카리와 나쓰카는 서로를 바라보고 고개를 끄덕였다. 누가 먼저랄 것도 없이 가게 안으로 들어갔다.

좁은 카운터에 한 여성이 등을 돌리고 서 있었다. 몸집이 작고 쇼트커트에, 검은색 앞치마를 두르고 있었다. 기척을 느꼈는지 이쪽을 돌아봤다.

"어서 오세요."

그녀는 살짝 고개를 숙이다, 눈을 동그랗게 떴다.

"……나쓰카?"

점원은 나쓰카의 이름을 알고 있었다. 나쓰카는 잠시 멍하니 있다가 이내 입을 열었다.

"아키호?"

"그래! 아키호야, 아키호! 오랜만이다!"

아키호라고 불린 여성이 카운터를 박차듯이 이쪽으로 달려나왔다. 그대로 나쓰카의 어깨를 붙잡고 얼굴을 들이밀었다. 엄청난 박력에 나쓰카는 물론 히카리도 깜짝 놀라고 말았다. 아키호는 순식간에 볼에 홍조를 띠며 환하게 웃었다.

"나쓰카, 와, 정말 나쓰카다! 굉장해!"

"응. 나쓰카야."

"나쓰카! 잘 지냈어? 좋아 보인다, 정말 다행이야!"

"……아아, 옛날 생각나네."

나쓰카는 아키호가 어깨를 잡고 흔드는 대로 마구 휘둘리며 중얼거렸다. 히카리는 어안이 벙벙한 채 그 광경을 바라보고 있었다.

아키호가 작은 의자를 카운터 앞에 꺼내 주었다. 사양했지만, 어차피 손님은 단골들뿐이라며 앉으라고 권유해서 순순히 앉았다.

아키호는 나쓰카의 중학교 동창으로, 지금은 이 꽃집에서 일하고 있다고 한다. 아르바이트로 시작한 일이 재미있어서 그대로 눌러앉게 되었다며 웃었다.

"나쓰카, 뉴스 다 봤어. 정말 수영 선수가 됐구나. 대단하다. 작년 일본선수권, 우승한 거 축하해. 언젠가 꼭 제대로 축하한다고 말하고 싶었어."

대단해, 대단해, 하고 거듭하며 아키호가 빙그레 웃었다. 진심이 느껴지는 칭찬. 이렇게까지 순수하게 누군가를 칭찬할 수 있는 사람을 처음 본 기분이었다. 나쓰카는 쑥스러운 얼굴을 하고 있었다.

이미 슛타의 노래는 끝났고, 다른 곡이 흘러나오고 있었다. 아키호가 고개를 갸웃했다.

"으음…… 이분은?"

"아, 저는 아이바 히카리라고 합니다. 프리랜서 기자예요."

황급히 명함을 내밀자, "기자님? 멋지네요"라며 눈을 빛냈다. 명함을 말똥말똥 들여다보다가 조명에 비춰 보기도 했다. 이런 반응은 왠지 쑥스럽다. 나쓰카의 기분을 조금 알 것 같았다.

"그럼 오늘은, 나쓰카의 취재……?"

"아니요, 그런 건 아니고."

어떻게 설명해야 좋을지 망설여졌다. 나쓰카와 눈이 마주치자, 그녀가 작게 고개를 끄덕였다. 이야기를 해도 좋다는 뜻 같았다.

"기리노 츗타 씨가 지금 뭘 하고 있는지 알고 싶어요."

"······아, 아까 나오던 노래."

아키호가 문득 깨달은 듯한 표정을 지었다. 히카리가 말을 이었다.

"맞아요. 저는 나쓰카 씨와 우연히 알게 됐는데, 둘 다 그 곡을 계속 잊을 수가 없어서 츗타 씨를 찾고 있었어요. 알고 있는 건 그 곡뿐이고, 밴드 이름도 츗타 씨가 지금 뭘 하는지도 아무것도 몰라서, 단서를 찾으러 이 마을에 온 거예요. 그런데 우연히 그 곡이 흘러나와서······."

"그렇군요."

아키호가 카운터 뒤로 모습을 감췄다가 잠시 후 작은 노트북을 가져왔다. 유튜브가 켜져 있었다.

"유튜브 플레이리스트를 재생하고 있었어요. 아까 나오던 노래는, 이거."

화면을 들여다봤다.

<잔잔한 파도에 빠지다 凪に溺れる> song by the noise of tide

재생이 시작됐다. 듣기 좋은 기타 소리. 그 곡이다.

츗타의 여린 보컬이 부드럽게 시작된다. 몇 번을 들어도 아름답다. 그리고 아름답기만 한 게 아니다. 마음에 파문이 이는 게 느껴진다.

"유튜브에서 이런저런 음악을 듣다가, 우연히 발견했어."

아키호가 띄엄띄엄 말을 이었다.

"나, 고등학교도 기리노랑 같은 학교였는데, 기리노가 학교 축제 때 이 노래를 불렀었어. 혼자서. 다른 팀은 다 밴드 카피곡만 했는데 혼자만 자작곡으로, 그것도 기타를 치면서 노래했어. 처음에는 엄청 겉돌았는데."

히카리의 머릿속에 실루엣만 남은 줏타가 무대 위에 서 있다. 학교 체육관 무대에서, 새빨간 기타를 메고 있다. 관객들은 어리둥절하며 그 모습을 바라본다.

"그런데 연주가 시작되니까 분위기가 확 바뀌었어. 겉도는 게 아니라, 압도적이었어. 다들 멍하니 기리노를 바라봤어. 왠지 괴로운 느낌이 들면서 가슴이 따끔거리더라. 무대에 있는 기리노는 눈부셨어. 마지막에는, 이 노래의 코러스를 다 같이 따라 불렀어."

줏타가 무대에 서 있다. 관객이 멍하니 그 모습을 바라본다. 마지막 곡, <잔잔한 파도에 빠지다>를 관객들이 함께 부르기 시작한다. 예전에 히카리가 본 광경과 마찬가지였다.

"나도 같이 노래했어. 감정이 벅차올라서 그만 울어버렸지 뭐야. 왜 울었을까. 축제가 끝나고 다들 기리노를 생각했을 거야. 그렇지만 아무도 그런 말을 하진 않았어. 나도 마찬가지였고. 왠지 모르게 무척 가슴이 먹먹해졌어."

츗타의 목소리가 흘러나오는 가운데, 아키호가 드문드문 말했다. 이야기는 선명했고, 그 속에는 분명 츗타가 있었다. 사람의 마음을 마구 뒤흔들어 놓는 존재. 마음속에서 거대한 무언가가 끌려 나온다. 조용한 열광과 가슴의 통증이 끓어오른다.

아키호가 보여준 영상은 석양이 지는 바닷가의 이미지가 박혀 있을 뿐이었다. 설명란에도 이렇다 할 정보는 없었다. 관련 영상에는 더 노이즈 오브 타이드의 다른 곡들이 있었고, 업로더 페이지에도 다른 밴드의 곡을 그대로 올려 둔 동영상 몇 개가 전부였다. 거의 무작위로 업로드한 듯, 무언가 특별한 의도가 있는 것 같지는 않았다.

"나도 이 곡을 잊을 수가 없었어."

아키호가 중얼거리며 팔꿈치를 괴고 그 위에 턱을 올렸다. 약지에서 반지가 빛나고 있었다. 나쓰카도 같은 곳에 시선이 간 모양이었다.

"아키호, 결혼했어?"

"아, 이거? 응, 맞아. 지난달에 식 올렸어. 예쁘지!"

표정이 순식간에 밝아지며 왼손을 펼쳐 보인다. 행복한 미소가 흘러넘쳤다. 이렇게 미소가 예쁜 사람도 드문데, 하고 히카리는 속으로 생각했다.

"그러고 보니 나쓰카도 약혼했잖아."

"어떻게 알았어?"

"그야 알지."

"그렇게 당연하단 듯이 말하다니."

"당연하잖아."

순간적으로 약간 싸늘한 분위기가 느껴졌다. 아키호의 얼굴에서는 미소가 떠나지 않았다.

"나쓰카에 대한 건 계속 뉴스로 보고 있어. 검색하면 위키피디아에도 나오잖아. 출전한 대회도 다 기억해. 이번에는 수영 월드컵, 그전에는 세계선수권. 거기선 은메달이었지. 경기 장면도 텔레비전에서 봤는데 역시 쭉쭉 앞서가더라. 멋있었어."

아키호의 말은 다 맞았다. 나쓰카는 놀란 기색이었다. 그 표정을 보고, 아키호는 얼굴을 찡그리며 씩 웃었다.

"12월부터는 중국에서 대회가 있지? 그 연습으로 바쁠 거라고 생각했는데. 하긴, 계속 연습만 하진 않겠지. 오늘도 이렇게 내 눈앞에 있고 말이야."

"……어떻게 그렇게 나에 대해서 다 알아?"

"당연하지. 나쓰카는 대단한 사람이잖아. 내가 지금까지 만났던 사람 중에서 가장 대단한걸."

아키호는 또 해맑게 웃었다.

"아니, 그런 게 아니라."

"그런 거 맞아. 나는 나쓰카를 계속 지켜보고 싶어."

아키호는 나쓰카를, 말 그대로 똑바로 바라보았다.

"나쓰카는 역시 멈추지 않았어. 활약하는 모습이 이렇게 외진 곳까지 전해질 정도로 나쓰카는 대단한 존재가 됐잖아. 정말 멋있어. 어디까지든 갈 수 있지. 내게는 그게 무척 눈부셔."

아키호의 눈가에 주름이 졌다. 나쓰카는 아키호에게서 얼굴을 돌렸다. 나쓰카의 눈에서 체온이 빠져나가는 것처럼 보였다.

"기리노의 곡을 듣고 있으면 말이야, 나도 어디까지든 갈 수 있을 것 같은 기분이 들어. ······그럴 리 없다는 걸 아는데도, 그래도 착각하게 돼."

아키호는 먼 곳을 바라보았다. 히카리는 무심코 시선의 끝을 좇았다. 좁은 가게 앞, 건너편 가게의 셔터가 보일 뿐이었다.

밤 9시의 고속도로.

가로등이 일정한 간격으로 늘어서 있다. 지나칠 때마다 차 안이 명멸했다. 모든 색채를 앗아가는 오렌지색 빛. 조수석에 앉은 나쓰카는 조용히 스마트폰을 보고 있었다.

더 노이즈 오브 타이드. 슛타의 밴드 이름을 드디어 알았다. 그 이름으로 검색했다. 두 번째 줄에 공식 홈페이지로 보이는 사이트가 표시됐다(첫 번째 줄은 유튜브의 <잔잔한 파도에 빠지다>였다). 드디어 단서를 찾았다는 생각에 그 사이트에 접속했다. 그러나 표시되는 거라곤 큼지막한 글씨의 사이트 주소와 광고로 뒤덮인 페이지였다. 아무래도 페이지의 관리자가 도메인을 갱신하지 않고 방치한 것 같았다.

히카리는 자기도 모르게 한숨을 흘렸다. 적어도 연락처가 적혀 있다면, 슛타가 뭘 하고 있는지 직접 물어볼 수도 있었을 것이다. 더 노이즈 오브 타이드라는 이름에서 어느 정도의 정보를 얻을 수 있을까. 히카리가 그런 생각을 하며 운전하고 있는데, 나쓰카가 말을 걸었다.

"2015년까지는 확실히 활동했던 것 같아요. 소수지만 블로그 같은 곳에 관련 글이 남아 있어요."

"……해체한 게 딱 그때쯤이에요."

"그랬죠."

다시 침묵. 타이어 소리가 울려 퍼지는 가운데 그 곡이 흘러나왔다. 이제 제목은 안다. <잔잔한 파도에 빠지다>. 나쓰카가 스마트폰으로 재생하고 있었다.

"아까 그 유튜브 영상에 댓글을 달려고요. 새로운 메일 계정을 만들었으니까, 그걸 남기고 연락을 기다릴 거예요. 혹시 츗타가 본다면 눈치챌 거예요. 그게 아니더라도 츗타를 아는 사람에게서 연락이 올지도 모르죠."

나쓰카의 목소리에는 희망이 묻어 있었다. 히카리는 그걸 듣고 이상한 기분에 휩싸였다.

과거는 사라져 간다. 그게 세상의 법칙이다. 공터로 변한 대학교 기숙사를 보고 확실하게 알았다. 그러나 인터넷은 그 법칙을 거스르는 힘이 있는 것 같다.

더 노이즈 오브 타이드의 곡은 전부 조회수가 수만 회는 되었다. 유명 밴드와는 비교도 안 되지만, 그래도 높은 조회수다. 영상이 업로드된 건 2016년 즈음. 이미 밴드는 해체한 뒤였다.

그리고 현재, 그 곡을 아는 사람을 만났다. 사라져야 할 과거의 것이 다시금 존재를 드러내며 퍼져간다. 도달해야 할 곳까지 이어지려고 한다.

"'모든 건 이어져야 하기에 이어져 있다'고 했던가."

히카리가 중얼거리자, 나쓰카가 "무슨 뜻이에요?" 하고 물었다.

"아뇨, 그런 말을 들은 적이 있어서."

어디서 들었더라. 돌이켜 보다 그 시절이 떠올랐다.

대학생 때였다. 당시 히카리는 구제불능인 남자와 사귀고 있었다. 같은 대학 기숙사생이었다. 생활 능력이 제로에 가까워서 히카리가 청소도 해 주고 밥도 해 줬다. 그 남자는 정보학부 학생이었는데, 방에 컴퓨터를 몇 대씩 연결해서 날이면 날마다 가동시키는 괴짜 컴퓨터 오타쿠였다. 그 녀석에게 안겨 있을 때, 실수로 컴퓨터를 발로 찬 일이 있었다. 컴퓨터는 싱겁게 부서졌고, 그 남자는 히카리에게 엄청나게 화를 냈다. 그게 그렇게 화를 낼 일인지, 지금도 꽁한 기분이 든다.

그 남자의 연구 주제가 사물들의 연결 방식이었다. 문과인 히카리가 다 이해할 수는 없었지만, 아무튼 모든 연결에는 법칙이 있다고 했다.

'모든 것은 이어져야 하기에 이어져 있다.'

그런 말을 자주 했었다. 그러나 그 남자에게는 이어져야 하기에 이어져 있는 여자가 많았던 모양이라, 마지막에는 바람을 피워서 헤어졌다. 분풀이로 컴퓨터를 몇 대 더 날려버렸다.

"······그냥, 구제불능인 추억이에요."

쓴웃음을 짓다가 무언가가 머릿속에서 번쩍였다. 무심코 "앗" 하는 소리를 냈다.

"무슨 일이에요?"

"좀 생각난 게 있어서."

다음 휴게소에 차를 세웠다. 바로 스마트폰을 꺼내 웹, 아카이브, 그런 단어를 넣어 검색하자, 웨이백 머신이라는 사이트에 도달했다.

인터넷 아카이브를 위한 사이트다. 그 남자는 이걸 연구에 이용했었다. 여기에 더 노이즈 오브 타이드의 홈페이지 링크를 넣어 보았다. 그러자 과거의 페이지가 표시되었다.

있다!

히카리의 심장 박동이 빨라졌다. 웨이백 머신은 과거 시점에서의 사이트 모습을 표시해 준다. 즉, 기록이 남아 있다면 링크가 끊기기 전의 사이트를 볼 수 있는 것이다. 그곳에 2015년의 아카이브가 남아 있었다. 그 페이지를 열자, 오랜 로딩 끝에 해상도가 낮은 로고가 표시되었다. top, biography, live, news 등의 메뉴 가운데 contact라는 메뉴가 있었다. 그걸 클릭하자, 딱 한 줄의 텍스트가 표시되었다.

메일 주소였다.

~

나쓰카와 바닷가 마을을 찾아간 뒤로 일주일이 지났다.

줏타를 찾는 일은 지지부진했다. 더 노이즈 오브 타이드의 홈페이지에서 발견한 메일 주소에는 연락을 했다. 줏타를 만나고 싶어 하는 사람(나쓰카이기도 하고, 히카리 자신이기도 하다)이 있다는 내용을 보냈지만 아직 답장은 없었다. 나쓰카가 남긴 유튜브 댓글에도 특별한 반응은 없는 것 같았다.

지금은 기다리는 시간이다. 그런 생각을 하며 책상에 앉아 일을 했다. 분명 무언가 반응이 오리라 믿는다. 그러고 보니, 학생시절에도 늘 비슷한 생각을 했었다. 지금은 다가올 미래를 위한 준비 기간이라고, 스스로에게 되뇌며 지냈다.

그렇게 준비에 준비를 더해 도달한 것이 지금의 나인가. ……이런 '지금'에 도달하고 싶었던 걸까?

방금 전까지는 여성용 패션 아이템에 대한 기사를 썼다. 남성이 선물 받으면 좋아할 아이템, 지금 화제를 모으고 있는 잡화점, 프레그런스 전문점 일본 첫 오픈……. 웹 매체에서 의뢰 받아 집필하는 기사다. 나쓰카의 인터뷰 같은 일은 10~20퍼센트 정도. 히카리가 하는 일의 대부분은 웹 기사 작성이었다. 웹 매체의 기사는 질보다는 양이 요구된다. 단가는 싸지만, 요령을 파악하면 많은 기사를 쓸 수 있다. *이대로 일을 잘 마무리하자, 이대로, 잘…….*

옆에서 커피가 식고 있다.

모니터 하단에 알림이 떴다. 깜짝 놀라 기사를 쓰던 손이 멈췄다. 꽤 집중한 사이 시간은 밤 11시를 지나고 있었다. 새 메일이 도착했다는 알림이었다.

'더 노이즈 오브 타이드의 전 멤버인 이시다 마사히로입니다.'

왔다.

순식간에 심박수가 올라갔다. 이제나저제나 기다리던 메일이다. 곧바로 메일을 열었다.

'아이바 히카리 님께, 더 노이즈 오브 타이드의 전 멤버인 이시다 마사히로라고 합니다. 연락 주셔서 감사합니다. 그리고 답이 늦어서 죄송합니다. 어떻게 답변하면 좋을지 몰랐습니다.'

그다음 문장이, 머릿속에 잘 들어오지 않았다.

'기리노 츗타는 죽었습니다.'

죽었습니다.

…….

죽었다.

죽었다고?

머리가 핑핑 돌았다. 아무 생각도 들지 않았다. 호흡이 얕아졌다. 메일에는 내용이 더 있었지만, 시선이 글자 위를 미끄러지기만 할 뿐 의미를 파악할 수가 없었다.

이런 결말이라니.

혼란스러운 한편, 어쩐지 냉정한 목소리가 마음속에 울렸다.

기다리는 시간은, 즉 다가올 순간이 아직 오지 않은 시간은, 어떤 의미에서는 행복할 것이다. 기대보다 아름다운 건 이 세상에 그리 많지 않다.

슬픔이 밀려왔다. 감상적인 게 아니다. 그저 어둡고, 조용하고, 차가운 슬픔이었다.

"히카리 씨?"

"어엇?"

하루카가 불러 세워서 정신이 들었다.

"그쪽은 사무동이니까 안내 데스크에 들르셔야죠."

전에 근무하던 출판사에 또 잡지 일로 회의가 있어서 들렀다. 마사히로에게서 메일을 받은 지 일주일이 지나 있었다.

"미안, 미안."

히카리는 안내 데스크로 발걸음을 돌렸다. 이제 사원증이 없으니까 사무동에 가려면 안내 데스크에 들러야 한다. 새삼스럽게 왜 이럴까.

"……무슨 일 있으세요?"

하루카가 그렇게 물어서 머리를 긁적였다. 지난번 메일을 본 뒤로 머릿속에 납덩어리가 들어 있는 듯한 무거운 기분이 이어지고 있었다. "아니, 그냥 좀"이라고 애매하게 말끝을 흐리다가, 이내 항상 눈부시던 하루카의 표정도 왠지 그늘져 있다는 걸 눈치챘다.

"하루카야말로 무슨 일 있어?"

역시나, 하루카는 씁쓸한 표정을 지었다.

"……사실 남자친구랑 싸웠거든요."

"어머, 웬일이래."

"그러게요. 저도 이런 건 오랜만이라서, 어떻게 해야 될지 모르겠어요."

"그렇구나."

히카리는 고개를 끄덕였지만, 저도 모르게 이런 말을 하고 있었다.

"그래도, 되돌릴 수 없는 일은 아니네."

하루카가 놀란 표정을 지었다. 뒤늦게 이상한 말을 했다는 걸 깨달았다.

되돌릴 수 없는 일이 계속 마음을 짓눌렀다.

그날 저녁, 히카리는 초겨울 코트를 걸치고 이케부쿠로를 걷고 있었다. 이번 계절 들어 이 코트를 입는 건 오늘이 처음이다. 아직 방충제 냄새가 났다. 일몰이 가까웠지만 하늘에는 두툼한 구름이 끼어 있었다. 주위가 무채색으로 점점 어둑해져 갔다.

스마트폰 지도의 안내를 따라, 골목 하나 안쪽에 있는 카페에 도착했다. 통유리창에 히카리의 모습이 비쳤다.

가게 안으로 들어갔다. 흰색과 짙은 갈색의 투톤으로 통일된 깔끔한 가게였다. 약속 장소를 정한 건 마사히로였다. 아직 상대방은 오지 않은 것 같다. 히카리는 4인석에 앉았다.

메일에 답장을 준 이시다 마사히로와 만나기로 했다. 밑져야 본전이라는 마음으로 자세한 이야기를 듣고 싶다고 부탁했는데 바로 승낙해 주었다.

오늘은 나쓰카도 오기로 했다. 나쓰카에게는 마사히로에게서 온 답장을 그대로 전달하고, 함께 만날 건지 물었다. 차마 슛타에 대해 언급할 용기가 없었다. 이틀 뒤, '저도 만나고 싶어요'라는 답장이 도착했다.

"안녕하세요."

머리 위에서 목소리가 들렸다. 고개를 들자 나쓰카가 있었다. 갈색 롱코트가 큰 키를 돋보이게 했다. "안녕하세요" 하고 히카리도 인사를 했지만, 목소리가 미묘하게 갈라지고 말았다.

나쓰카는 평소와 똑같았다. 어딘가 먼 곳을 바라보는 눈빛, 반듯한 자세. 히카리는 아무것도 물을 수 없었다. 나쓰카도 히카리에게 아무것도 묻지 않았다. 그저 슛타의 죽음이라는 사실만이 두 사람 사이에 조용히 가로놓여 있었다.

먼저 커피를 두 잔 주문했을 때, 가게 문이 열렸다. 정장 차림의 남자가 문을 열자, 검은색 니트를 입은 여자가 안으로 들어왔다. 둥글게 부푼 배에 자연스럽게 시선이 갔다. 여자는 배를 살짝 감싸고 걸어왔다. 임신부인 모양이었다.

"아이바 히카리 씨, 오미야 나쓰카 씨…… 맞으신가요?"

남자가 말을 걸어서 네, 하고 대답했다.

"이시다 마사히로입니다. 이쪽은 아내인 아즈사입니다."

소개 받은 아즈사는 살짝 고개를 숙였다. 그리고는 배를 신경 쓰며 조심스럽게 자리에 앉으려고 했다. 무심코 반쯤 자리에서 일어난 채 그 모습을 지켜보자 아즈사가 금세 알아차렸다.

"임신 중이라서요. 그래도 안정기니까 걱정하지 마세요."

아즈사는 또 살짝 고개를 숙였다.

마사히로와 아즈사가 커피와 주스를 주문하자, 히카리가 이야기를 꺼냈다.

"저, 오늘 이렇게 만나 주셔서 감사합니다. ……그러니까, 마사히로 씨와 아즈사 씨는 두 분 다 슛타 씨를 아신다는 거죠."

마사히로가 대답했다.

"네. 저랑 아즈사, 드럼의 히로키와 슛타. 이렇게 넷이 더 노이즈 오브 타이드의 멤버였습니다."

그 말을 들으니 떠올랐다. 분명 여성 멤버가 한 명 있었다.

"베이스를 쳤던 분이 아즈사 씨인가요."

"맞아요. ……벌써 몇 년 동안 치지 않았지만요."

아즈사는 쑥스럽다는 듯 목덜미를 어루만졌다. 검은색 머리는 짧은 쇼트커트였다.

"예전에는 긴 머리였죠?"

옛날 모습이 떠올라서 물어보자, 아즈사는 마사히로를 바라봤다. 두 사람의 시선이 마주치더니 마주 보며 웃었다. 어떠한 감정이 교차한 것처럼 보였지만, 히카리는 그게 뭔지 알 수 없었다.

"맞아요. 그런데 잘랐어요. ······이제 베이스는 안 치게 됐으니까요."

아즈사가 머리카락을 쓸어내렸다. 그녀의 흰 목덜미가 그대로 드러났다. 마치 금방 자른 머리처럼 윤곽이 뚜렷했다.

"오미야 씨는 수영 선수 오미야 나쓰카 씨 맞으신가요?"

나쓰카가 "네"라며 끄덕였다. 여기서도 나쓰카는 유명인이다.

"그런 분과 줏타가 아는 사이였군요."

마사히로가 그립다는 듯 말했다. 나쓰카는 자기 이야기를 시작했다. 중학교 3학년 때 줏타를 만난 것, 줏타가 노래를 불러 준 것, 그 곡이 더 노이즈 오브 타이드의 <잔잔한 파도에 빠지다>가 되었다는 것.

"아아, 그 곡이요."

마사히로가 놀란 표정을 지었다. 아즈사도 비슷한 얼굴이었다. 아즈사가 말했다.

"밴드의 곡은 전부 마사히로와 줏타 씨가 함께 만들었는데, <잔잔한 파도에 빠지다>는 좀 달랐어요. 그건 줏타 씨가 거의 완성된 곡을 가져왔죠. 이미 제목도 정해져 있었어요. 그걸 우리가 다 같이 편곡해서 완성한 거예요."

줏타도 <잔잔한 파도에 빠지다>에 애착이 있었을 것이다. 그는 몇 년 동안이나 그 곡을 계속 불렀다.

"줏타의 삶은, 인생은 어땠나요?"

나쓰카가 물었다. 목소리가 절실한 빛을 띠고 있었다. 마사히로와 아즈사가 얼굴을 마주 봤다. 그리고 마사히로가 입을 열었다.

"……줏타와 만난 건 제가 대학에 입학한 해의 연말이었어요. 저는 줏타보다 한 살 아래입니다. 줏타는 다카다노바바 역 앞에서 혼자 기타를 치면서 노래를 부르고 있었어요. 그 모습이 너무 멋있어서 제가 먼저 말을 걸었죠. 그 뒤로 줏타와 친해졌고, 제가 고등학교 후배인 아즈사를 데려오고 줏타가 드럼의 히로키를 데려와 넷이서 밴드를 만들게 됐어요."

마사히로의 얼굴에는 미소가 떠올라 있었다. 그러나 어딘가 굳은 표정이었다.

"결과만 말하자면, 우리는 4년 후에 해체했습니다. 대학교 기숙사에서 열린 음악제가 마지막 공연이었죠. 그걸 히카리 씨가 보신 것 같네요."

히카리는 바로 고개를 끄덕였다.

"정말 멋있었어요. ……아니, 그게 아니라."

잘 설명할 수가 없었다. 스스로의 빈약한 어휘력을 원망하며 말을 이었다.

"뭐라고 할까, 강렬했어요. 제게도 갈망하던 게 있다는 걸 깨닫게 해 줬어요. 그래서 회사를 그만두고 프리랜서 기자가 됐죠. 제가 마사히로 씨를 만나고 싶었던 건, 줏타 씨를 찾고 있던 건, 그 공연에서 느꼈던 충동을 되찾고 싶어서였어요."

강하게 밀려오는 그날의 감각을 아직도 피부가 기억하고 있다. 마사히로는 커피를 한 모금 마셨다.

　"슛타는 자신의 희망을 내팽개치지 않았어요. 멈출 생각도 없이, 그저 계속 맞서 싸웠어요. 자기가 싸우고 있다는 사실조차 깨닫지 못했죠. ……저희들과는 달랐어요."

　그렇게 말하며 마사히로는 자조하듯 웃었다. 그때, 히카리는 마사히로와 아즈사가 끌어안고 있는 것이 무엇인지 깨달았다. 어째서 히카리와 나쓰카를 만나 주었는지도 이해했다.

　그들도 한 번은 충동을 믿었던 것이다. 히카리가 느꼈던 것과 똑같은 충동을. 그러나 그들은 그 충동을 포기했다. 평온한 생활을 하고 있는 그들은 지금 분명 행복하다. 그렇지만 한번 믿었던 것을 끝까지 믿지 못했다는 사실이, 아직도 그 행복에 질문을 던진다. 네가 행복해도 되는 거냐고.

　나쓰카가 물었다.

　"해체한 뒤에 슛타는 어떻게 되었나요?"

　침묵이 이어졌다. 바로 설명할 수 없다는 사실에 죄책감이 있는 것 같았다. 이윽고 마사히로가 입을 열었다.

　"슛타가 뭘 했는지 정확히는 모릅니다. 슛타와는 그 뒤로 사이가 멀어졌어요. 밴드를 그만두고, 지금 제 아내인 아즈사와 사귀기 시작한 일에 죄책감이 들어서 더 이상 만날 수가 없었죠. 슛타는 시모키타자와의 라이브 하우스에서 공연을 계속했던 것 같아요. 슛타답죠."

마사히로의 미소가 일그러졌다.

"이후에 줏타에 대해 들은 건, 작년이었어요. 경찰에서 전화가 왔습니다. ……줏타가 교통사고로 죽었다는 연락이었어요."

이미 알고 있던 사실인데도, 또다시 가슴이 미어졌다.

교통사고.

뚝, 하는 소리가 들린 기분이 들었다.

마사히로는 고개를 숙인 채 아무 말도 하지 않았다. 말할 수 없는 건지도 모른다. 아즈사가 이어받아 이야기를 계속했다.

"신주쿠 근처의 골목길에서 달려 나오다가 자동차랑 부딪쳤다고 해요. 무언가 서두르고 있던 것처럼, 전화를 하면서 달리고 있었다고 들었어요. 명백히 줏타 씨의 과실이라는 거죠. 저희들끼리 장례식에 갔어요. 줏타 씨의 어머님이 상주였고, 문상객도 별로 없는 작은 장례식이었어요."

고개를 숙이고 있던 마사히로가 주먹을 꾹 쥐었다.

"……줏타의 연락처를 아는 사람이 거의 없었으니까, 사람이 많이 오지 않은 건 당연한 일인지도 모릅니다. 그래도 줏타의 음악을 아는 사람은 분명 훨씬 더 많았을 텐데. 속상했어요."

눈이 충혈되어 있었다. 울먹임이 섞인 목소리였다.

"저는, 속이 상했어요."

한 번 더 그렇게 중얼거리더니 말을 쏟아냈다.

"저는 그 녀석이 계속 노래를 하길 바랐어요. 제가 포기한 걸 미친 듯이 후회할 정도로 유명해지길 바랐어요. ……그런데 모르는 사람이 보면, 결국 제가 옳았던 것처럼 되어버렸어요. 한쪽은 평범한 회사원, 한쪽은 무명 밴드인 채로 사고사. ……그 녀석은 대체 뭘 한 거야. 이러면 안 되는 거잖아. 포기한 인간이 잘 살면 안 되는 거잖아. 내가 태평하게 살면, 안 되는 건데……."

마사히로의 어깨를 아즈사가 말없이 쓰다듬었다. 마사히로의 몸이 들썩거렸다. 아즈사는 아무 말도 하지 않았다. 마사히로는 흐트러진 숨을 고르고는 더 이상 말을 잇지 않았다.

히카리는 그 모습을 우두커니 바라볼 수밖에 없었다.

전부 다 포기할 수 있다면. 그렇게 생각한 적이 있었다. 세상에 글을 남기고 싶다는 어중간한 갈망을 품은 채 이 일을 하고 있다. 내 이름을 인터넷에서 검색해봐도 극히 소수의 페이지밖에 나오지 않는다. 프리랜서 기자는 이름이 남는 일이 아니다. 자기 감성을 살려서 글을 쓸 수 있는 것도 아니다. 바라던 것과는 무언가가 결정적으로 어긋난다. *이제 희망을 포기해도 되지 않나, 지금이 포기할 때 아닌가.* 그렇게 생각한 적도 많았다.

눈앞에 무언가를 포기한 사람이 있다. 마사히로는 울고 있었다. 포기한 것을 후회하며 우는 게 아니다. 포기한 것이 옳았기에 울고 있는 것이다. 한번 희망을 꿈꿨던 자가 치러야 할 대가가 이런 것일까.

"줏타의 사고는 우연이었나요."

또렷한 목소리.

문득 정신이 들었다. 옆에 앉은 나쓰카가 마사히로와 아즈사를 똑바로 바라보고 있었다.

"줏타는 어째서 서둘렀던 건가요. 누구와 통화를 했나요."

나쓰카에게 상대방을 배려하는 기색은 없었다. 그저 알고 싶은 사실을 물을 뿐이었다.

생각해보면 아키호와 만났을 때도 그랬다. 나쓰카는 다른 사람의 고뇌를 알아차려도 전혀 신경 쓰지 않고, 바로 거리를 둔다. 나쓰카의 수영을 떠올렸다. 나쓰카는 오직 앞으로 나아가려고 한다. 조용하게, 거침없이. 나쓰카는 이미 고뇌와는 먼 곳에 있었다.

마사히로와 아즈사가 침묵하는 사이, 나쓰카는 스마트폰을 꺼냈다.

"줏타에 대해 알고 싶어서 유튜브 영상에 연락처를 남겼어요. 무언가 아는 사람이 있다면 연락 달라는 댓글을 달았죠. 그랬더니 메일이 한 통 왔어요. 그 의미는 모르겠지만요."

그리고 메일 화면을 보여주었다. 히카리도 처음 보는 메일이었다.

'줏타는 제 신이었어요.'

그뿐이었다. 메일 주소는 랜덤으로 나열된 글자처럼 보였다. 히카리는 소름이 돋았다. 메일 너머로 정체를 알 수 없는 존재를 느꼈다. 감정의 색채는 모르겠지만, 이 메일의 발신인이 줏타를 생각하는 마음 또한 강렬했다.

모든 화살의 끝에는 슛타가 있다. 모두가 슛타를 생각하고, 마음이 어지럽혀진다.

슛타 씨, 당신은 대체 어떤 사람인가요.

히카리는 무서워졌다.

"……세이라?"

마사히로가 작게 내뱉었다. 나쓰카가 즉시 물었다.

"세이라가 누군데요?"

"고사키 세이라. 슛타랑 쭉 사귀던 여자예요."

나쓰카의 눈이 조금 동그래졌다. 아즈사가 "세이라 씨……"라며 말끝을 흐렸다. 마사히로가 말을 이었다.

"세이라는 슛타를 신이라고 불렀어요."

신.

마사히로는 불쾌한 표정이었다. 히카리가 물었다.

"세이라 씨는 어떤 사람인가요?"

"이런 말은 좀 그렇지만, 위험한 여자였어요. 때때로 슛타를 속박하려고 했고, 언제나 불안정했죠. ……그래도 슛타는 세이라와 계속 만났어요. 고등학교 때부터 사귀었고, 세이라를 도쿄로 데리고 나온 것도 슛타였어요. 밴드가 해체했을 때도 헤어졌다는 말은 못 들었어요."

히카리가 마음속으로 그리고 있던 슛타의 이미지가 흔들렸다. 아즈사가 입을 열었다.

"장례식에서 세이라 씨를 봤어요. 멍하니 의자에 앉아 있었죠. 엄청나게 초췌한 모습으로. 또렷하게 기억이 나요."

줏타가 죽기 전까지도 세이라는 줏타와 사귀었던 건가.

"메일 발신인에게 직접 물어볼게요."

나쓰카가 스마트폰에 글자를 입력하기 시작했다.

'당신은 고사키 세이라 씨인가요? 더 노이즈 오브 타이드의 마사히로 씨와 아즈사 씨에게 들었습니다.'

그렇게만 입력하고 보냈다.

"……이제 어떻게 하실 건가요."

마사히로가 나쓰카에게 물었다. 조금 기가 죽은 모습이었다. 나쓰카는 바로 대답했다.

"혹시 발신인이 세이라 씨라면 만나러 갈 거예요. 이야기를 듣고 싶어요."

망설임이 없다. 처음 만났을 때부터, 그녀에게 망설임은 없었다.

나쓰카의 스마트폰이 진동했다. 새 메일이 도착했다는 알림. 나쓰카가 바로 메일을 열었다. 답장이 와 있었다.

'맞아요.'

그뿐이었다. 무심코 숨을 들이켰다. 나쓰카도 바로 답장했다.

'당신을 만나서 이야기를 하고 싶어요.'

역시 아무런 망설임도 없이 발송했다. 모두가 테이블 위의 스마트폰을 말없이 지켜보고 있었다.

2분 뒤, 또 답장이 왔다.

'기다릴게요.'

주소가 적혀 있었다. 번지까지 자세하게 적힌 주소였다. 그쪽으로 오라는 말일 것이다. 그런데 어디선가 본 기억이 있는 주소였다.

"이거, 츳타 씨의 고향 주소예요."

산기슭을 따라 난 도로에서 바라보던 바다의 풍경이 되살아났다. 세이라는 그 마을에 살고 있는 걸까?

나쓰카가 다시 답장을 썼다.

'지금 도쿄에서 그쪽으로 가도 될까요. 오늘 중에는 도착할 거예요.'

그 글을 히카리에게 보여주었다. 말은 없지만, 그렇게 보내도 되는지 묻고 있었다. 히카리는 자기도 모르게 고개를 끄덕였다. 나쓰카는 바로 발송 버튼을 눌렀다. 이번에는 1분 정도 후에 답이 왔다.

'네.'

그뿐이었다.

히카리가 렌터카 예약을 하려고 하자, 마사히로가 자기 차를 빌려주겠다고 했다. 거절하려 했지만 마사히로와 아즈사가 완강하게 권유했다. 그들이 사는 아파트는 카페 근처였고, 조금 걸으니 주차장이 있었다. 마사히로가 말했다.

"저희 대신 이야기를 들어 주세요. 아즈사를 두고 갈 수는 없고, 지금 아즈사를 멀리까지 데려갈 수도 없어서요."

아즈사는 임신한 몸이니 멀리 외출하기는 어려웠다. 마사히로에게서 자동차 키를 건네받았다. 키와 함께 무언가 커다란 임무를 넘겨받은 듯한 기분이 들었다. 마사히로가 입을 열었다.

"가족이 늘어나요. 이제 부모가 되는데, 언제까지 끙끙대고 있을 수만은 없겠죠. 저도 알아요. 잘 알고 있어요."

아즈사가 마사히로의 등에 손을 얹고 말없이 쓰다듬었다. 히카리는 그들이 행복하기를 바랐다. 그늘이 있으니 양지가 있는 것처럼, 고뇌가 있으니 행복이 있는 거라고 말해 주고 싶었다. 그러나 그건 누구보다도 마사히로 스스로가 단언해야 하는 것이다.

마사히로와 아즈사의 배웅을 받으며 주차장을 빠져나왔다. 사이드미러로 모습이 보이지 않을 때까지, 두 사람은 나란히 서 있었다.

차 안에 난방을 세게 틀었다. 이제 겨울이다. 갑작스러운 긴 여정이었지만 나쓰카가 메일을 보여주었을 때부터 마음의 준비를 하고 있었다.

자동차가 고속도로에 진입했다. 타이어와 지면이 마찰하는 소리가 울렸다. 그 외에 소리는 없었다. 라디오를 틀 기분도 아니었다. 나쓰카가 나직하게 말했다.

"줏타가 죽었다는 사실을 알게 된 날에도 연습이 있었어요."

히카리는 이야기가 어디로 흘러갈지 몰라서 애매하게 고개를 끄덕였다.

"히카리 씨가 보내 준 메일을 보고, 연습을 하러 갔어요. 늘 하는 연습을 늘 하던 대로 소화했어요. ……평소랑 똑같았죠."

나쓰카의 말투는 담담했다.

"이제 저는, 멈출 일은 없겠다고 생각했어요."

그렇게 이야기가 끝났다.

우리는 줏타의 뒤를 쫓는다. 이미 죽은 사람을 만나기 위해 아직도 달려간다. 이미 결말을 아는데도 계속해서 나아간다. 잠은 전혀 오지 않았다. 모든 것이 보류된 채, 지금 이 순간만이 잔잔하게 흘러가고 있었다.

~

선로와 평행하게 이어지는 터널을 빠져나가자 작은 마을의 빛이 보였다. 대부분의 집들이 잠들어 있었다. 신호등이 미니어처처럼 빛났고, 바다 쪽은 빨려 들어갈 듯 어두웠다. 아직도 구름이 끼어 있어 하늘에 별은 보이지 않았다.

밤 11시가 조금 안 된 시간. 휴게소에 한 번 들른 것을 제외하면 멈추지 않고 달려왔다. 신기하게도 몸이 지치지 않았다. 오히려 긴장해 있었다.

탁 트인 거리 위로 하얀 가로등 불빛이 지면에 원을 그리고 있었다. 간선도로에서 골목으로 꺾어 들어가 낮은 주택가 사이를 천천히 달렸다. 이윽고 목적지인 건물이 모습을 드러냈다.

연식이 있어 보이는 작은 단층 주택이었다. 불투명 유리에서 하얀빛이 새어 나왔다. 집 앞에 차를 세우고, 코트를 걸치고 내렸다. 찬 공기가 천천히 흘러들었다. 춥다. 팔로 몸을 감싸자 고동 소리가 느껴졌다.

나쓰카와 눈이 마주쳤다. 히카리는 작게 고개를 끄덕이고 집으로 향했다. 현관 앞에 서서 초인종을 눌렀다. 안에서 무언가 소리가 났다. 그러나 그것도 잠깐.

울음소리.

아기 울음소리가 울려 퍼졌다. 문이 열렸다. 몸집이 작은 여성이 서 있었다. 50대로 보이는 여성으로, 몸집이 작은 히카리보다도 더 키가 작았다.

"죄송해요, 아기가 갑자기 울어서⋯⋯ 잘 오셨어요."

그녀는 난처한 얼굴로 미소를 보이며 깊이 허리를 숙였다.

"저, 실례지만 누구신지⋯⋯."

나쓰카가 망설이며 묻자, 여성은 얼굴을 들었다.

"기리노 줏타의 엄마입니다."

강렬한 빛을 품은 주름진 작은 눈이 이쪽을 바라봤다.

어째서 줏타의 엄마가 여기에. 한순간 그런 생각이 들었지만 냉정하게 다시 생각했다. 애초에 여기는 줏타의 고향 마을이다. 이 집은 줏타의 본가일 것이다. 올바른 질문은 이거다.

어째서 세이라가 여기에.

나쓰카가 다시 물었다.

"여기에 세이라 씨가 있다는 연락을 받았는데요."

"저도 그 애에게서 당신들이 올 거라는 얘기를 들었어요. 어서 들어오세요."

재촉하는 대로 신발을 벗고 집에 들어섰다. 아기 울음소리는 조금씩 잦아들다 이윽고 들리지 않게 되었다.

"세이라는 이 안에 있어요."

왼쪽 장지문을 가리키며 들어가라는 시늉을 했다. 그리고 살짝 목례를 하더니 오른쪽 방으로 들어가버렸다. 히카리는 나쓰카를 바라봤다. 나쓰카는 작게 고개를 끄덕이며 장지문을 열었다.

머리가 긴 여자가 온화한 얼굴로 아기를 안고 있었다. 애지중지하는 눈빛으로 배냇머리를 쓰다듬고 있었다. 둥근 형광등 아래, 장식이 없는 고타쓰식탁 밑에 난로가 붙어 있고 그 위를 이불로 덮어 놓은 일본식 난방 기구 옆. 두 사람의 맑은 숨소리가 조용히 울렸다.

여자가 히카리와 나쓰카를 향해 얼굴을 돌렸다.

"……오미야 나쓰카 씨인가요."

"네. 고사키 세이라 씨?"

세이라는 작게 고개를 끄덕이고 또 아기를 쓰다듬었다. 어떤 답이 돌아올지 어렴풋이 예상하면서, 히카리는 주저하며 물었다.

"그 아기는 대체 누구인가요?"

"노조미. ……저와 줏타의 아이예요."

놀라움보다는 초연함이 컸다. 엄마가 아니라면 만들어낼 수 없는 따스함이 방 전체에 감돌고 있었다. 세이라가 히카리 쪽을 봤다.

"그쪽은?"

"아, 저는 아이바 히카리라고 합니다. 저도 슛타 씨를 찾고 있어서요."

"왜요?"

"네?"

"왜 찾는 건가요?"

세이라의 검고 커다란 눈동자가 이쪽을 향하고 있었다. 빨려 들어갈 듯한 기분을 느끼면서 단어를 골랐다.

"저는 프리랜서 기자예요. 슛타 씨의 곡을 듣고, 마음이 움직여서 이 직업을 선택했어요. 그런데 그 감정을 잃어버려서 앞으로 나아갈 수가 없어요. 그때 믿었던 게 뭐였는지 알고 싶었어요."

……말을 하는 동안 스스로도 위화감을 떨칠 수 없었다. 왜 이 마을에 찾아왔는지를 알기 위해 이 마을에 찾아왔다. 같은 자리를 뱅뱅 도는 미로 속에 갇힌 기분이 들었다.

"세이라 씨, 당신은 왜 여기 있는 건가요?"

나쓰카가 선 채로 물었다. 세이라는 담담하게 대답했다.

"슛타가 죽은 뒤, 슛타의 어머니가 저를 거뒀으니까요."

"슛타는 왜 죽은 건가요?"

"교통사고가 나서요."

"왜 교통사고가 났나요?"

"급하게 달려가다가 길에 뛰어들었으니까요."

"왜 급하게 달렸나요?"

세이라의 대답이 멈췄다. 역시 그녀는 무언가를 알고 있는 것이다. 잠시 침묵이 이어진 뒤, 다시 한번 세이라가 입을 열었다.

"제가 죽겠다고 말했으니까요."

방 안의 공기가 얼어붙었다.

"……왜요?"

"그걸 들어서 뭘 어쩌시려고요?"

"뭘 어쩌려는 게 아니에요. 그저 슛타가 어떻게 살았고, 어떻게 죽었는지 알고 싶을 뿐이에요. 슛타와 함께 있던 당신에 대해서도 전 알고 싶어요."

세이라가 무거운 한숨을 쉬었다.

나쓰카는 계속 기다렸다. 늘 그렇다. 그녀는 알고 싶은 걸 알아내기 위해서라면 배려 따위는 조금도 하지 않는다.

세이라는 작게 입을 열었다가 다시 닫았다. 노조미의 머리를 한 번 쓰다듬고는 천천히 이야기를 시작했다.

"전 고등학교를 졸업하고 슛타와 함께 도쿄에 갔어요. 제 본가는 이 옆 마을이에요. 엄마한테 맞고 살던 저를 슛타가 데려가 줬어요. 슛타는 제 신이었어요. 음악만 생각하고, 저 같은 건 조금도 바라보지 않았죠. 그러니까 저는 슛타의 옆에 있을 수 있었어요. 저를 사랑한 사람은, 다 제게서 떠나갔으니까요.

도쿄에서 함께 살기 시작하고도 슛타의 초점은 저를 향하지 않았어요. 훨씬 멀리, 제게는 보이지 않는 거대한 무언가를 보고 있었죠. 저를 바라봐 주지 않는 슛타 때문에 괴로웠지만, 그 괴로움이 저를 살게 했어요. 죽고 싶은 마음은 사라지지 않았지만, 마음속은 항상 고요했어요.

슛타는 밴드를 만들고 점점 더 음악에 집중하기 시작했어요. 이전과는 다른 눈빛을 품게 되었죠. 아마 밴드가 슛타를 바꾼 거라고 생각해요. 밴드의 우정, 혹은 유대 같은 것들…… 제가 얻지 못한 것에 슛타는 얽매였어요. 저는 그게 마음에 안 들어서 밴드 연습을 방해하곤 했어요. 제가 좋아하는 슛타는 그 누구에게도 시선을 주지 않고, 계속 먼 곳만을 바라보는 사람이었으니까.

그런데 밴드가 해체한 날, 슛타가 술에 잔뜩 취해서 울더라고요. 그런 슛타를 보고, 저는 떠올렸어요. 옛날에 슛타가 '다른 사람들이랑 있으면 잘 안 돼'라고 불평한 적이 있었어요. 그건 제 이야기이기도 했죠. 저는 고고한 슛타가 좋았어요. 그런데 슛타는 분명, 고고함 따위를 바란 적은 단 한 번도 없었을 거예요.

……그 뒤로 슛타는 또 변하기 시작했어요. 무언가 씌었던 게 빠져나가면서 빠져나가선 안 될 것마저 함께 잃어버린 것처럼, 멍하니 먼 곳을 바라봤어요. 그리고 그 시선을 제게 돌리다가

도, 문득 다시 예전의 눈빛으로 돌아가곤 했어요. 춧타는 밴드가 해체한 뒤로도 음악을 계속했어요. 솔로가 된 뒤로 그의 음악을 듣는 사람이 갑자기 늘어났어요. 그래도 그가 혼자라는 사실은 변하지 않았죠. 저는 춧타를 어떻게 대하면 좋을지 몰랐어요.

어느 날, 저는 임신했다는 사실을 알게 됐어요. 엄마가 된다는 건 생각해본 적도 없었으니까, 무척 당황했죠. 그리고 가장 무서웠던 건…… 춧타에게 임신했다는 사실을 알렸을 때, 그가 저를 끌어안았던 거예요. 아주 다정한 눈빛이었어요.

그래서 깨달았어요. 춧타가 저를 사랑하고 있었다는 걸요. 춧타는 더 이상 신이 아니었어요. 저는 그 자리에서 도망쳤어요. 춧타를 잃어버릴 거라는 생각이 제 몸을 지배했거든요. 빌딩 옥상에서 전화를 걸어서 지금 죽을 거라고 말했어요. 춧타는 바로 오겠다고 했고, 저는 기다렸어요. 기다렸지만, ……춧타는 오지 않았어요."

세이라는 이야기를 멈췄다.

잠시 후, 퍼뜩 깨달았다. 그게 전부였다. 춧타는 세이라를 구하러 오던 도중에 사고를 당한 것이다. 나쓰카는 아무 말도 하지 않았다. 더 이상 왜냐고 묻지도 않았다.

조용한 방에 노조미의 숨소리만이 들려왔다. 규칙적으로 반복되는 울림은, 아직 그 무엇에도 물들지 않았다. 세이라가 또 부드러운 눈빛으로 노조미를 쓰다듬었다.

"그리고 줏타의 어머니가 저를 거둬 주셨어요. 손주랑 그 엄마를 내버려둘 순 없다면서, 저와 줏타에게 무슨 일이 있었는지도 묻지 않으셨죠. 무슨 일이 있었다고 짐작은 하셨을 텐데…….

저는 이 아이를 낳기로 했어요. 배 속은 계속 따뜻했고, 그 밖에 모든 것들은 차디차게 식어 있었어요. 노조미를 낳고 나서야 이 아이를 낳은 이유를 깨달았어요. 노조미가 저와 줏타를 이어주고 있었기 때문이에요. 저는 줏타를, 한참 멀리로 가버린 줏타를 붙잡아 두고 싶었어요. 이 세상에서 가장 소중한 존재를 잃었다는 걸, 그때 뼈저리게 느꼈어요."

세이라는 이야기를 끝내고 나서도 노조미를 계속 쓰다듬었다. 그녀는 시시한 추억이라도 이야기하는 것처럼 미소 짓고 있었다. 슬픔이 단단하게 굳어져서 이제는 아무렇지도 않다는 듯한 얼굴이었다.

히카리는 그 모습을 보면서, 나쓰카와 세이라의 만남에는 의미가 없다는 걸 깨달았다. 나쓰카는 수영을 멈추지 않을 것이고, 세이라는 상실을 인정하고 있다. 그저 확인을 하는 시간만이 흐르고 있었다. 히카리의 물음 역시 똑같았다. 이제 의미가 없다. 왜냐하면, 히카리에게 '글쓰기를 그만둔다'는 선택지는 이미 없기 때문이다.

"저도 하나 물어볼게요."

세이라가 나직하게 말했다. 히카리는 귀를 기울였다.

"저는 어떻게 하면 노조미를 잃지 않고 살 수 있을까요?"

세이라는 옆에 서 있는 히카리와 나쓰카를 바라봤다. 노조미를 끌어안은 가녀린 팔이 작게 떨리고 있었다. 그 팔로, 여러 가지 것들을 받아들이려고 했던 걸까. 미처 다 받아들이지 못한 채 넘쳐버리고 만 걸까.

"그걸 묻고 싶어서 저를 여기로 불렀군요."

나쓰카가 세이라를 내려다보며 말했다. 세이라가 몸을 움츠렸다. 그 몸짓이 긍정을 드러냈다.

나쓰카가 아무리 슛타의 죽음에 대해 캐물어도 세이라는 초연했다. 당연하다. 지금의 세이라를 살게 하는 건, 오직 한 가지 바람뿐이니까. 노조미를 잃고 싶지 않다는 것.

"그 질문의 답은 몰라요."

나쓰카가 말했다. 세이라는 슬픈 얼굴이었다. 그러나 나쓰카가 말을 이었다.

"그래도, 당신은 이제 죽고 싶다는 말 같은 건 하지 않겠죠."

세이라가 나쓰카를 바라봤다. 나쓰카는 자신을 응시하는 커다란 눈동자에도 전혀 주눅 들지 않고 이야기했다.

"상실을 메우려고 하지 말고, 그 공백과 함께 살아가세요. 슛타에 대한 이야기를 들려 준 당신은 그럴 각오가 되어 있어요."

얼굴빛 하나 바뀌지 않고, 그저 사실을 알리듯이 말했다.

"이제 당신은, 제대로 살아갈 수 있어요."

형광등이 진동하는 소리가 들릴 정도로 방 안은 적막했다.

세이라가 작게 미소 지었다.

"그러네요."

작은 목소리로 그렇게만 말하곤 다시 한번 노조미를 꽉 끌어안았다.

히카리와 나쓰카가 방을 나왔다. 세이라와 노조미는 방에 남아 있었다. 장지문을 닫아서 이제 그 안의 모습은 알 수 없다. 그저, 노조미는 조용히 잠들어 있는 것 같았다.

현관에는 줏타의 어머니, 가나가 서 있었다. 그녀는 두 사람을 향해 고개를 숙였다.

"감사했습니다."

감사를 받을 일은 아니라고 생각했다. 모두에게 이미 답이 나와 있었다. 그 답을 반복하기만 하는 시간이었다.

히카리가 물었다.

"……저기."

"네."

온화한 표정이었다. 나쓰카와 세이라의 대화가 전부 들렸을 것이다.

"당신은 어째서 세이라 씨와 함께 사는 건가요?"

가나에게 세이라는 아들을 죽게 한 여자라고 할 수 있다. 가나는 미소를 머금은 채 눈을 감았다 떴다. 그 눈동자가 또렷하게 빛났다.

"세이라가 저랑 겹쳐 보이더라고요."

문득 생각이 났다. 슛타의 아버지는 한참 전에 세상을 떠났다. 하지만 가나는 남편뿐만 아니라 아들까지 잃었다. 그런데도 미소를 짓고 있다.

"장례식에서 세이라를 만났을 때, 저랑 상관없는 사람이라고 생각할 수가 없었어요. 그 애는 슬픔의 밑바닥에 있었고, 희망을 잃은 상태였죠. 마치 남편을 잃었을 때의 저 같았어요. 그리고 이야기를 나눠 보니 배 속에 아이가 있다지 뭐예요. 그래서 우리 집으로 불렀어요. ……손주의 얼굴은 한 번쯤 보고 싶은 법이죠."

가나는 장난기가 배어나는 표정으로 수줍게 웃었다. 이 타이밍에 유머를 구사하는 도량에 경외심마저 들었다.

떠나기 직전, 가나가 CD를 건넸다. 더 노이즈 오브 타이드의 앨범이었다.

"슛타가 줬어요. 몇 장 있으니까 드릴게요."

현관 앞에서 그녀가 나직하게 말했다.

"옛날에는 저도 밴드를 했었어요. 남편이랑 저랑, 다른 한 사람까지. 밴드는 해체했고, 남편은 세상을 떠났지만요……. 슛타에게는 음악을 시키고 싶지 않았어요. 음악은 제게서 많은 것을 빼앗았고, 또다시 커다란 걸 빼앗아 갈 것 같은 기분이 들었거든요. 그래도 슛타는 역시 음악을 시작했어요. 그런 운명이었던 거겠죠. 그리고 예상대로, 음악은 제게서 또다시 소중한 걸 빼앗아 가버렸어요."

히카리의 손에 쥐어진 CD를 바라보며, 가만히 말을 이었다.

"저는 음악이 원망스러워요. 그래도 줏타의 곡은, 정말 좋더군요."

"……저기."

히카리가 마지막으로 물었다.

"뭐죠?"

"어떻게 그렇게 강인하게 웃으실 수 있는 건가요?"

가나는 순간적으로 허를 찔린 듯한 표정을 지었다. 그러나 바로 조금 전의 미소로 돌아왔다.

"그 반대예요."

"네?"

"점점, 이렇게 웃는 것밖에 할 수 없게 되더라고요."

어느새 새벽 1시가 지나 있었다. 몸에(어쩌면 마음에) 묵직한 피로가 밀려왔다. 난방을 강하게 틀었다. 오늘은 차에서 잘 수밖에 없다. 나쓰카가 좋은 곳을 알고 있다고 했다. 그녀의 안내에 따라 차를 몰자 바닷가 제방 근처에 도착했다. 제방 옆에 차를 댔다. 조수석 창밖으로는 새까만 바다가 펼쳐져 있었다.

"이 근처에서 줏타가 그 노래를 연주해 줬어요."

나쓰카가 나직하게 말했다.

"줏타는 뭘 보고 싶었던 걸까요."

"네?"

자동차 내비게이션과 계기판의 불빛만으로는 나쓰카의 표정을 알아볼 수 없었다.

"츳타는 수영장에서 항상 멀리 있는 바다를 바라봤어요. 그가 계속 먼 곳을 바라봤기 때문에 저도 수영을 계속할 수 있었어요. 츳타의 노래를 들으면 어떤 예감이 들었어요. 그의 시선 끝을 상상하며 거기에 내 모습을 겹쳤고, 츳타가 계속 먼 곳을 바라보기를 바랐어요. 그런데 그건 제 소원이었을 뿐, 츳타의 소원은 아니었죠. 츳타가 정말로 보고 싶었던 건 뭐였는지, 저는 이제 영원히 알 수 없겠네요."

히카리는 피부의 열기가 가만히 식어가는 걸 느꼈다.

츳타의 곡을 들었을 때 소름이 돋았던 경험, 그것만이 근거였다. 그가 보는 것을 나도 보고 싶다고 생각했고, 그에게 무언가가 보이고 있다고, 그를 흔들리지 않는 사람이라고 믿었다.

"츳타를 츳타로 만든 건, 우리들이었는지도 몰라요."

아무도 없는 뒷자석에서 누군가가 손가락질을 하는 기분이었다.

"그럼에도 우리는 그에게서 예감을 발견하겠죠."

나쓰카가 가볍게 숨을 들이켰다. 그리고 숨을 내쉬면서 가만히 긴장을 풀며 작게 말했다.

"츳타가 죽기 직전에 달렸던 건, 그저 여자친구를 위해서였어요. 어디 먼 곳이 아니라, 바로 가까이에 있는 존재를 보려고 했던 거죠. 그는 사랑 속에서 죽었어요. 운명에 짓눌린 게 아니라요. 저는 그게 기쁘고, 조금 쓸쓸해요."

눈꺼풀에 빛이 느껴졌다.

히카리는 천천히 눈을 떴다. 잠에 취한 눈 위로 강렬한 빛이 쏟아졌다. 시계를 보니 새벽 6시가 지났다. 좌석을 한껏 뒤로 젖히고 잠들었는데도 온몸이 딱딱하게 뭉쳐 있었다. 히카리가 움직이자 나쓰카도 눈을 떴다.

"제가 깨웠나 봐요."

"아니요, 괜찮아요."

나쓰카는 창밖을 보며 중얼거렸다.

"일출이네요."

바다에서 빨간 태양이 얼굴을 내밀고 있었다. 나쓰카가 창을 열자 찬 기운이 조용히 흘러들어왔다. 빛이 그러데이션으로 무수한 색을 퍼뜨리며 짙은 청색의 하늘을 물들였다. 검은 바다에 빛줄기가 쏟아지며 잔잔한 파도를 비추었다.

나쓰카가 자동차 포켓에서 무언가를 꺼냈다. 슛타의 어머니에게서 받은 앨범이다. 히카리와 나스카의 눈이 허공에서 마주쳤다. 틀어도 되는지 묻는 것 같아, 히카리는 고개를 끄덕였다.

CD 플레이어에 앨범을 넣자 CD를 읽어 들이는 소리가 작게 나다가 음악이 흘러나왔다. 듣기 좋은 기타 소리, 견실한 베이스, 가슴을 뛰게 하는 드럼, 아련하게 깔린 오케스트라. 슬며시 노래가 시작된다. 가사 없이 허밍하는 소리. 슛타의 목소리다.

아름다운 첫 곡.

나쓰카가 조용히 말했다.

"줏타에 대해서 알게 되고, 세이라 씨를 만나고, ……그래도 아무것도 변하지 않았어요."

히카리는 천천히 물었다.

"아무것도 변하지 않을 거라고, 처음부터 알고 있었던 거 아닌가요?"

"아마 그럴지도 몰라요."

나쓰카가 웃었다. 그러더니 표정이 바뀌었다. 고요한 눈빛으로 바다를 바라본다.

"저는, 제가 지금까지 믿었던 걸 앞으로도 믿고 나아갈 거예요. 그뿐이에요."

앨범은 계속 재생됐다. 차 안에 줏타의 목소리가 가득 울려 퍼졌다. 그런데도 그의 부재가 강하게 느껴진다. 태양은 바다에서 점점 멀어지며 하늘에 흰빛의 영역을 펼치고 있었다. 어느새 익숙한 기타 멜로디가 흘러나왔다. 앨범의 마지막 곡이었다.

바람이 멎은 새까만 바다
라디오에서 흘러나오는 노이즈
예감은 아직 허상일 뿐
파도만이 반복되지

멀리서 울리는 천둥소리
물결치는 너의 원피스
마음을 흔들어놓네
견딜 수 없이 초조해

언제까지나 길 위에 서 있어
소원을 되풀이하면서
수평선 저 너머에서
다시 만나는 두 사람

 열린 창을 통해 흘러나간 소리가 하늘로 녹아든다. 바닷바람에 감싸인 채 바다로 실려가 수평선 너머로 나아간다. 또 예감이 든다. 무언가가 시작될 것만 같은 설렘, 근거 없는 기대, 아름다운 충동.

 히카리는 예전의 광경을 떠올렸다. 기숙사에서 봤던 그 공연. 그때 분명 믿었던 것이 있었다. 순도 100퍼센트의 믿음 말이다. 그것만으로 이미 충분하다. 믿음이 있었다는 사실만으로도 나아갈 수 있다.

 나쓰카는 바다를 바라보고 있었다.

 "줏타, 나를 조금만 더 나아가게 만들어 줘."

 그렇게 중얼거리고 있었다.

 역시 그렇다. 우리는 계속 나아갈 것이다. 나아가는 것에 더 이상 의미는 없다. 글을 쓰는 의미, 물속을 헤엄치는 의미, 기타를 치는 의미, 이 세상을 살아가는 의미……. 그런 건 진즉에 잃어버렸다. 그래도 잃어버린 것들은 채워지지 않는 공백으로 각자의 몸 안에 존재한다. 지워지지 않는 가슴속 아픔이 우리를 계속 살게 한다.

극적인 카타르시스는 이제 없다. 그럼에도 어렴풋한 희망을 끌어안고, 오늘도 살아간다.

~

블로그를 갱신했다. 줏타를 둘러싼 이야기였다.

긴 글이 되었다. 나쓰카에게도 허락을 받아 겪은 일 하나하나를 글로 썼다. 글이 모든 걸 드러낼 수는 없지만, 가능한 한 빠짐없도록 정성껏 표현을 골랐다. *이 글도 또 하나의 믿음이 될 수 있을까.* 그렇게 생각하며 업로드했다.

나쓰카는 중국 대회에서 우승했다. 겉보기에 선수로서의 컨디션은 최고라고 할 수 있었다. 지극히 아름다운 수영이라며 여러 매체와 인터넷상에서 호평 일색이었다. 그러나 분명 본인은 담담하게 일상을 반복하고 있을 뿐이리라.

히카리도 나름대로 평소처럼 기사를 썼다. 단단한 확신을 가지고, 그럼에도 변하지 않는 일상을 보내고 있었다.

어느 날, 또다시 전 직장인 출판사를 방문했다. 나쓰카와 인터뷰를 했던 잡지에서 또 기사를 몇 꼭지 쓰게 되었는데, 그 회의에 참석하러 온 것이다.

자동문을 통과하자 안내 데스크에 익숙한 모습이 보였다. 오늘도 하루카가 일하고 있었다.

"하루카, 좋은 아침."

아무렇지 않게 말을 걸었다. 그러나 하루카는 바로 몸을 일으키더니 안내 데스크를 빠져나왔다.

"히카리 씨!"

"엇, 왜 그래?"

"블로그!"

"뭐?"

"그 블로그 뭐예요!"

블로그라면, 내 블로그를 말하는 건가? 대체 그게 어쨌다는 걸까. 하루카에게 블로그에 대해 이야기했던 기억도 없다.

하루카는 남들의 시선도 신경 쓰지 않고 히카리에게 스마트폰 화면을 보여주었다. 히카리가 쓴 블로그 기사였다.

"이거 내가 이번에 쓴 건데."

"맞아요. 지금 엄청 화제잖아요."

"뭐?"

그 글을 쓴 뒤, 왠지 만족스러운 기분이 들어서 인터넷에서 멀어져 있었다. 히카리도 황급히 스마트폰을 꺼내 관리자 페이지에 들어갔다. 눈이 휘둥그레졌다. 접속자가 급격하게 늘어 있었다. 평소에는 100명도 안 되는데, 지금은 2만 명을 넘어섰다.

"아니, 이게 대체 무슨 일이야?"

하루카가 다른 화면을 보여줬다. 트위터였다.

'데뷔를 목전에 둔 그날, 그는 세상을 뜨고 말았다. 그립고 슬픈 마음을 금할 수가 없다. http://www.thenoiseoftide.xx/news'

링크를 열자, 전에 도메인이 만료되었던 더 노이즈 오브 타이드의 홈페이지가 되살아나 있었다. 그리고 뉴스란에 '2018년 10월 23일, 보컬 기리노 줏타 사망. 28세'라는 내용이 실려 있었다. 아무래도 마사히로가 사이트를 갱신한 모양이었다.

트위터에 글을 쓴 건 기타자와라는 음악 프로듀서였다. 하루카의 말에 따르면 음악계를 이끄는 밴드의 대부분이 그의 손을 거쳤으며, 올림픽 음악 감독이었다고 한다. 그런 사람이 줏타를 알고 있었다.

"이걸 올린 다음에 히카리 씨의 블로그도 트윗했어요."

봐요, 라며 또 다른 화면을 보여주었다. 히카리의 블로그 주소가 실린 트윗. 둘 다 수천 회 이상 리트윗되었다.

"저도 이 곡을 알거든요. 얼마 전에 유튜브에서 우연히 발견했는데, 그 뒤로 몇 번을 들었는지 몰라요. 좋은 곡이라고 생각했는데, 보컬이 이미 죽었다고 해서······."

하루카가 시선을 떨어뜨리며 중얼거렸다.

"듣자마자 엄청나게 좋았어요. 무언가를 좋아하게 된 게 너무 오랜만이라서 놀라울 정도로."

히카리를 바라보던 시선이 허공으로 옮겨갔다.

"뭐랄까, 어딘가 먼 곳까지 갈 수 있을 것만 같은 기분이 들었어요. 제게도 무언가가 기다리고 있다는 생각이 들어서……."

블로그에는 댓글이 수백 개나 달려 있었다.

'이 기사를 읽고 <잔잔한 파도에 빠지다>를 들었어요. 너무나 아름다운 곡이라서 더 슬퍼요.'

'오미야 나쓰카 선수의 영상을 보다가 이 기사에 도달했어요. 저로선 그녀가 왜 수영을 하는지 알 수 없어서 조금 무서워지더군요.'

'역시 천재는 빨리 죽는구나.'

'더 노이즈 오브 타이드의 공연을 본 적이 있어요. 추억이라 미화됐는지도 모르지만, 정말 좋았어요.'

'이 밴드, 시모키타자와의 전설이라고 들었는데.'

'더 노이즈 오브 타이드가 밴드였구나. 솔로로 활동하던 것밖에 몰랐는데.'

'이게 누군데?'

'이 곡을 이제야 알았어요. 살아 있는 동안에 알았으면 좋았을 텐데.'

'이 곡을 듣고, 무언가 예감이 들었어요.'

댓글에 적힌 감정은 제각각이었다. 그러나 사람들은 무언가 거대한 것을 느끼고 있었다.

다시 한번, 블로그의 관리자 페이지를 확인했다. 접속자가 아직도 늘어나고 있다. <잔잔한 파도에 빠지다>의 영상도 확인했다. 20만 회라는 조회수와 무수한 댓글이 눈에 들어왔다. 그곳에도 수많은 감정이 흘러넘치고 있었다.

히카리는 멍하니 엘리베이터를 타고 위로 올라갔다. 잡지 편집부 층에 도착해 히카리에게 일을 의뢰한 편집자의 데스크로 가자, 편집자 옆에 낯선 사람이 서 있었다.

"아아, 어서 와."

"안녕하세요."

약간 멍한 상태였던 히카리가 마침 처음 보는 사람의 모습에 당황하자, 편집자가 "회의 전에 소개할 사람이 있어"라며 옆에 선 남자를 향해 손을 뻗었다.

"처음 뵙겠습니다."

그렇게 말하며 건넨 명함에는 음악 잡지를 주로 발행하는 출판사 이름이 적혀 있었다. 이름은 미야모토였다. 히카리도 황급히 명함을 내밀자, 미야모토가 깍듯하게 고개를 숙였다.

"블로그 잘 봤습니다. 꼭 만나 뵙고 싶어서 갑작스럽지만 이렇게 찾아왔습니다."

히카리는 어안이 벙벙해졌다. 미야모토는 낭랑하게 이야기를 계속했다.

"그 블로그 기사, 임팩트가 있고 무척 흥미롭더군요. 음악으로부터 인생을 부각시키는 구성과 음악에 대한 거리감도 무척 좋았습니다."

똑바른 시선이 당황스러웠다. 그러나 내 글을 칭찬하고 있다는 사실을 깨닫자 따뜻한 감정이 치밀어 올랐다.

"괜찮으시다면 저희 잡지에도 기사를 써 주실 수 있을까요? 프로듀서인 기타자와 씨의 특집을 실으려고 하는데, 그 안에 더 노이즈 오브 타이드의 이야기를 넣고 싶습니다. 저도 개인적으로 그 밴드를 아는데……."

파도의 잔재가 느껴지고 어슴푸레한 빛이 비친다. 머릿속에 그 기타 멜로디가 재생된다.

잡지에 슛타에 대한 기사를 쓸 수 있다. 히카리에게는 더없이 좋은 기회다. 그러나 그보다도, 이제는 슛타가 히카리를 쓰게 만든다는 기분도 들었다.

그는 사라지지 않는다.

미야모토의 말이 이어졌지만, 그 말은 히카리의 귀를 그저 스쳐 지나갈 뿐이었다. 히카리의 의식은 밀려오는 파도를 향해 있었다. 슛타가 몇 번이나 반복했을 멜로디가 커다란 파도를 만들었다.

슛타는 죽고, 파도의 근원은 사라졌지만 확실하게 연결되어 점점 퍼져나간다. 무수한 사람들 안으로 스며들어, 어렴풋한 환상 같은 희망을 보여준다. 사람들이 슛타의 그림자를 본다.

그리고, 엄청난 것을 끌고 온다.

에필로그

다시
현재, 세이라

얇고 하얀 커튼 너머로 햇빛이 은은하게 비친다. 뒷산에서는 매미 울음소리가 들려왔다. 어느새 여름이 성큼 다가와 있었다.

세이라는 청소기를 끄고 기지개를 켰다. 오늘은 파트타임 근무를 쉬는 날이라 집을 꼼꼼히 청소하고 있다. 눈에 보이지 않는 곳까지 확실하게 먼지를 털어내고 나니 방이 점차 반짝거린다. 바람직한 삶이라는 생각이 든다.

오후 4시가 지나 있었다. 시계를 보고 큰일 났다는 생각이 들었다. 청소에 꽂혀서 아직 저녁 찬거리를 사지 못했다. 오늘은 노조미랑 같이 장을 보러 가야겠네, 하고 속으로 중얼거렸다.

이제 곧 노조미가 학교에서 돌아올 시간이다. 매일 아침 책가방을 메면 노조미의 자세가 꼿꼿해진다. 나름대로는 어른이 된 것 같은 기분인 모양이다.

　텔레비전에서는 드라마 재방송이 끝나고 저녁 시간의 와이드 쇼가 시작되었다. '드디어 올림픽 개막'이라는 제목으로 영상이 흘러나왔다. 지난 올림픽을 되돌아보는 영상이다. 그 감동을 다시 한번 느껴 보자는 취지인 것 같다.

　멍하니 바라보고 있다가 수영 경기 하이라이트 화면이 비춰지자 정신이 들었다. 레인의 정면에서 특수 카메라로 촬영한 영상. 평영으로 물을 가르며 물보라 속에서 선수가 머리를 내미는 모습이 보인다.

　긴장된 표정. 물안경을 쓰고 있어도 그녀가 집중하고 있다는 게 또렷이 보였다. 부드러운 움직임으로 물과 하나가 되어 앞으로 쭉쭉 나아간다.

　레인을 위에서 촬영한 영상에서 그 선수는 2위와 박빙의 차이였지만 이윽고 머리 하나 정도 앞서나가기 시작했다. 실황 중계 아나운서와 해설자가 흥분을 감추지 못하는 모습으로 "가랏!" 하고 소리쳤다. 그대로 풀사이드를 터치했다. 경기장이 환호성으로 뒤덮인다.

　그 선수가 경기장의 커다란 액정 패널을 바라봤다. 자기 순위를 확인한 뒤 천천히 숨을 들이쉬고 안도한 듯 다시 내뱉었다. 그리고는 고개를 들어 위쪽을 한참 바라봤다. 풀 밖으로 나오자 코치로 보이는 사람을 필두로 스태프들이 몰려들었다. 누군가가 국기를 건넸다. 그 선수는 어리둥절해 보였지만 이윽고 이해한 듯 국기를 어깨에 걸쳤다.

국기로 몸을 한 번 감싼 뒤 활짝 펼쳤다. 가벼운 움직임이었다. 감정을 폭발시키듯 빙글빙글 돌자, 국기가 나부끼며 그녀의 몸을 감쌌다. 무언가에서 해방된 듯 그녀는 폴짝폴짝 뛰었다.

벌써 이렇게 지났나.

세이라는 텔레비전 화면을 바라보며 흐뭇한 미소를 지었다.

그때 초인종이 울렸다. 세이라는 황급히 거실을 나가 현관문을 열었다. 노조미였다.

"어서 와. ……무슨 일이야?"

평소에는 "다녀왔습니다"라며 바로 인사를 한다. 그러나 오늘의 노조미는 고개를 숙인 채로 그 자리에서 움직이지 않았다. 세이라가 쪼그려 앉아 "무슨 일 있었니?"라고 묻자, 노조미가 세이라에게 안기더니 그대로 엉엉 울기 시작했다.

"아이고…… 괜찮아, 괜찮아……"라며 그저 머리를 쓰다듬어 줄 수밖에 없었다. 우선 아이를 집 안으로 데리고 들어왔다.

"……무슨 일이야. 뚝 그쳐야지."

노조미의 얼굴을 보며 머리를 쓰다듬었다. 노조미는 눈물을 훔치며 흐느꼈다.

"있잖아……"

"응."

"나는 왜, 아빠가 없어?"

세이라의 얼굴이 굳어졌다. 심장이 쿵 하고 내려앉는 기분이었다.

"오는 길에, 애들이 다, 나는 아빠가 없다고, 그랬는데, 왜, 없어?"

노조미는 눈물을 닦아내며, 끅끅거리면서 애써 이야기한다.

"······그건 말이야, 그건, ······그건."

말이 나오지 않았다.

"······미안해."

세이라는 꾹 참았다. 이런 얼굴을 보이고 싶지 않았다. 노조미에게서 얼굴을 돌리고 작은 뒤통수를 계속 쓰다듬었다.

미안, 미안해.

세이라의 머리에 작은 손이 얹혔다. 놀라서 고개를 들었다. 그 손이 어색하게 세이라의 머리카락을 쓰다듬었다.

"죄송, 해요."

노조미는 어느새 울음을 그치고, 작게 흐느끼며 세이라를 걱정스럽게 바라보고 있었다. 그 난처한 표정에서 어렴풋이 떠오르는 얼굴이 있었다.

"노조미는 다정하구나."

아이의 머리를 쓰다듬으며 말했다. 벌써 이렇게 훌쩍 컸다.

노조미를 진정시킨 뒤 장을 보러 집을 나섰다. 약간 늦었지만 아직 밝은 시간이었다. 주홍빛 하늘에 넓게 퍼진 커다란 구름이 흘러가고 있었다. 집들 사이로 바다가 보였다. 슬며시 불어오는 바닷바람이 눈물 자국을 식혀주듯 볼을 어루만졌다.

산의 완만한 경사를 따라 내리막길을 걷는 도중에 익숙한 모습이 보였다.

"어머, 노조미랑 세이라 아니니."

맞은편에서 온화하게 웃으며 손을 흔드는 여자, 가나다. 가나는 노조미의 할머니이자, 슛타의 엄마다.

"여기서 만나네."

"그러게요. 장 보러 가는 길인데, 같이 가실래요?"

"좋지."

가나는 마침 파트타임 근무가 끝나고 돌아가는 길이었다. 세이라와 노조미, 그리고 가나는 지금도 한집에 산다. 생활비도 같이 부담한다.

"오늘 학교에선 재미있었니?"

가나의 물음에 노조미는 대답이 없다. 그저 입을 삐죽거리고 있을 뿐이다.

"어머, 누구랑 싸웠니?"

가나가 노조미를 바라보다 세이라를 봤다. 세이라는 어떤 얼굴을 해야 할지 몰라, 어색하게 시선을 돌렸다.

"……뭐, 그런 일도 있는 거지."

가나는 또 미소를 지었다. 분명 모든 걸 꿰뚫어 봤을 것이다. 옛날부터 그랬다.

하늘은 쪽빛 물감을 물에 풀어놓은 듯 조금씩 밤의 색깔로 물들고 있었다. 슈퍼마켓으로 가는 길에 신사가 있다. 그 앞을 지나치려고 할 때, 마침 도리이에 조명이 켜졌다. 노조미가 깜짝 놀라 뚫어져라 바라보았다.

"······노조미, 같이 참배하고 갈까?"

가나가 말했다. 괜찮지? 하고 세이라를 향해 웃어 보였다.

"참배?"

노조미는 참배가 뭔지 모르는 것 같았다. 세이라가 설명했다.

"참배란 건 말이지······. 으으음······ 부탁드려요, 이거 해 주세요, 저거 해 주세요, 하고 소원을 비는 거라고 해야 하나."

"참배······."

노조미는 눈을 깜박거렸다. 세이라의 이야기는 잘 이해가 안 된 모양이다. 세이라는 무심코 어렵네, 하고 생각하고 말았다.

"어쨌든, 가보자."

가나가 웃으며 말했다. 세 사람은 도리이를 지나 신사 안으로 들어갔다. 항상 지나쳤던 곳인데, 이렇게 참배를 하러 들어온 건 처음이다. 광장을 지나 나무가 우거진 참배길로 들어섰다. 바로 작은 건물이 나왔다. 본전이다.

세이라는 새전신령이나 부처 앞에 바치는 돈을 던져 넣고 노조미의 손을 잡아 합장하는 모양을 만들어 주었다.

"이렇게 소원을 비는 거야."

노조미는 대충 이해한 것 같았다. 손을 모은 채 눈을 꼭 감았다. 그 모습을 보고, 세이라도 손을 모았다. 빌고 싶은 건 없지만, 일단 고개를 숙였다. 내용이 없는 기도.

세이라와 가나가 고개를 들 때까지 노조미는 눈을 꼭 감고 있었다. 그 모습이 귀여워서 얼굴을 마주 보며 웃었다.

"노조미, 이제 됐어."

세이라가 말하자, 노조미는 고개를 번쩍 들었다. 가나가 물었다.

"그렇게 열심히 뭐라고 빌었어?"

노조미는 바로 대답했다.

"아빠랑 함께 있게 해 주세요, 하고."

세이라가 할 말을 찾지 못한 채 가나를 보자, 가나도 허를 찔린 듯한 표정이었다. 아무 말도 할 수 없었다. 그저 노조미만 멀뚱멀뚱, 세이라와 가나 사이에 서 있었다.

집에 돌아와 찬거리를 정리하고 있는데, 노조미가 거실에서 잠들었다. 세이라는 잠든 노조미에게 얇은 담요를 덮어 주었다.

저녁식사를 준비하면서 가나와 이야기를 나눴다. 꼭 하고 싶은 일이 있었다. 그걸 이야기하자, 가나는 잠시 생각에 잠기더니 알았다며 고개를 끄덕였다. 생각이 많았을 것이다. 그래도 해야 할 일이라고 세이라는 생각한다.

"밥 다 됐어."

거실을 향해 외치자 노조미가 번쩍 눈을 떴다. 배가 고팠는지 식탁까지 종종걸음으로 달려왔다. 셋이서 식탁 앞에 앉아 동시에 잘 먹겠습니다, 하고 인사했다.

처음엔 세이라도 가나도 많이 먹는 편이 아니라서 식탁에 올라오는 반찬의 양이 그리 많지 않았다. 그러나 요즘에는 노조미가 먹는 양이 날이 갈수록 늘어나, 많다 싶을 정도로 요리를 한다. 남자아이는 남자아이다.

도쿄에 살 때, 좁은 부엌에서 만든 요리를 사이에 두고 줏타와 마주 앉았을 때도 비슷한 생각을 했었다.

노조미는 오늘도 잘 먹었다. 식탁의 접시가 깨끗하게 비워지고, 세이라는 설거지를 시작했다. 하루의 살림 미션은 거의 끝났고, 평소라면 이제부터 거실에서 노조미와 시간을 보내다 잠들었을 것이다. 그러나 오늘은 하고 싶은 일이 있었다.

세이라는 붙박이장 안에서 짐을 꺼냈다. 오랜만에 보는 물건. 그걸 거실까지 옮겼다.

"노조미."

"응?"

노조미는 눈을 깜박거리며 세이라를 바라봤다.

"보여주고 싶은 게 있어."

그리고 커다란 짐을 노조미 앞에 놓았다.

먼지를 뒤집어쓴 기타 케이스.

"……이게 뭐야?"

"아빠 거…… 아니, 이제 노조미 거야."

노조미는 흥미롭게 바라보다가 조심스럽게 지퍼를 열고 안에 든 걸 꺼냈다. 새빨간 바디가 나왔다. 그 반짝임은 여전했다. 그 광택에 노조미가 숨을 들이켰다. 거의 노조미의 키만 한 기타를 힘차게 꺼냈다. 기타에 이끌리고 있는 듯 보였다. 그 모습을 가나가 조용히 바라보았다.

케이스 안에서 갈색 봉투가 떨어졌다.

'돌려드립니다. 오미야 나쓰카.'

올림픽이 끝나고 한 달 뒤, 우편물이 도착했다. 세이라는 봉투의 내용물을 꺼냈다. 하늘색 피크였다.

노조미는 기타에 푹 빠져서, 기타 바디를 손으로 쓱쓱 어루만지고 있었다. 무언가, 핏줄 같은 게 느껴졌다. 세이라는 조용한 전율을 느꼈다.

"……이렇게 해서, 치는 거야."

세이라는 기타 스트랩을 노조미의 어깨에 걸어 주었다. 노조미가 세이라를 멍하니 바라봤다. 작은 손에 피크를 쥐어주고, 그 손을 부드럽게 감싸 줄을 튕겼다.

…….

여섯 개의 줄이 오랜만에 흔들렸다. 시간이 그렇게나 흘렀는데도 여전히 아름다운 소리였다. 소리가 울려 퍼지고, 겹쳐지고, 물결친다. 조용한 집에 소리가 스며든다.

줏타.

희미한 모습이 느껴진다. 다시 한번, 그 존재가 이어진다.

노조미는 눈을 동그랗게 뜨고 있었다. 볼이 발그레하게 물든 채, 입을 오물거리고 있었다. 세이라가 노조미의 손을 놓았다. 이번에는 혼자서, 노조미가 다시 한번 기타를 쳤다. 또다시 소리가 울려 퍼졌다. 또 친다. 또 울린다.

가나는 눈을 꾹 감고 있었다. 세이라도 눈을 감았다. 말도 안 되는 소원을 빌었다.

또다시, 노조미가 기타를 쳤다.

그 소리는 어디까지든 나아갈 것이다.

옮긴이의 말

잔잔한 일상에서
발버둥 치는 마음

 이 책의 원제는 '凪に溺れる'이다. '나기(凪)'는 풍력계급이 0인 무풍 상태, 바람과 파도가 멎어 잔잔해진 해수면을 뜻한다. 그런 고요하고 잔잔한 바다에 빠져 허우적대다니 아이러니하달까, 정적이면서도 격렬한 이미지를 동시에 가진 제목이다. 거친 파도가 휘몰아치는 삶을 사는 것은 아니지만, 타성에 젖은 삶에도 만족하지 못하고 '발버둥 치는 마음'을 표현한 제목이라고 한다.

 소설은 그렇게 무료한 일상을 살아가던 직장인 하루카의 시점으로 시작된다. 하루카는 흔히 말하는 유튜브 알고리즘의 인도로 the noise of tide라는 밴드의 노래를 듣게 된다. 처음 듣는 밴드임에도 그 영상은 높은 조회수를 기록하고 있다. 하루카는 그 노래에 푹 빠져들지만, 밴드의 보컬인 기리노 춧타가 지난해 이미 죽었다는 사실을 알게 된다. 과연 그에게 무슨 일이 있었을까. 그리고 이 곡이 뒤늦게 화제가 된 이유는 무엇일까.

뒤이어 춧타와 관련된 인물들의 시점에서 이야기가 펼쳐지면서 진실이 밝혀진다. 중학교 시절의 첫사랑 나쓰카, 고등학교 시절의 친구이자 연인인 세이라, 춧타와 함께 밴드를 꾸렸지만 결국 꿈을 포기하고 만 마사히로, 춧타 아버지의 동료였던 기타자와, 춧타의 음악을 듣고 꿈을 향해 나아갈 용기를 얻은 히카리. 이들은 모두 춧타의 노래를 통해 바다 저편으로 나아가고 싶다, 나아갈 수 있을 것 같다는 강렬한 '예감'을 느낀다. 그 예감을 믿고 끝까지 나아가기도 하고, 나아갔지만 예상과는 다른 곳에 도달하기도 하고, 또는 포기하고 가까이에 있는 행복을 찾기도 한다. 각 장의 인물들은 이렇게 저마다 다른 선택을 하게 되지만, 한때 느꼈던 예감과 그로 인해 얻은 행복 또는 후회를 있는 그대로 받아들이며 살아간다.

음악처럼 손쉽게 사람들을 이어주는 매체가 또 있을까. 시대, 공간, 언어, 그 무엇도 장벽이 되지 않는다. 비록 춧타는 죽었지만 춧타의 노래는 남아 있다. 그리고 파도처럼 끝없이 퍼져나간다. "모든 것은 이어져야 하기에 이어져 있다"는 소설 속 대사처럼, 춧타의 노래를 둘러싼 인물들 또한 온/오프라인을 넘나들며 서로에게 영향을 주고, 네트워크처럼 이어지고 또 뻗어나간다. 고독을 자처한 듯 보이는 츳타지만 사실은 그 역시 누구보다도 '연결'을 원했는데, 그의 노래만이 남아 수많은 사람에게 전달되고 퍼져나가는 모습은 애처로우면서도 잔잔한 감동을 안긴다.

작가 아오바 유는 만 16세의 나이로 소설 스바루 신인상을 최연소 수상하며 데뷔했다. 이 소설은 20세가 된 그가 발표한 두 번째 장편소설이다. 작가는 신인상을 받을 때까지만 해도 마음속에 있었던 두근거림이 사라진 느낌이 들어서, '그건 대체 뭐였을까' 하고 그 마음을 파고들고자 한 게 이 작품의 집필 동기였다고 밝혔다. 어린 나이에 스포트라이트를 받게 되면서 자신의 꿈과 앞날에 대해 진지하게 고민했을 작가의 진솔함이 소설에서도 묻어나는 것만 같다.

그리고 이는 작가만의 고민은 아닐 것이다. 한때 마음속을 가득 채웠던 열정이 사라져버린 듯한 느낌은 누구나 한 번쯤 경험해보지 않았을까. 꿈을 믿고 나아가는 것은 결코 쉽지 않은 일이라, 마치 소수에게만 부여된 특권처럼 느껴지기도 한다. 꿈을 위해서는 무언가를 버려야만 할 수도 있고, 혹은 분명 꿈을 향해 나아가는 중임에도 자신에 대한 믿음 자체가 흔들리면서 한계를 인정하게 될 수도 있다. 그럼에도 이 소설은, 한번 일어난 물결은 사라지지 않고 계속 퍼져나갈 것이라고 말해주는 듯하다. 에필로그에 등장하는 슛타의 아이 노조미, 그 이름은 '희망'이라는 뜻이다. 한 번이라도 꿈을 꿔 본 사람들, 인생이라는 바다에서 힘껏 발버둥 치고 있는 우리 모두에게 공감과 위로를 건넬 수 있는 소설이 아닐까 한다.

덧붙이자면, 각 장의 제목은 실존하는 곡명에서 따온 것이다. 일본 음악에 관심 있는 독자라면 찾아서 들어보는 것도 소설을 즐기는 또 하나의 재미가 될 것이다. 또 누가 아는가. 이런 우연한 기회에 내 인생을 뒤흔들어 놓을 곡을 발견하게 될는지.

2021년 4월
김지영

```
```````
잔잔한
파도에
빠지다

초판 1쇄 발행　2021년 5월 26일

지 은 이　아오바 유 靑羽 悠
옮 긴 이　김지영
편　 집　김은지
디 자 인　이수빈

펴 낸 곳　해와달 출판그룹
브 랜 드　시월이일
출판등록　2019년 5월 9일 제 2020-000272호
주　 소　서울특별시 마포구 양화로 183, 311호
E-mail　info@hwdbooks.com

ISBN　　979-11-91560-01-5(03830)

* 시월이일은 해와달 출판그룹의 단행본 브랜드입니다.
* 이 책은 저작권법에 의하여 보호를 받는 저작물이므로 무단 전재와 복제를 금합니다.
* 책값은 뒤표지에 있습니다.
* 파본은 구입하신 서점에서 교환해드립니다.